Le Porte-bonheur

DU MÊME AUTEUR

Aux Éditions Albin Michel

*

LA CITADELLE
LES CLÉS DU ROYAUME
SOUS LE REGARD DES ÉTOILES
AUX CANARIES
LE CHAPELIER ET SON CHATEAU
TROIS AMOURS
LE DESTIN DE ROBERT SHANNON
LE JARDINIER ESPAGNOL
LES HOMMES PROPOSENT...
LES ANNÉES D'ILLUSION
SUR LES CHEMINS DE MA VIE
L'ÉPÉE DE JUSTICE
LA TOMBE DU CROISÉ
LA LUMIÈRE DU NORD
LA DAME AUX ŒILLETS
LES VERTES ANNÉES
DEUX SŒURS
ÉTRANGERS AU PARADIS
L'ARBRE DE JUDAS
KALÉIDOSCOPE
LES CONFIDENCES D'UNE TROUSSE NOIRE
LES NOUVELLES CONFIDENCES
D'UNE TROUSSE NOIRE
LE SIGNE DU CADUCÉE
LA MISÈRE ET LA GLOIRE
GRACIE LINDSAY

A. J. CRONIN

Le Porte-bonheur

Nouvelles

Traduites de l'anglais par
MAURICE BERNARD ENDRÈBE

AM

Albin Michel

22, rue Huyghens, 75014 Paris

ISBN 2-226-00169-7

Le Porte-bonheur

Titre original :
MASCOT FOR UNCLE

Lorsque Tonton et moi fîmes sa connaissance, Kitch était assis sur une marche, s'occupant, pour passer le temps, à voir jusqu'où il pouvait cracher. Il nous attendait. Un brouillard sale avait pesé toute la journée sur la ville et il faisait très sombre à l'intérieur de la maison, mais je me rendis néanmoins compte que, de tous les cas qu'il m'avait été donné de voir jusqu'alors, Kitch était le pire. Dans ce quartier de taudis, le rachitisme proliférait, dû à la sous-alimentation et au manque de lumière. Kitch en était un pitoyable exemple. Il était assis, ses jambes tordues repliées sous lui, et la voussure de son petit dos était tellement accentuée qu'il donnait presque l'impression d'être cassé en deux. Kitch était si petit que sa tête semblait trois fois trop grosse et bien trop lourde pour qu'il pût la tenir droite. Aussi la soutenait-il d'une main, appuyant sur son genou un coude pointu comme un foret. Les yeux paraissaient énormes dans son visage pincé, la peau était cireuse et il était d'une effrayante maigreur. Il semblait avoir pour tout vêtement des bouts de chiffons tenant avec de la ficelle. Il avait l'air d'un vieil homme très las. Il venait d'avoir six ans.

Assis là, il nous enveloppa d'un regard fatigué de ses grands yeux sombres et reconnut la trousse noire que Tonton avait à la main.

« C'est Aggie Dodds que vous cherchez ? »

Tonton acquiesça en le regardant fixement.

« Alors, une minute... Je vais vous conduire... »

Comme tous les gosses rachitiques, Kitch se mit debout en se cramponnant à ses jambes, donnant l'impression de s'escalader lui-même. C'était tout un travail, mais qu'il mena à bien. Puis, déjà hors d'haleine, il entreprit l'ascension de l'escalier, ce qui tenait vraiment du miracle.

En fait d'escalier, j'avais vu pire, mais à celui-ci manquait néanmoins une bonne partie de la rampe, qui avait sans doute servi à faire du feu. Les murs suintants étaient couverts d'inscriptions et de dessins que vous pouvez sûrement imaginer sans que j'aie besoin de vous en dire plus. Il n'y avait dans cet escalier ni lumière ni aération, et il y régnait une odeur pestilentielle.

Sur le dernier palier, Kitch tourna à droite. A un je ne sais quoi dans sa démarche, on voyait qu'il se sentait enfin chez lui. Ce chez-lui consistait en une seule pièce. Lors de nos tournées, Tonton et moi avions bien été dans une centaine de chambres comme celle-là et nous ne fûmes donc pas surpris. La femme qui allait accoucher était étendue sur un matelas sale, posé à même le plancher, et l'on voyait les puces sauter un peu partout sur son corps. A côté d'elle, assise sur une caisse de bière retournée et buvant un restant de « biddy » (1), une grosse femme était enveloppée dans un châle, ses cheveux noirs épars sur ses épaules. Dans un coin de la pièce, quatre mioches jouaient avec un vieux couvercle de boîte à biscuits. Aucun meuble : juste une bouilloire, quelques sacs, et un pot de chambre couvert par un journal.

Kitch s'approcha de la femme étendue sur le matelas, et qui était sa mère.

« Hé, Aggie, lui dit-il avec un hochement de tête dans notre direction, les v'là! »

La grosse voisine se tourna avec lenteur sur son siège improvisé :

(1) Mélange de porto et d'alcool à brûler! (N. d. T.)

« Dieu Jésus, Kitch, t'as amené les docteurs! Dieu Jésus, qu'il est intelligent ce petit! »

Kitch ne lui prêta aucune attention, ni nous non plus d'ailleurs, car elle était visiblement ivre. J'ôtai mon veston et retroussai mes manches de chemise, puis prenant la trousse de Tonton, j'en sortis les instruments. Tonton, lui, continuait de regarder Kitch. Je ne l'avais jamais vu ainsi. Il semblait considérer l'enfant avec une sorte de stupeur émerveillée. Kitch était allé chercher la bouilloire qui se trouvait sur quelques braises rougeoyant dans la cheminée, puis avait poussé les quatre autres gosses vers la porte, en leur disant d'aller jouer sur le palier. Maintenant, il tirait sur le châle de la grosse femme :

« Faut partir, m'ame Broun.

— Oh! Dieu Jésus, laisse-moi rester, Kitch! »

Tonton sortit de sa transe pour épauler le gamin :

« Oui, il faut vous en aller, madame.

— Oh! Dieu Jésus, ces étudiants! » maugréa la femme.

Mais elle quitta la pièce et Kitch, après avoir jeté autour de lui un dernier regard que ponctua un hochement de tête satisfait, sortit derrière elle en fermant la porte.

Tonton et moi nous mîmes alors au travail. Mais, pour je ne sais quelle raison, Tonton semblait avoir moins de cœur à l'ouvrage que d'ordinaire. Au point qu'il prêta seulement une vague attention à l'évacuation de l'arrière-faix, alors qu'il se montrait habituellement si méticuleux à cet égard qu'on avait envie de lui flanquer des coups de pied.

Tonton était un drôle de corps. Son véritable nom était Spiers, David Spiers, et cela faisait dix-sept ans qu'il était à l'Université pour essayer de devenir médecin. A ne pas croire! Douze fois déjà il s'était présenté à l'examen terminal et chaque fois il avait été recalé. C'était Pollock, le prof de chirurgie, qui ordinairement le faisait échouer. Tonton disait que Pollock avait une dent contre lui, mais personne n'en croyait rien. Tonton était si bête! Complètement obtus, il avait moins d'intelligence qu'un mouton. Mais il ne renonçait pas. Il lui fallait son diplôme, il le lui fallait absolument.

Voyez-vous, Tonton était très pieux et rêvait de partir en Chine comme médecin missionnaire. Gauche et emprunté, avec un visage de pleine lune, il marchait penché en avant, semblant toujours pressé d'arriver quelque part. Derrière les lunettes rondes à monture d'acier, ses yeux restaient baissés, comme s'il était absorbé dans ses pensées, mais à quoi pouvait-il penser, ça, Dieu seul le savait! Il avait de grands pieds qui se cognaient souvent l'un dans l'autre et, tout en marchant, il remuait les lèvres, répétant des choses qu'il avait apprises sans les bien comprendre. Sous son bras, il transportait toujours des livres et lorsqu'il s'asseyait quelque part, dans un tram ou aux W.C., il en ouvrait aussitôt un. Il avait toujours une expression grave, soucieuse, et il était si nerveux qu'un bruit un peu fort le faisait sauter en l'air. Il avait maintenant près de quarante ans et, à l'école de médecine, c'était la tête de Turc. On l'appelait Tonton et il faisait rire.

Tonton n'avait pas d'amis ; si nous sympathisâmes, lui et moi, c'est parce que nous étions aussi pauvres l'un que l'autre. Tout le monde tenait Tonton pour avare. Il avait un seul complet noir virant au roussâtre, qu'il portait par tous les temps. Il ne buvait pas, ne fumait pas, ne jouait pas au billard et ne faisait même pas partie de l'Amicale. Il était complètement en dehors. Mais un jour d'hiver, je découvris la vérité le concernant. Nous étions occupés à disséquer le même cadavre. Il travaillait sur un bras et moi, sur le thorax. Il était tard, tous les autres étaient partis. Dans la salle d'anatomie, on gelait. Aussi décidai-je d'en rester là et, sans même réfléchir, je dis à Tonton de venir prendre un café avec moi. Il leva la tête et, à mon grand étonnement, je vis ses yeux s'embuer de larmes.

« C'est la première bonne parole qu'on m'ait dite depuis des semaines. »

Mal à l'aise, je lui lançai :

« Allez, trêve de discours, viens prendre un jus! »

Il secoua gravement la tête :

« Ç'aurait été avec plaisir, mais je ne le peux pas. C'est contraire à mes principes. Je me suis fait une règle de ne jamais rien accepter que je ne puisse rendre. »

Je le regardai avec écœurement. Il dut deviner mes pensées car, posant son scalpel, il plongea les mains dans les poches de son pantalon et les retourna pour m'en montrer la doublure. Ses deux poches étaient absolument vides. Il n'avait pas un radis. Continuant de me regarder, il eut un rire qui tenait du braiment :

« Et je suis comme ça pendant tout le trimestre. »

Il payait son logement d'avance, ou plus exactement, un de ses cousins, fermier dans les Highlands, le payait pour lui. Ses inscriptions étaient réglées de la même façon. Et quand il allait chez ce cousin, il en revenait avec un sac de farine et un autre de pommes de terre, qui lui permettaient de subsister jusqu'à la fois suivante. Après cela, ça me parut moins amusant qu'on fît enrager Tonton. Frew, Dallas et Stobo étaient toujours après lui. C'étaient des fils de famille, qui non seulement témoignaient de beaucoup d'intelligence dans leurs études mais excellaient aussi aux sports et avaient l'argent facile. Le père de Frew, qui portait un titre nobiliaire, était un des gros bonnets du conseil municipal et passait pour toucher force pots-de-vin. Le jeune Frew faisait de Tonton son souffre-douleur. Un jour, il lui épingla dans le dos une feuille où l'on pouvait lire *Je suis en route pour la Chine* et toute la journée Tonton se promena avec cette feuille, faisant rire tout le monde à ses dépens, y compris le professeur Pollock en chirurgie. Il ne s'aperçut de la chose qu'en retirant son veston pour se mettre au lit. J'espérais que, le lendemain, Tonton flanquerait son poing dans la gueule de Frew, mais il fit comme si de rien n'était.

C'était vraiment dommage, car Tonton était loin de manquer de courage, comme je pus m'en rendre compte lorsque j'allai habiter avec lui. J'en étais à ma dernière année de médecine quand l'argent laissé par mon père pour payer mes études toucha presque à sa fin. Il me fallait économiser à tout prix pour pouvoir tenir jusqu'au bout. Je n'éprouvais pas tellement de sympathie pour Tonton et je crois que, de son côté, il ne tenait pas beaucoup à me fréquenter, mais je n'avais pas le choix. Et pour ce qui était de vivre à bon marché, j'étais sûr d'être utilement conseillé par Tonton. Nous achetâmes en commun un sac de farine d'avoine et, depuis cette époque, je ne peux plus voir une assiettée de porridge sans avoir un haut-le-cœur. C'est aussi avec Tonton que je fis mes accouchements et c'est ainsi que nous connûmes Kitch, au 17 Clyde Place.

J'avoue que j'oubliai aussitôt Kitch.

Le lendemain, Tonton me dit :

« Si tu veux, je me charge du 17 Clyde Place. »

Mais je n'y attachai aucune importance, car nous avions tant de femmes en couches à nous occuper que nous avions l'habitude de nous partager ces visites. Quoi qu'il en soit, Tonton tint à s'assurer le 17 Clyde Place et une semaine s'écoula avant que je comprenne quelle raison l'y avait poussé. C'était le soir et nous étions dans notre garni, en train de bûcher dur. Moi du moins je bûchais dur, quand j'entendis Tonton qui disait :

« Ce qu'il y a, c'est qu'il n'a jamais eu de chance. »

Je levai la tête. L'expression rêveuse de son visage lui donnait un air particulièrement stupide. Je m'enquis :

« Qui n'a jamais eu de chance ? »

Tonton battit des paupières, et devint écarlate en comprenant qu'il venait d'exprimer ses pensées à voix haute :

« Kitch. Tu ne te rappelles pas de lui ? »

De toute évidence, il brûlait de parler du gosse, car il sauta sur l'occasion. Jamais encore je ne l'avais vu comme ça.

« Ce gamin m'a fait une très grande impression. Il est extraordinaire. Comme tu l'as pu voir toi-même, ce n'est qu'un petit corps déformé, à demi mort de faim et qui peut à peine marcher. De sa vie, il n'a encore vu un champ ni respiré une bouffée d'air pur.

Il n'a jamais connu que la misère et la crasse de ce taudis. Pourtant, tu ne l'entends jamais se plaindre de quoi que ce soit. C'est... Oui, vraiment, ce mioche est un exemple ! »

Tonton était complètement remonté, mais moi, ça me laissait froid.

« Oh ! tu sais, y en a des milliers comme lui, malheureusement ! » Mais il ne voulut pas en convenir.

« N... non ! protesta-t-il en bégayant comme cela lui arrivait lorsqu'il était surexcité. Il n'est pas comme les autres ! C'est un gosse merveilleux ! Six ans seulement et il se conduit déjà comme un homme. Je voudrais que tu voies comme il s'occupe de sa mère, de ses petits frères et sœurs. C'est lui qui prépare le thé, qui tartine le pain avec le peu qu'ils ont à mettre dessus. Il est dégourdi comme pas un et connaît tout le monde dans le quartier, si bien qu'on le charge de faire des courses. Il va même au pub acheter de la bière ou faire la queue au bureau du Pari mutuel ! Tu te rends compte ? A six ans ! Alors, les mots qu'il a pu apprendre ! Oh ! c'est pitoyable... Il mérite d'avoir un peu plus de chance et Dieu m'est témoin que je vais m'y employer ! Quand j'aurai fini mes études, je l'enverrai à la campagne pour qu'il devienne fort. Et je lui redresserai ses pauvres petits membres. Oui, dès que j'aurai mon diplôme, c'est la première chose que je ferai ! »

Je m'abstins de tout commentaire, sentant qu'il eût été vain de chercher à discuter. Tonton était sincère, mais il avait à peu près autant de chances de décrocher son diplôme que Kitch de devenir costaud. Je connaissais les statistiques concernant ces gosses vivant dans des taudis. Il n'y en avait pas un sur dix qui s'en tirait. Et il suffisait de voir la pauvre frimousse de Kitch pour savoir qu'il ne serait pas cette rare exception.

Trois semaines plus tard, en sortant de la maison où nous avions notre garni, je tombai sur Kitch. Cette fois, il était assis au bord du trottoir, avec ses pieds déformés dans le caniveau. Il s'asseyait dès qu'il le pouvait, car il lui était très pénible de rester debout. Et, de toute façon, il avait dû faire un bon bout de chemin à pied pour arriver jusque-là.

« Salut, Kitch! Qu'est-ce que tu fabriques par ici? »

Il leva ses grands yeux vers moi, me gratifiant d'un regard amical. Peut-être parce que la journée était belle, il me parut en meilleure forme. Il était toujours nu-pieds, mais à la place de ses guenilles retenues par des bouts de ficelle, il avait un petit pantalon rapiécé et un tricot de laine plein de reprises.

Avec un hochement de tête en direction de la maison, il me dit :

« Y m'emmène au parc de Kelvingrove.

— Qui ça?

— Spiers. C'lui qu' t'appelles Tonton. »

La nouvelle me sidéra, mais je me ressaisis de mon mieux.

« Dis donc, t'es rien gandin, Kitch!

— Ouais », fit-il en caressant une jambe de son pantalon. « Y nous avait donné aussi des godasses, mais Aggie les a mises chez ma tante.

— Que veux-tu dire, Kitch? » demandai-je, ne comprenant pas.

« Oh! elle est de nouveau en pleine dégringolade. Alors, ce matin, elle est allée mettre nos godasses au clou. »

Il y eut un silence. Son ton détaché pour me dire cela me mettait mal à l'aise et je changeai vivement de sujet :

« Au fait, d'où vient qu'on t'appelle Kitch?

— M'ont appelé Kitchener, comme Lord Kitchener, c'lui qu' a battu les Boers. Aggie dit que mon vieux il avait pas dessaoulé d'une semaine quand j' suis né. Même qu'y voulait m'appeler Kitchener Colenso Dodds (1). Moi, je m'en fous, Kitch, ça me botte.

(1) John William Colenso, évêque anglican du Natal, qui défendit les populations noires contre la rude domination boer.

Alfred Amédée Dodds, général français qui commanda l'expédition du Dahomey contre le roi Béhanzin (N. d. T.).

— Où est ton père maintenant, Kitch?

— Mon vieux? Au ballon. A la prison Barlinnie. L'a chopé six mois pour avoir voulu casser la gueule à un flic.

— Alors, en ce moment, c'est Tonton qui s'occupe de toi?

— Ouais. Drôlement chic, le gars. Hier, m'a donné un penny pour pas que j' jure.

— Il est en train de te réformer, on dirait?

— Y m'a pris en charge. Quand y sera docteur, on fera des tas de choses tous les deux. »

Je dus le quitter, car j'étais de dispensaire à trois heures. Mais l'idée que Tonton jouait les nourrices sèches auprès de Kitch continua de me turlupiner. Il était clair que Tonton s'était pris d'une vive affection pour ce gosse. La chose était déjà surprenante en soi car, à ma connaissance, Tonton n'avait encore jamais pensé qu'à lui-même. Et, bien entendu, à l'évangélisation des païens lorsqu'il serait en Chine.

Mais j'avais trop à faire pour m'occuper plus longtemps de ce problème. L'examen terminal avait lieu en juin et, à mesure que passaient les semaines, je travaillais de plus en plus. Mais, un jour de mai, comme j'arrivais devant le siège de l'Amicale, je vis sur les marches du perron un petit rassemblement, où l'on riait aux éclats. Frew, qui était au milieu du groupe, me cria :

« Hé, vieux! Viens voir un peu! »

Je m'approchai avec circonspection. Frew, ce n'était pas le mauvais cheval. Il avait été à mon école et joué au foot avec moi. Comme j'étais capitaine de l'équipe, Frew était alors content qu'on soit copains. Il continuait à être heureux de me voir, mais pour moi, ça n'était plus pareil. Désormais, l'étui à cigarettes en or de Frew, ses chemises de soie et ses costumes faits sur mesures me semblaient dresser comme une barrière entre nous.

« Que se passe-t-il? » demandai-je.

Frew me prit par le bras, tout en continuant de rire. C'était un beau garçon, avec des dents très blanches.

« T'es pas au courant? »

Stobo, qui faisait partie du groupe, ne put y tenir et dit en s'esclaffant :

« C'est ton compagnon d'écurie! Pas croyable! »

Frew l'interrompit :

« Ta gueule, Stobo. Laisse-moi raconter. »

S'efforçant de prendre un air grave, il dit avec componction :

« Mes frères bien-aimés, je vais lui faire part de la terrible nouvelle... »

Puis s'adressant à moi :

« Mon vieux, nous avons tout lieu de penser que Tonton a procréé! »

Les rires redoublèrent et Frew s'y joignit de nouveau en me faisant passer une photographie. C'était un instantané pris dans le parc et l'on y voyait Tonton avec une poussette toute déglinguée dans laquelle Kitch avait pris place. Ça ressemblait à une entrée de clowns et il y avait vraiment de quoi rire, d'autant que quelqu'un avait écrit en bas, sur le liséré blanc : *Le père et l'enfant se portent bien!*

Parlant tous en même temps, ils me racontèrent comment Dallas, ayant repéré le tandem dans le parc de Kelvingrove, les avait pris en chasse avec son Kodak. Ils s'attendaient que je m'écrie « Drôlement fortiche, Dallas! » et fasse chorus avec eux. Comme je gardais le silence, ils me regardèrent avec étonnement, trouvant drôle que je ne rie pas. En ne partageant pas leur hilarité, je semblais les priver de quelque chose. Mais, ma vie en eût-elle dépendu, je n'aurais pu même sourire. Je sentais en moi comme un grand vide.

« Vous vous trompez... dis-je lentement.

— Oh! dis, ça va! protesta Frew. Tu vas pas devenir gnangnan, toi aussi? C'est la rigolade du siècle. Je m'en vais mettre cette photo au tableau d'affichage... »

Il achevait à peine de parler que quelqu'un se fraya un chemin vers lui en criant :

« Donne-moi ça! »

Je tournai la tête. C'était Tonton, mais absolument méconnaissable. Pâle comme un linge, la bouche tordue au point d'avoir peine à parler, il gardait son regard rivé sur la photo.

Frew décocha un clin d'œil aux autres et dit très posément : « Va jouer, Tonton... Euh, je veux dire : Papa. »

J'éprouvai un douloureux serrement de cœur, mais qui ne dura pas car la situation évolua brusquement. Paraissant soudain comme grandi, Tonton arracha la photo à Frew et se mit à bégayer, avec une sorte de sainte colère :

« Frew, tu es un salaud! C'est... c'est tout des mensonges. Et si tu fermes pas ta gueu-gueule, je te la casse.... casserai! »

Le changement d'expression de Frew fut sidérant. Il demeura bouche bée, sans rien trouver à répliquer ni les autres non plus, tandis que, fourrant la photo dans sa poche, Tonton tournait les talons.

Tonton ne me fit jamais aucune allusion à cette scène. Et je ne lui en parlai pas non plus, mais elle l'avait beaucoup grandi dans mon estime. Nous venions d'entamer le sprint final. Juin se révélait particulièrement chaud, et c'eût été déjà tuant sans la chaleur. Je n'aurais souhaité à personne, pas même à mon pire ennemi, d'avoir à passer cet examen. Nous avions médecine, chirurgie et obstétrique tout à la fois, avec écrit, oral et travaux pratiques. Or si l'on flanchait dans une matière, on était cuit pour le tout.

Mais, pour une raison ou une autre, Tonton semblait prendre ça calmement. Certes, il bûchait dur, jusqu'à très tard dans la nuit, en recourant à tous les trucs habituels : serviettes humides autour de la tête, aide-mémoires, tables des périodes d'incubation, index des symptômes, jusques et y compris le petit couplet comique permettant de retenir les noms des principales fièvres. Mais, à part ça, il était très calme, d'un calme presque surnaturel.

Cela finit par me porter sur les nerfs, car jamais je ne m'étais senti aussi peu rassuré en ce qui me concernait. Et un soir, très tard, près de la fenêtre grande ouverte qui laissait entrer l'air pollué de la ville dans la touffeur de notre chambre, je lui lançai soudain :

« Tu te prends pour qui, espèce de grand idiot? Pour Bouddha? »

Une serviette autour du front, il semblait si décontracté que je n'avais pu me retenir de l'interpeller tant sa vue m'exaspérait.

« Quoi? » fit-il, comme au sortir d'une transe.

« Tu as vraiment l'air trop heureux, Tonton! Ça ne représente donc rien, pour toi, cet examen? »

Il faillit presque en sourire :

« Tu ne peux imaginer ce qu'il représente pour moi! »

Il hésita, puis décida de tout me dire :

« C'est presque une question de vie ou de mort. Mon cousin... Mon cousin m'a écrit. Il ne peut plus payer pour moi. C'est ma dernière chance. »

Je le regardai, saisi, comprenant ce qu'il ressentait. Le cousin d'Ullapool avait fini par se lasser. Cette fois, si Tonton ne décrochait pas son diplôme, il était bon pour le retour à la terre. Plus question d'aller en Chine, soigner les lépreux et évangéliser les païens. Mais alors comment pouvait-il être si détendu?

Je n'eus pas à lui poser la question. Ce fut avec la tranquille assurance d'un prophète qu'il ajouta :

« Ne t'inquiète pas. Je sais que je vais réussir. »

Ce fut plus fort que moi : j'éclatai de rire!

« Tu as eu une vision céleste? Ou quelqu'un t'a-t-il lu l'avenir dans le marc de café?

— Ne te moque pas, mon ami. Même si tu en as envie, je t'en prie, ne te moque pas, car il y a dans le ciel et sur la terre des choses qui passent notre entendement. »

Seigneur, pensai-je, serait-il devenu complètement dingue?

« Je sais que, cette fois, je vais réussir à l'examen terminal parce qu'on me l'a dit.

— *Qui* te l'a dit?

— Kitch.

— *Kitch!* »

Il hocha gravement la tête.

« A sa façon... C'est difficile à expliquer. Depuis que j'ai rencontré cet enfant, il s'est passé quelque chose en moi. Je ne suis plus le même, je me sens davantage de force... Et ma conviction tient de la révélation : je crois que les voies de Dieu sont insondables et que rien ne se fait sans sa permission. Il a voulu que Kitch et moi puissions nous aider mutuellement. C'est pour cela que nous nous sommes rencontrés. Kitch le sait. Il m'a dit qu'il était mon fétiche. Il sait que je ne peux lui venir en aide tant que je n'ai pas réussi à cet examen. Et c'est pour cela que je vais réussir! »

Son regard se perdit dans le vague, sa voix devint semblable à un murmure tandis qu'il disait :

« *Et un petit enfant les guidera.* Oh! mon Dieu, comme c'est vrai! »

Ce sermon improvisé et le débordement de sentimentalité qui l'accompagnait ne laissèrent pas de m'inquiéter. La chaleur, l'anxiété et l'excès de travail m'ayant mis moi-même à bout de nerfs, je fus convaincu que Tonton souffrait d'une fatigue cérébrale due aux mêmes causes. Il ne tournait plus rond! Mais discuter avec lui n'eût servi qu'à le surexciter encore davantage. Je fis ce qui me sembla le plus sage en l'occurrence, et qui consistait à ne rien faire du tout.

La semaine s'écoula et le lundi arriva. L'examen devait commencer le mercredi. Durant toute la journée du lundi, je travaillai jusqu'à la limite de mes forces. Mais le lendemain, je me découvris incapable du moindre effort, complètement à plat. La chaleur était étouffante et je me sentais comme si j'avais la grippe. Une épidémie venait d'éclater en ville qui, en réalité, était une pandémie. Elle nous venait de Russie, via les Balkans, l'Italie et l'Espagne. Comme, pour ainsi dire, l'Espagne avait été sa dernière escale, on l'appelait la grippe espagnole. Présentée ainsi, la chose a tout l'air d'une blague de chansonnier, mais la grippe espagnole n'avait vraiment rien d'une plaisanterie. C'était comme la peste : les gens qui l'attrapaient devenaient verdâtres et le lendemain, ils étaient morts. Les hôpitaux regorgeaient de malades.

C'est vous dire dans quel état d'esprit je me trouvai. Je pris aussitôt ma température. Constatant qu'elle était normale, je fus rassuré quant à la grippe, mais tout aussi convaincu qu'il me fallait une journée de détente si je ne voulais pas devenir fou. Comme il me restait encore un peu d'argent, j'annonçai à Tonton :

« Aujourd'hui, on file à la campagne! Tu sais : là où il y a des arbres, des vaches, de l'herbe et des pissenlits? Nous en avons le plus urgent besoin! »

Il me regarda avec flegme et me surprit en acquiesçant :

« Oui, ça nous rendra frais et dispos pour demain. Seulement...

— Seulement quoi?

— Je voudrais emmener Kitch. »

J'émis un grognement, puis réfléchis que, de toute façon, ça ne rendrait pas cette balade à la campagne plus insensée qu'elle ne l'était déjà.

Quittant aussitôt notre garni, nous allâmes donc chercher Kitch. Ça ne posait pas de problème car, n'ayant jamais appartenu à personne, Kitch était maintenant lié à Tonton. Ils étaient touchants à voir! Sa petite main dans la grande patte de Tonton, le gosse partit en claudiquant, la tête à hauteur du genou de son compagnon. Moi, je n'existais pas, sauf pour payer le transport. Nous prîmes le tram, parce que c'était ce qu'il y avait de plus agréable mais aussi de meilleur marché, puisque l'on pouvait aller ainsi de la rue d'Argyll enfumée jusqu'à Balloch, sur les bords mêmes du Loch Lomond.

Là-bas, c'était le paradis. Un ciel tout bleu, une brise fraîche et les vaguelettes du lac venant jusqu'a nos pieds, tandis que nous étions étendus sur des galets bien blancs. Je ne pensai plus au colibacille ni aux anastomoses bilio-digestives et me sentis en paix.

Maintenant Kitch était calme, mais durant tout le trajet il n'avait cessé de jacasser. Il n'imaginait pas que les couleurs pussent être aussi éclatantes. Un cheval bai se frottant à une barrière blanche, les bateaux sur la Clyde avec leurs cheminées rouges... Oh! que c'était beau. Regarde! Regarde! n'arrêtait-il de répéter. Jamais il n'avait été à pareille fête, non, jamais!

Je m'endormis au soleil. Lorsque je me réveillai, il était près de 3 heures. Je vis que Tonton et Kitch barbotaient au bord du lac. Tonton, en manches de chemise et ses jambes de pantalon retroussées au-dessus du genou, avait l'air d'un personnage de film comique. Il frictionnait les jambes nues de Kitch, les massait. Des jambes si maigres et déformées qu'elles faisaient penser à la fourchette d'un poulet. Tonton disait à Kitch qu'un jour elles seraient bien droites et solides. Et Kitch le regardait avec de grands yeux confiants. Quand je me laisse aller à faire du sentiment, je m'en veux tellement que j'essaie d'y remédier par la rigolade. Aussi, roulant sur mon côté, je demandai :

« Que vois-tu donc en lui, Kitch ? »

En se tournant vers moi, son regard se fit soupçonneux. Il réagissait contre tout ce qui lui semblait vouloir porter atteinte à Tonton.

« Beaucoup plus de choses qu'en toi. »

Je fus obligé de rire.

« Je crois que tu l'as adopté, Kitch. Il m'a dit que tu allais le faire réussir à son examen.

— C'est vrai.

— Et pour moi, tu ne peux pas faire quelque chose?

— J'cherche même pas. »

Je me mis debout, estimant que nous avions besoin de nous restaurer un peu. Au Balloch Hôtel, je commandai des œufs au jambon, des galettes d'avoine, des biscuits au gingembre et des petits pains au lait avec de la confiture. L'émerveillement de

Kitch à la vue de tout cela est quelque chose d'inoubliable. Il ne put pas manger beaucoup mais se régala visiblement de chaque bouchée qu'il avala. Ensuite, nous allâmes traîner un peu sur le quai, regardant les cygnes, les house-boats et les hommes qui pêchaient. Les étoiles commençaient à poindre quand nous prîmes le tram pour rentrer. Kitch s'endormit avant que nous ayons atteint Clyde Place et Tonton le porta dans ses bras.

Le lendemain matin, l'examen terminal commença. Il serait vain de vouloir le décrire. Une fois lancé dans un truc comme ça, on ne sait plus très bien où l'on en est. Assis dans une grande salle, les pieds gelés, on écrit à toute vitesse jusqu'à ce qu'une sonnerie retentisse et, alors, on ne se rappelle plus ce qu'on a écrit. On sort en frissonnant pour fumer une cigarette, puis on rentre de nouveau et ça recommence. Quand je passe un examen, je suis toujours pessimiste. Et là, dès le commencement, j'eus le sentiment que je serais recalé. Mais Tonton, lui, était au septième ciel, et me dit avoir remis d'excellentes copies. Ça me paraissait douteux car, à deux ou trois reprises, nous reparlâmes des questions posées et je pus me rendre compte qu'il était loin d'y avoir répondu ce qui convenait. Il avait donc dû faire comme à son habitude, sinon pire.

A la fin de la semaine, nous en eûmes terminé avec l'écrit et l'oral commença, ainsi que les travaux pratiques. Pour ça, on n'entrait plus dans une grande salle mais dans une petite pièce, où des vieux messieurs à barbe grise vous attendaient, assis derrière une table. « Eh bien, monsieur Untel, vous demandait alors l'un d'eux d'un air sournois, voulez-vous nous dire ce que vous savez de l'échinocoque ? » S'il voyait que vous connaissiez bien le sujet, il vous interrompait très vite et son voisin vous demandait autre chose. Ce qui les intéressait, ça n'était pas ce qu'on savait, mais ce qu'on ignorait. Et quelquefois, si vous aviez réponse à tout, ils vous collaient rien que par dépit.

Pour moi, je sentais que les choses allaient de mal en pis. Mais Tonton, lui, était euphorique et me confia qu'il faisait ça vraiment les doigts dans le nez. Puis le mardi arriva. C'était le jour que nous appréhendions le plus, car le mardi Pollock faisait passer l'oral en chirurgie. Mon interrogation était prévue pour 10 h 30 mais j'étais là bien avant, car s'il y avait une chose que Pollock détestait presque autant que l'ignorance, c'était le manque de ponctualité. Lui et ses complices me gardèrent vingt minutes sur le gril, avant de me laisser partir. Comme je sortais de la pièce, j'entendis appeler le nom de Tonton. Puis on l'appela de nouveau. C'était à lui de plancher. Au sein de mon hébétude, j'eus le réflexe de regarder autour de la salle d'attente. Tonton n'y était pas. Pour la troisième fois, l'appariteur appela son nom. Gillespie — ainsi se nommait l'appariteur — attendit une bonne minute, puis inscrivit au crayon quelque chose sur sa liste et lança un autre nom.

Tout cela semble dénué d'importance. Mais ça en avait pourtant une très grande pour Tonton. Il ne s'était pas présenté à son oral de chirurgie et, à moins que quelque chose pût être fait, il était automatiquement recalé. Mon Dieu! pensai-je. Qu'est-ce qui a bien pu lui arriver? Il n'avait pu se tromper d'heure, car il avait un horaire de ses interrogations, écrit à l'encre rouge, dont il ne se séparait jamais. Je crois même qu'il couchait avec!

Sortant en hâte, je piquai un sprint jusqu'à notre garni, qui était tout proche, dans Hill Street. Mais Tonton ne s'y trouvait pas non plus. J'interrogeai notre logeuse. C'était une vieille femme odieuse et je la détestais. Mais je crois ne l'avoir jamais autant haïe qu'à cet instant. Elle m'annonça en exhibant largement ses fausses dents :

« Mossieu Spiers est sorti à 9 heures. Une de ses élégantes amies de Clyde Place est venue le chercher! »

Clyde Place, aussi vite que le tram put m'y transporter. L'escalier à la rampe démantibulée, jusqu'à la pièce du dernier étage.

Oui, Tonton était là. Assis le dos à la lumière, penché vers un coin de la chambre.

« Tonton! Au nom du ciel, qu'est-ce qui t'a pris? Tu as raté Pollock! »

Il se tourna vers moi. Son visage était d'une pâleur mortelle.

« Ne fais pas tant de bruit!

— Mais enfin! Tu...

— Doucement... Ne vois-tu pas qu'il est malade? »

M'approchant, je découvris Kitch étendu sur le matelas. Pour sûr qu'il était malade! Son visage était verdâtre et, au cours des dernières semaines, j'en avais vu beaucoup de semblables durant mes gardes à l'hôpital.

Je m'avisai alors que la mère de Kitch était là, le dernier-né enveloppé dans son châle, les autres gosses près d'elle.

« Pourquoi ne l'avez-vous pas conduit à l'hôpital? »

Elle parut se recroqueviller sous mon reproche :

« On a essayé, m'sieu le Docteur. Mais c'est plein partout. Ils n'acceptent plus personne. »

Ne sachant plus que dire, je regardai de nouveau Kitch. Il n'était pas vraiment conscient et respirait par saccades. Il paraissait comme disloqué, tel un moineau qui aurait été écrasé dans la rue. Le regard de ses grands yeux immobiles ne quittait pas Tonton, semblant s'accrocher à lui. Je compris qu'il avait déjà son billet pour l'au-delà.

« Tonton, dis-je après avoir attendu une minute, ne manque pas ta clinique tantôt. Tu leur expliqueras, et ça pourra peut-être s'arranger avec Pollock.

— Tais-toi et va me chercher de la quinine. »

J'obéis, puis je m'en fus plancher en chirurgie clinique.

J'étais furieux et mâchonnais des jurons. Je me répétais que je n'en avais rien à foutre de Kitch, de Tonton ou de quoi que ce soit. Mais je n'en continuais pas moins à pester, parce que Kitch allait s'en retourner chez le Bon Dieu et Tonton, à la ferme. Là-haut, ils devaient être occupés à chercher des ailes pour Kitch, des petites ailes déplumées afin qu'elles soient assorties à ses pauvres jambes. Et à Ullapool, ils allaient se mettre en quête d'une fourche supplémentaire pour que Tonton s'active sur le tas de fumier...

Je ne revis pas Tonton durant le reste de la journée, ni la nuit, ni le lendemain. Il avait dû rester tout le temps avec Kitch. Je passai ma clinique-médecine et mon oral en obstétrique. Point final. Oui, après ça, l'examen était terminé, pour le meilleur et pour le pire. Il était 4 heures. J'allai boire une tasse de café, fumai ma dernière cigarette, puis je pris le chemin de Clyde Place.

Tonton était toujours assis au même endroit. On aurait pu croire qu'il n'avait pas bougé entre-temps, s'il ne s'était trouvé maintenant en manches de chemise avec un tas de trucs autour de lui : des médicaments, un bassin, des serviettes, des paquets de coton hydrophile, et même un petit flacon de cognac. Il ne faisait jamais clair dans cette chambre, mais à présent elle me paraissait encore plus sombre. Tonton était assis, immobile, comme replié en lui-même. Il avait une barbe de deux jours sur son visage lunaire et le bord de ses yeux était rouge. Sa grande main tenait la petite main de Kitch. Puis je me rendis compte que ça n'était plus vraiment la main de Kitch, mais juste une petite chose morte. La rigidité cadavérique se manifestait déjà et Kitch devait être en train d'endosser quelque part sa paire d'ailes déplumées.

J'eus beaucoup de mal à emmener Tonton. Il ne résistait pas, ne disait rien, mais était comme un poids mort. Nous arrivâmes quand même jusqu'à notre garni et je le persuadai de se coucher. Il s'étendit sur le lit, tout habillé, toujours sans dire un mot et le regard lointain. Je ne crois pas qu'il ait dormi.

Le lendemain, ce ne fut guère mieux. Il se leva, se rasa et fit un semblant de toilette. Il resta longtemps dans sa chambre. Je pense qu'il priait. J'en suis même certain. Mais lorsqu'il me rejoignit, il ne dit pas un mot concernant Kitch et parla d'autre chose. C'était pitoyable. Deux jours passèrent ainsi, puis Kitch fut enterré. Je suppose que Tonton avait dû adresser un ultime appel à son cousin. En tout cas, ce fut lui qui paya l'enterrement, lequel n'était pas un enterrement bien riche. Juste une voiture pour Tonton, la mère de Kitch et moi. Car j'étais là aussi. J'avais voulu y être. Le cercueil était en bois blanc et, avant de le voir, je ne m'étais pas rendu compte combien Kitch était petit. Dans la voiture, un coin du cercueil reposait sur les genoux de Tonton. Quand nous arrivâmes au cimetière, il pleuvait. Tonton ôta son chapeau et dit une prière à haute voix. C'était une bonne prière, jaillie du fond du cœur, et j'avoue que j'en fus très ému. Je me rappelais ce jour que nous avions passé au bord du Loch Lomond. Comme Kitch avait été heureux ce jour-là! La pluie me fit fermer les yeux. Puis les fossoyeurs jetèrent de la terre mouillée sur le petit cercueil et ce fut la fin de Kitchener Colenso Dodds.

Après, je m'en fus à l'Amicale. J'avais le cafard, un cafard terrible. Je pris une tasse de thé pour me donner un coup de fouet, mais je n'en tirai aucun réconfort. A une table voisine, Frew, Dallas, Stobo et d'autres fêtaient la fin de l'examen. Frew étendit le bras vers moi :

« Viens te joindre à nous!

— Non, merci. »

Il se mit à rire :

« C'est quand même pas pour Tonton que tu fais une gueule pareille?

— Qu'est-ce que tu veux dire? »

Il rit de nouveau :

« Tu sais qu'il a séché l'oral, oui? Alors, il est recalé. »

Quelque chose s'empara de moi et je me mis brusquement à haïr Frew si bien habillé, si sûr de lui, si suffisant. Lui, à peine assis pour l'écrit, il se savait reçu. C'était certainement un garçon intelligent, mais ce qu'il y avait surtout, c'est qu'il était le jeune Frew, le fils de Sir James. Son père connaissait tous les membres du Conseil de l'Université. Pollock, en particulier, était son ami intime. Et de l'autre côté, il y avait ce pauvre bûcheur de Tonton, sans personne pour parler en sa faveur.

Je perdis probablement la tête mais, me levant d'un bond, je leur lâchai le paquet, leur disant pourquoi Tonton avait séché son oral, ne leur épargnant aucun détail.

Quand je me tus, pas un ne parla. Je sentis que je leur avais flanqué un coup et Frew me regardait fixement. Il avait des yeux bruns où l'on pouvait déceler une certaine douceur.

« Tu ne blagues pas? » me demanda-t-il au bout d'un long moment.

« Tu parles si j'ai envie de blaguer! » dis-je en tournant les talons.

Et, en quittant le bar de l'Amicale, je sentis que Frew me suivait des yeux, pensivement, comme avec remords.

Au garni, Tonton était occupé à rassembler ses affaires, ses livres, la lampe portative qu'il s'était confectionnée lui-même avec une bouteille. Il s'en allait à la fin de la semaine et je me rendais compte qu'il était dans le trente-sixième dessous. Maintenant que Kitch n'était plus là, il avait le temps d'apprécier sa situation. Pour lui, tout était fini, fichu. Chaque minute qui s'écoulait lui en donnait davantage conscience. Et je pense que, pour lui, le pire était encore de mesurer comme il s'était couvert de ridicule, avec sa sereine assurance de réussir à décrocher enfin son diplôme parce qu'il avait un fétiche, un petit enfant pour le guider...

Et il n'y avait rien que je pusse faire. Je me rongeais déjà suffisamment les sangs dans l'attente des résultats de ce maudit examen! Mais je dois rendre justice au Conseil de l'Université, qu'il ne nous les faisait pas trop attendre. Samedi, je serais fixé.

Samedi arriva. Comme je n'avais pratiquement pas fermé l'œil de la nuit, je n'eus aucune peine pour être prêt à temps.

Neuf heures sonnaient comme je gravissais la colline pour me rendre à l'Université. En arrivant, rien qu'à voir la foule se tenant devant le panneau, je compris que les résultats étaient déjà affichés. Pour parvenir à les lire, ça tenait un peu de la mêlée de rugby...

Mon cœur bondit. J'étais reçu et avec mention Très bien! Mon regard continua de parcourir la liste, Frew était aussi reçu avec mention, mais mention Bien seulement. Dallas, lui, avait droit à Passable. Et Kinloch aussi. C'est alors que je faillis n'en pas croire mes yeux : le nom de Tonton était sur la liste! David Murdoch Spiers. Pas d'erreur possible. C'était bien lui et il était reçu.

Sentant qu'on me regardait, je me tournai et, par-dessus plusieurs autres, je vis Frew qui me souriait en hochant la tête. Les exclamations étaient si bruyantes autour de moi, que je n'entendis pas ce qu'il me cria. Mais ça ne m'empêcha pas de comprendre... de comprendre ce que Frew et son père avaient fait. Mon Dieu, pensai-je, le monde n'est vraiment pas si méchant qu'on le dit!

Je regagnai à fond de train le garni. Tonton était assis, lisant une lettre. Avant cet instant, je n'avais qu'une faible idée de ce que cela signifiait quand on disait de quelqu'un : « Il rayonnait littéralement! » Tonton savait. Il ne prononça pas une parole et, en silence aussi, je pris la lettre qu'il me tendait. Je la lus. C'était une lettre à faire encadrer. En haut, il y avait l'emblème de l'Université ; en bas, la signature de Pollock. Et cette lettre disait que vu les excellentes notes obtenues par Tonton à l'écrit, auxquelles s'ajoutait la conduite exemplaire de Tonton en une récente et douloureuse circonstance dont le Conseil avait été informé, il ne serait pas tenu compte de son absence aux épreuves orales. Il était reçu.

De joie, j'en aurais sauté au plafond! Maintenant, exultai-je, les païens n'ont plus qu'à bien se tenir! J'avais envie de chanter, de crier, j'étais follement heureux! Je me retournai pour féliciter

Tonton. Il n'eut pas conscience que je lui tendais la main.

Sur la table devant laquelle il était assis, se trouvait la photo de Kitch dans la poussette. Et Tonton regardait cette photo. Mais je suis sûr qu'il ne la voyait pas, tant ses yeux étaient pleins de larmes.

Plaie d'argent

Titre original :
THE MAN WHO COULDN'T SPEND MONEY

Je connais Joe Mardent presque depuis toujours ; notre amitié s'est nouée lorsque nous étions gamins, voici plus de trente ans, à Shalehaven, dans le Nord. Unique enfant, Joe avait perdu ses parents en 1900, dans la catastrophe de la Foire de Tynecastle, où l'effondrement d'une tribune causa la mort de plus de cent personnes. C'est ainsi que, âgé de huit ans, Joe s'était retrouvé à la charge de sa tante, une femme de quarante ans qui avait déjà cinq enfants à élever et dont le mari, personnage sans beaucoup de caractère, travaillait par intermittence au chantier naval de Tynecastle. Bien que Sarah Mardent n'eût pas un mauvais fond, l'interminable lutte qu'il lui fallait mener pour arriver à joindre les deux bouts l'avait aigrie et rendue acariâtre. Elle n'arrêtait pas de trimer, vivant dans la peur de « finir à l'hospice ». Joe ne pouvait être le bienvenu dans une telle maisonnée. Aussi, lorsqu'il y entra, ce fut la fin de son enfance insouciante.

N'allez surtout pas penser que Joe mourait de faim ou était maltraité ! Tante Sarah n'était pas un tyran et il y avait toujours une assiettée de soupe dans le buffet pour tromper la faim entre les repas. Mais Joe devait travailler dur pour payer son entretien. Le matin, il se levait à 5 heures et allait aider le laitier dans sa tournée. Après l'école, il portait les journaux à domicile. Durant le week-end, il faisait des courses pour Harpole, l'épicier. Et pendant les vacances, on l'envoyait aider à la moisson, tailler des haies, ou faire n'importe quoi de ce genre pour apporter quelques pence de plus dans une maison qui en avait tant besoin.

Joe ne souffrait pas de ce rude labeur car c'était un robuste petit gars, aimant à se dépenser ; mais ça le rongeait de se sentir toujours au bord de la misère. Alors que d'autres seraient devenus agressifs et insolents, lui, garçon sensible, souffrait intensément. Et moins peut-être des privations que des humiliations, tant morales que physiques, qu'il lui fallait endurer. A la différence de ses camarades, il n'avait jamais un sou en poche pour s'acheter des bonbons ou des billes. Quand, par exemple, il demandait à sa tante Sarah un penny pour aller au cinéma ambulant qui, de temps à autre, venait distraire notre petite communauté, il recevait toujours la même réponse, accompagnée d'un soupir :

« Je suis désolée, Joe. Mais nous ne pouvons vraiment pas nous le permettre. »

Nous, les autres garçons, ne songions jamais à ce que pouvait éprouver Joe lorsqu'il devait ainsi renoncer à nous accompagner et qu'il restait tout seul, à nous suivre des yeux, tandis que nous partions en riant. Pourtant nous l'aimions bien et même l'admirions d'endurer ses malheurs sans jamais se plaindre. Une fois seulement, alors qu'il était sur le point de quitter l'école et devait avoir dans les quinze ans, il m'ouvrit son cœur. Une fille de notre classe, Agnès Harpole, donnait une petite réception amicale pour marquer « la fin de l'école » et Joe avait accepté son invitation, se fiant à la promesse faite depuis longtemps par sa tante de lui acheter un costume neuf. Le soir de la réception, je passai prendre Joe chez lui et le trouvai qui m'attendait près du réverbère, au coin de la rue, vêtu comme tous les jours d'un tricot usé aux coudes, d'un pantalon rapiécé et de souliers aux talons éculés.

« Pourquoi tu t'es pas changé, Joe?

— J'y vais pas. J'ai pas de costume. »

La nuit tombait, mais le bec de gaz éclairait le visage pâle et triste de mon camarade. Entre ses dents, d'un ton résolu, il me dit :

« J'en ai assez de cette vie! Je veux gagner de l'argent... beaucoup d'argent, même si je dois en mourir! »

***

Dans la région de Shalehaven, il n'y avait guère de débouchés pour des garçons pauvres, fussent-ils intelligents comme Joe. Nos deux industries étaient le charbon et le chantier naval. Si un garçon appartenait à une famille de mineurs, il « descendait au fond », comme son père ; sinon, il était absorbé par un des chantiers navals de l'estuaire de la Tyne, situé à une trentaine de kilomètres. Aussi, tandis que mon père — qui était le médecin du patelin — râclait les fonds de tiroirs pour que je commence mes études de médecine au Armstrong College, Joe « alla au chantier », comme apprenti. Parce qu'il ne semblait pas costaud — mais peut-être aussi parce que son oncle était connu partout comme un mauvais ouvrier — il ne put trouver de place dans une des grandes firmes et fut forcé d'entrer chez Grigson, petite entreprise privée qui, avec environ cinq cents ouvriers, s'occupait surtout de construire des bateaux à aubes, des caboteurs et, à l'occasion, un bateau frigorifique pour les Argentins exportateurs de viande.

C'était une rude besogne pour un garçon de seize ans, et la longueur de la journée de travail s'augmentait encore du monotone trajet aller-retour en chemin de fer. Cependant Joe s'inscrivit de lui-même à des cours qui avaient lieu quatre soirs par semaine à Tynecastle. Ces cours étaient gratuits ; autrement, Joe n'aurait pu se permettre de les suivre, car il remettait tout son salaire à sa tante, ne retenant que la petite somme destinée à payer son transport quotidien. A midi, il mangeait un « casse-croûte » apporté de la maison. Il ne pouvait s'acheter des cigarettes comme les autres apprentis, pas plus que sortir une fille, aller au théâtre ou tremper les lèvres dans une chope de bière.

Il y avait deux ans que Joe menait cette existence dénuée de surprises, lorsque se produisit un incident. Peut-être étudiait-il avec trop d'acharnement ou grandissait-il trop vite, quoi qu'il en fût, un jour, alors qu'il travaillait sur le chantier, Joe s'évanouit. Ce n'était rien de grave et cela ne se reproduisit jamais plus. Mais ce qui donne de l'importance à la chose, c'est que George Grigson se trouvait passer à proximité. Le propriétaire du chantier ordonna aussitôt que Joe fût transporté dans son bureau et étendu sur une banquette. Dix minutes plus tard, complètement remis, le jeune garçon, assez intimidé de se trouver ainsi en présence du patron, enfilait de nouveau sa veste qu'on avait pliée et placée sous sa tête en guise d'oreiller. Ce faisant, un livre tomba de sa poche, dont le titre clairement visible était *Le calcul différentiel*. Le regard surpris de Mr Grigson alla du livre à son apprenti. Il y eut un silence. Puis Grigson dit :

« Arrête-toi de travailler pour aujourd'hui et viens me voir demain matin à 10 heures. »

George Grigson, quinquagénaire bâti en force et au visage coloré, était connu pour sa cordialité, la promptitude de ses décisions et de ses reparties ; il avait une robuste personnalité, combinant la sagacité et la franchise bourrue des gens du Nord à une vanité assez excentrique. Il menait « une vie de rupin » dans une immense maison située aux abords de la ville, était toujours vêtu du drap le plus fin, venait chaque jour au chantier dans un coupé De Dion aux cuivres étincelants. Mais, dans le même temps, il tapait sur l'épaule de ses ouvriers et conversait avec eux en patois.

C'était le genre d'homme à se sentir flatté qu'un de *ses* apprentis fût « calé en maths » et travaillât en secret « pour décrocher son bac ». Cela lui paraissait de nature à rehausser sa réputation tout comme celle de son chantier — dont il était particulièrement fier — et cela faisait aussi une excellente histoire à raconter après le dîner. Ayant immédiatement vérifié les capacités de Joe — car il n'était pas homme à croire quelqu'un sur parole

— il avait eu aussitôt le geste qui convenait. De manœuvre qu'il était, Joe fut promu au bureau d'études.

Son salaire s'élevant désormais à près de trois livres par semaine, Joe fit un premier pas décisif : quittant Shalehaven, il loua une mansarde chez Floyd, très respectable pension de famille située dans River Street. Ce lui fut un grand soulagement d'échapper ainsi à la déprimante grisaille qui régnait chez sa tante Sarah. Cet acte d'émancipation ne lui causa aucun remords, car on ne pouvait s'attendre à ce qu'il épousât toute sa vie les soucis de sa tante. Aussi estima-t-il injustifiés les reproches dont elle l'accabla quand, valise en main, il quitta la maison pour de bon.

A la pension Floyd — très bien tenue par Mrs Floyd, une veuve, et sa fille Jenny —, Joe retrouva plusieurs dessinateurs de chez Grigson en compagnie d'étudiants en médecine de l'Armstrong College. J'y logeais moi-même à l'époque et j'eus ainsi de nouveau l'occasion de voir fréquemment Joe. Il y menait une vie paisible en suivant un emploi du temps rigoureux ; levé de bonne heure, il cirait ses chaussures et revêtait son costume bleu, toujours bien net, pour se rendre ponctuellement au bureau d'études. Le soir, il se retirait dans sa chambre aussitôt après le dîner, afin d'étudier.

Lorsque nous allions passer une soirée de détente au Palace Music-Hall ou au Tyneside Skating, nous avions beaucoup de peine à le persuader de se joindre à nous. Nous le tenions pour extrêment timide, car c'est à peine s'il prononçait un mot durant nos repas en commun à la longue table de la pension. En dépit de quoi, Joe était très populaire. Il s'était transformé en un beau garçon au sourire cordial, mais toujours un peu préoccupé, dont la personnalité était d'une aussi sympathique modestie que l'apparence. Lorsque Sorensen, un étudiant sud-africain qui était le farceur de notre groupe, nous révéla que Joe lavait ses chemises dans sa chambre, il ne provoqua aucune hilarité. Au contraire, nous admirâmes Joe de se montrer aussi économe, alors que nous étions nous-mêmes assez gaspilleurs dans tous les domaines. Lorsque Joe me confia ensuite, d'un air grave, qu'il avait pris un livret de caisse d'épargne sur lequel il versait régulièrement une livre par semaine, j'allai même jusqu'à l'envier. Néanmoins, ce fut une surprise — pour ne pas dire un choc! — lorsque je m'avisai que Jenny avait un faible pour lui.

Jenny, dont j'ai dit qu'elle aidait sa mère à tenir la pension, était une très jolie fille de dix-neuf ans, mince et enjouée, avec de grands yeux marron et des cheveux frisés. Mais elle ne se contentait pas d'être ravissante : elle chantait et jouait agréablement du piano, dansait bien, pratiquait le patin à roulettes ; en sus de quoi, elle avait un diplôme d'infirmière. Bien entendu, elle était la coqueluche de la pension et nous étions tous amoureux d'elle. Mais Jenny savait esquiver nos avances en riant et sa très respectable mère veillait au grain. Aussi fus-je stupéfait quand Jenny se mit à rougir chaque fois que Joe s'asseyait discrètement à table, et bien plus encore lorsque, posant pensivement son regard sur lui, Mrs Floyd me dit : « Jamais je n'ai eu un pensionnaire aussi rangé. »

La faveur dont Joe jouissait auprès des deux femmes devint de plus en plus évidente. Lorsque fut achevée sa première année de présence à la pension, Mrs Floyd se chargea de sa lessive et de son raccommodage. Et le dimanche, quand Jenny était allée voir ses cousins à la campagne, il trouvait souvent dans sa chambre un petit bouquet de réséda ou d'églantines odorantes.

« Joe, lui lançai-je un jour, tu es un veinard! »

Levant les yeux de sur son livre, il me demanda :

« Que veux-tu dire?

— Bon sang, tu dois bien t'être aperçu que Jenny est amoureuse de toi? Nous en sommes tous verts de jalousie. Tu devrais quand même en manifester un peu plus de joie... ou serait-ce que tu ne tiens pas à elle?

— Détrompe-toi, fit-il avec une gêne mêlée de nervosité, j'ai beaucoup d'affection pour Jenny. Seulement...

— Seulement quoi ?

— Eh bien, que veux-tu que je fasse ? On ne peut pas demander une fille en mariage quand on gagne trois livres par semaine.

— Des gars se sont mariés, qui gagnaient moins que cela !

— Eh bien, pas moi », dit-il avec cet air à la fois contraint et résolu que je lui connaissais. « Je veux d'abord me faire une place au soleil. J'ai trop vu ce que c'était de devoir rogner sans cesse sur les dépenses en se privant de tout. »

Et il se plongea de nouveau dans son livre.

Au chantier, George Grigson était très satisfait de son protégé. Certes, Joe n'avait rien fait de spectaculaire, mais il était prompt et obligeant, toujours « à la tâche », avec un désir de bien faire qui lui gagnait le cœur du « Vieux ». Au début de 1912, Grigson transféra Joe au bassin d'essai où, à l'aide de modèles en cire et de tout un matériel compliqué, les vitesses, les efforts et la résistance des bateaux qu'on se proposait de construire étaient mis à l'épreuve. Au bassin, Joe eut l'occasion de voir plus fréquemment son patron et dans une ambiance beaucoup plus intime. Il leur arrivait ainsi de se trouver agenouillés côte à côte, au bord du bassin, observant le comportement d'un modèle à l'essai, pour partager ensuite l'euphorie du succès ou l'abattement de l'échec, que Grigson accompagnait alors de jurons bien sentis.

Grigson en vint à recourir de plus en plus à Joe, l'appelant de l'autre bout du bureau pour l'envoyer chez lui dans sa voiture chercher quelque chose qu'il avait oublié ou porter un message à sa femme. C'est ainsi que Joe fit la connaissance de Mrs Grigson, une grosse femme sotte et habillée avec ostentation, mais qui avait un cœur d'or. Elle le recevait fréquemment en bonnet de dentelle et peignoir bordé de cygne. Ne sachant jamais s'il fallait lui donner un pourboire ou lui offrir un verre, elle optait pour un moyen terme et le pressait de prendre des chocolats dans la boîte qui demeurait ouverte en permanence dans le salon.

Flatté que « la patronne » trouvât son protégé sympathique,

Grigson porta le salaire de Joe à quatre livres dix shillings par semaine. Et le jour où Joe revint de l'Armstrong College avec son baccalauréat, Grigson, rayonnant, l'invita à dîner. Puis, comme s'il regrettait cette absence de pompe, il ajouta avec brusquerie : « Il n'y aura que la patronne et moi. »

Être ainsi invité au domicile de son employeur représentait pour Joe un premier pas « dans le monde » et, avec nervosité, il mit tout en œuvre pour être aussi présentable que possible. Lorsqu'il arriva dans le jardin prétentieux qui entourait la maison à la façade rehaussée de stuc, Joe se sentit les jambes un peu flageolantes. Ce qui ne contribua pas à lui redonner de l'assurance fut que, contrairement à ce qu'avait dit Grigson, la fille de la maison était aussi de la fête. Elle se prénommait Ada et était rentrée chez ses parents quelques jours plus tôt que prévu, parce qu'une épidémie de varicelle s'était déclarée dans le coûteux pensionnat où elle parachevait son éducation.

Tout d'abord, il régna autour de la table une atmosphère assez compassée. Grigson, qui idolâtrait sa fille, était irrité que leurs retrouvailles fussent ainsi contrariées par la présence d'un intrus. Mais, les yeux sur son assiette, Joe était si visiblement désireux de faire bonne impression et de ne pas déranger, — tout en tremblant de ne pas sélectionner la fourchette appropriée parmi toute l'argenterie disposée devant lui — que Grigson se dégela. Comme il était porté sur la bonne chère, son humeur se trouva grandement améliorée par la succulence du repas. Si bien que, le dessert venu, il gratifia même Joe d'une tape dans le dos, en lui disant :

« Bois ton champagne, mon garçon, et ne sois pas intimidé par notre Ada ! »

Franchement, Ada ne savait que penser de Joe. C'était une fille potelée, de taille moyenne, avec des yeux d'un bleu de porcelaine et de beaux cheveux blonds, dont on sentait malheureusement qu'elle serait un jour aussi grosse que sa mère. Mais pour l'instant, elle était pleine de jeunesse, attirante avec ses lèvres d'un rouge éclatant, et portée vers l'amour bien qu'encore innocente. Tout d'abord, elle avait eu peine à se retenir de rire en voyant Joe si gauche et emprunté. Puis, comme elle détaillait le visage aux traits réguliers, elle avait rencontré le regard timide des yeux gris et vu enfin éclore un sourire gêné mais chaleureux, qui lui avait causé une sensation tout à fait nouvelle. Du coup, elle s'était mise à trouver ce garçon intéressant et romantique. Il lui rappelait Julien Sorel, le héros de *Le Rouge et le Noir*, un livre qu'on lui avait défendu de lire mais qu'elle avait dévoré en cachette dans son box du dortoir. Ce soir-là, tandis qu'elle se brossait les cheveux en admirant son reflet dans le miroir, Ada comprit qu'elle était très attirée par ce garçon.

Au cours des semaines qui suivirent, Joe fut sincèrement étonné de voir Ada lui témoigner quantité d'attentions. Comme il était dépourvu de suffisance, il fallut toute une série d'invitations pour le convaincre que la fille du patron s'était éprise de lui.

Durant cet été de 1914, avant que la guerre n'éclate, même dans une petite ville provinciale comme Tynecastle, on pressentait l'imminence d'une crise et il en résultait une sorte de gaieté fiévreuse, qui devenait trépidante parmi les jeunes gens gravitant autour d'Ada, dont Joe faisait désormais partie. Chaque fois qu'elle le revoyait, Ada sentait croître le sentiment qu'il lui inspirait. Aussi l'emmenait-elle souvent dans sa voiture rouler au hasard tandis que tombait le soir. Ou bien ils allaient au cinéma et se tenaient la main dans l'obscurité. A la réception donnée pour les dix-huit ans d'Ada, elle dansa tous les fox-trots avec Joe.

Joe commença par être flatté, puis finit par s'effrayer de l'intensité des sentiments qu'il inspirait à Miss Grigson et, dans la salle à manger de la pension Floyd, il évitait soigneusement de rencontrer le regard de Jenny. Il ne s'était jamais ouvertement déclaré à la jeune fille, mais une sorte d'accord tacite s'était établi entre eux. Aussi, ayant entendu parler de ses sorties avec Ada, la jeune fille feignait-elle maintenant presque d'ignorer

Joe ; les petites prévenances qu'elle avait pour lui, telles les fleurs dans sa chambre, avaient brusquement cessé.

Un soir, je me trouvais sur le palier quand Jenny croisa Joe dans l'escalier. Comme seule une lampe était allumée dans le couloir, ils ne remarquèrent pas ma présence lorsque, presque involontairement, ils s'immobilisèrent.

« Je ne t'ai pas beaucoup vue depuis quelque temps, dit Joe.

— Non, en effet... Et tu m'as bien manqué », avoua Jenny avec un soudain tremblement dans la voix.

Un silence suivit. Jenny avait le visage levé vers Joe et on la sentait prête à pardonner. Mais Joe ne l'embrassa pas. Quelque chose en lui le retint de le faire et il grommela :

« Je n'aime pas du tout la tournure que ça prend en Allemagne. »

Puis, gravissant les dernières marches, il se retira dans sa chambre.

La semaine suivante, la guerre était déclarée. Par chance, je venais de passer mon examen terminal et, avec Sorensen ainsi que quelques autres camarades de ma classe, je rejoignis le Royal Army Medical Corps. Jenny, qui avait son diplôme d'infirmière, s'engagea aussi dans les services de santé. Travaillant dans un chantier naval, Joe fut mobilisé sur place.

Mais les événements se précipitèrent, non seulement sur le plan mondial, mais en ce qui concernait personnellement Joe, car Grigson apprit soudain à quel point sa fille s'était amourachée de lui. Bien entendu, il en conçut une vive colère et eut avec Joe une scène violente, au cours de laquelle il l'accusa aussi bien de la plus noire ingratitude que de tentative de détournement de mineure. Joe prit cela très bien. En un sens, je crois qu'il fut même plutôt heureux de voir la situation évoluer de cette façon. De retour dans sa chambre, il écrivit à son employeur une lettre contenant cette phrase mémorable : « Il va sans dire, monsieur, que je ne pourrais jamais offrir à votre fille le luxe auquel elle est habituée... » puis il rallia la Marine.

Des mois passèrent. Je me trouvais en France, Jenny avait été envoyée à l'hôpital naval de Malte, Joe chassait les mines dans la mer du Nord. Entre-temps, la colère de George Grigson s'était apaisée. La lettre d'excuses de Joe l'avait touché ; il y faisait souvent allusion en disant que c'était « une lettre rudement bien tournée ». Et puis aussi il avait sous les yeux, jour après jour, sa fille malade d'amour, refusant d'être consolée, soutenue par sa femme dont chaque regard l'accusait d'avoir envoyé un héros à la mort.

Grigson était un coriace, mais cette ambiance eut peu à peu raison de lui. Quand la guerre se termina et que Joe revint, très beau dans son uniforme, il fut aussitôt repris au chantier Grigson où tout le monde s'en réjouit. Après ça, la suite ne faisait guère de doute. Comme je l'ai dit, Grigson avait beaucoup d'affection pour Joe. Ayant par ailleurs des idées très démocratiques, lorsqu'il vit sa fille toujours aussi fermement résolue, il fit venir Joe dans son bureau, lui proposa de devenir son associé dans deux ans de temps et conclut sans détour : « Je suis complètement fou de te faire une telle proposition. Mais, puisque Ada ne veut que toi, il faut bien en finir avec cette histoire. »

Joe sortit du bureau, ébloui par les perspectives qui s'ouvraient devant lui. Dans un élan de gratitude, sa tendresse pour Ada s'en trouva accrue. Il se déclara vite d'accord quant aux dispositions qu'Ada et sa mère avaient prises, en vue du mariage à grand fla-fla qui aurait lieu au mois de juin suivant. Il souriait avec complaisance en voyant tout l'affairement provoqué par les préparatifs du trousseau d'Ada. Il se retirait docilement du salon — lequel avait maintenant l'air d'un magasin de modes — lorsque Ada lui signifiait, par un regard énamouré, qu'elle avait un nouvel essayage. Sa joie fût restée sans mélange si, environ un mois avant le mariage, Jenny n'était revenue chez elle, toujours aussi jolie et enjouée, mais avec maintenant un charme nouveau, qui la rendait encore plus attirante.

Joe était un garçon sérieux, consciencieusement épris d'Ada ; en dépit de quoi, il avait toujours Jenny présente à l'esprit.

Une quinzaine de jours avant la date prévue pour la cérémonie, en rentrant de son travail, Joe rencontra Jenny dans la Grand-Rue de Tynecastle. Il s'arrêta et, impulsivement, lui proposa de prendre le thé avec lui au Castle Café, « en souvenir d'autrefois ». Elle eut un curieux sourire, mais accepta. Tout en prenant le thé, ils parlèrent de choses et d'autres, de la vie qu'elle avait menée à Malte, puis en Italie et en France. Soudain, le regardant bien dans les yeux et toujours avec ce drôle de sourire sur les lèvres, elle lui dit :

« C'est merveilleux de voyager, Joe. Tu n'as jamais eu envie de monter à bord d'un paquebot pour t'en aller découvrir un autre pays... l'Amérique, par exemple ? Ça doit être vraiment une aventure passionnante, à condition de l'entreprendre avec quelqu'un qui ne vous ennuie pas. »

Joe devint blanc comme un linge. Impossible de se méprendre sur ce qu'elle voulait lui laisser entendre, non plus que sur l'expression de défi qu'elle avait dans ses yeux. Il se sentit gagner par une sorte de désir sauvage. Pourquoi pas ? Il avait cinq cents livres à la banque et — à quoi bon le nier ? — Jenny avait toujours été la femme dont il rêvait. Dans ces conditions, qu'importe s'il leur fallait tirer le diable par la queue ? Il prit la petite main dégantée, toute proche de la sienne. Mais, soudain, il se rappela Ada, le chantier et, plus que tout, l'association promise pour dans deux ans. Sa gorge se contracta sous l'effet d'une peur glaciale, surgie de son enfance misérable à Shalehaven. Au fond, il était toujours pauvre et ne pouvait donc se permettre de rejeter ainsi la perspective d'un avenir assuré. Il baissa les yeux et, après un instant, marmonna comme une excuse :

« Il se fait tard, Jenny. Il faut que nous rentrions. »

***

Tout le monde tomba d'accord que c'était un beau mariage : Joe avait un air mâle et résolu, Ada était toute fraîche et rougissante. Après leur lune de miel, qu'ils passèrent dans la région des Lacs, le jeune ménage s'installa dans une charmante maison, avenue des Lauriers, à huit cents mètres seulement de la propriété des Grigson. Vous auriez tort de penser que le mariage avait pu apporter à Joe une désillusion quelconque : tout au contraire, il était ravi. Il se sentait récompensé par l'amour que lui portait Ada, laquelle le troublait dc plus en plus ; il avait une belle maison et un riant avenir. Aussi se demandait-il souvent ce qu'un homme pouvait souhaiter de plus. Certes, il lui arrivait parfois de trouver pénible la vie mondaine dont raffolait sa femme ; c'était pour lui une sorte de pénitence que de recevoir du monde ou devoir aller dîner en ville, lorsqu'il eût aimé rester au coin du feu avec un livre. Les débordements maternels de Mrs Grigson finissaient aussi par l'excéder. Mais son plus grand souci était dû aux extravagances d'Ada.

Joe gagnait maintenant sept cents livres par an, Ada avait les revenus de sa dot, plus le sentiment rassurant que son père était toujours là pour « boucher un trou ». Il n'en restait pas moins qu'elle avait été élevée comme une enfant gâtée, avec des goûts de luxe ; très coquette, elle aimait les jolies choses et ne savait se priver de rien. Il se trouvait aussi qu'elle n'était pas une bonne maîtresse de maison ; les domestiques et les commerçants en profitaient. Lorsque les factures arrivaient, Joe devenait tout pâle et, prenant sa femme à part il s'efforçait, sur un ton de tendre reproche, de lui inculquer des notions d'économie. Il lui disait être lui-même un homme aux goûts très simples et que, en se lançant dans l'existence, on devait penser avant tout à mettre de l'argent de côté en prévision de l'avenir.

Mais il est difficile de faire entendre raison à une jeune femme rieuse qui s'assied sur vos genoux et met un terme à vos reproches en vous embrassant tendrement. Ada ne l'écoutait guère mais, à sa façon, elle fit des efforts dans le sens souhaité par Joe. Comme elle fut loin d'arriver au résultat escompté, lorsqu'elle se trouva gênée, plutôt que de contrarier son mari, elle s'en alla trouver son père qui ne savait rien lui refuser. Mais, cette fois, Grigson eut un sourire un peu forcé en lui remettant le chèque dont elle avait besoin. Pendant ce temps, Joe, prêchait l'exemple. Il économisait toujours sur l'argent qui lui était alloué pour ses frais et, chaque dimanche après-midi, il éprouvait un véritable plaisir à s'enfermer dans son cabinet de travail pour faire ses comptes personnels. Il se sentit tout ému quand le solde créditeur de son petit carnet noir atteignit le millier de livres. Ce qui le gênait beaucoup, c'étaient les cadeaux qu'Ada lui faisait à tout propos — robes de chambre en soie ou service à fumeur — dont il n'avait vraiment aucune envie et qui coûtaient très cher.

Au chantier naval, les relations de Joe avec son beau-père continuaient d'être satisfaisantes. Peut-être Grigson se montrait-il moins jovial, moins communicatif qu'autrefois... Joe lui trouvait parfois une expression un peu contractée. Mais cela tenait sans doute à ce que Grigson avançait en âge, et puis au fait que les affaires n'étaient plus aussi florissantes que pendant la guerre. On voyait se rouiller lentement la coque des bateaux dont la file s'allongeait sur la Tyne, faute d'acheteurs. Un contrat sud-américain pour deux bateaux permettait à Grigson de continuer à tourner, mais sur les autres chantiers on ressentait de plus en plus la crise.

La troisième année de son mariage, Ada se trouva enceinte et tout le monde se récria de joie, surtout le vieux Grigson qui souhaitait ardemment avoir un petit-fils. Je ne m'attarderai pas sur l'atmosphère de joyeuse attente dans laquelle vivait la famille, non plus que sur la sollicitude de Joe envers sa jeune femme ou tous les préparatifs faits en vue de cette première naissance.

Malheureusement, comme cela arrive parfois, quelque chose tourna mal pendant l'accouchement d'Ada. Elle mit au monde un enfant mort-né et mourut elle-même deux jours plus tard.

Ce fut un coup terrible pour Joe qui, durant des semaines,

vécut dans une sorte de stupeur douloureuse. Logeant momentanément chez les Grigson, Joe se laissa plus d'une fois aller à pleurer sur la généreuse poitrine de sa belle-mère. Les premiers temps, son chagrin était tel qu'il passait chaque soir un long moment sur la tombe d'Ada. Néanmoins il se ressaisit peu à peu, car beaucoup de choses requéraient son attention.

Il commença par vendre la maison de l'avenue des Lauriers ; il ne pouvait plus endurer d'y vivre, et puis un veuf n'avait pas besoin d'une aussi vaste résidence. Pour des raisons similaires, il se débarrassa des meubles, des tapis, et de nombreuses autres choses. Comme à cette époque-là les prix étaient assez hauts, il en tira une somme importante. Le grand lit de milieu rapporta soixante-dix livres à lui seul, c'est-à-dire cinq livres de plus qu'Ada ne l'avait payé. Ces ventes terminées, Joe prit une chambre à l'Union Club et se jeta à corps perdu dans le travail, pour tenter d'oublier.

Il commençait à craindre que l'association promise ne se fît pas. Après tout, rien n'obligeait Grigson à tenir sa promesse, puisqu'elle avait pour but premier d'assurer à Ada le standing auquel il l'avait habituée, et qu'Ada n'était plus de ce monde. Joe redoublait d'attention à l'égard de Grigson et accompagnait à l'église sa belle-mère qui, dans son chagrin, était redevenue pratiquante ; il vivait avec eux sur un pied d'intimité toujours accrue. Le soir, tout en faisant une partie de dames avec Grigson, il étudiait à la dérobée le visage de son beau-père, essayant d'y lire les sentiments qu'il lui inspirait. Grigson avait beaucoup changé ; il était devenu maussade, irascible, ne soignait plus son apparence, et se montrait souvent très rude avec Joe.

Une année s'écoula ainsi, durant laquelle l'inquiétude de Joe crût sans cesse, car il n'était toujours que chef du bureau d'études, et donc pratiquement en dehors des transactions de la firme. Plus d'une fois, il fut sur le point de poser la question qui lui brûlait la langue mais sa prudence innée et la peur d'essuyer une rebuffade désastreuse le retinrent.

Puis un dimanche après-midi, quelque dix-huit mois après la mort d'Ada, Grigson emmena Joe dans la bibliothèque et aborda lui-même ce sujet. C'était une journée d'été particulièrement chaude ; le mouton servi au déjeuner était gras et indigeste ; le soleil entrant à flot par la fenêtre révélait la poussière qui s'était accumulée sur les livres richement reliés en cuir et jamais ouverts. D'une pièce voisine, leur parvenaient les accents mélancoliques d'une hymne jouée par Mrs Grigson sur l'harmonium dont elle avait fait l'acquisition. Enfoncé dans son fauteuil, les mains nouées sur son ventre, Grigson regarda Joe et lorsqu'il lui parla, ce fut d'un ton empreint d'affection, presque avec douceur :

« Tu te tourmentes beaucoup depuis quelque temps au sujet de l'association, n'est-ce pas, Joe ? »

Joe devint écarlate et bégaya une réponse embarrassée.

« Tu n'as vraiment pas lieu de t'en faire. Cette association, tu pourrais l'avoir demain si tu voulais. Mais elle ne vaudrait même pas le papier sur laquelle on l'établirait. »

Et, méthodiquement, il entreprit de lui exposer les raisons de sa déconfiture. Lui, d'ordinaire peu communicatif, n'épargna aucun détail de la catastrophe à Joe qui, sidéré, en croyait à peine ses oreilles. Le marasme des affaires était grand, mais ils auraient sans doute pu y survivre s'ils ne s'étaient engagés dans l'affaire des bateaux sud-américains. Pour enlever cette commande alors que les autres chantiers restaient inactifs, Grigson avait emprunté de grosses sommes, hypothéquant tout ce qu'il avait. Et voilà que la compagnie sud-américaine venait de déposer son bilan.

***

Joe ne parvenait pas à le croire. Cet homme plein d'assurance, qui portait haut la tête et tirait tant de fierté de la réputation de son chantier, ne pouvait ainsi se trouver réduit à zéro. Il lui vint même à l'idée que, pour des raisons d'opportunité, son beau-père avait pu chercher à l'abuser. Et c'est en proie à la plus vive incertitude qu'il partit de chez les Grigson.

Le lendemain, ces préoccupations passèrent à l'arrière-plan car, en inspectant une des grues de la cale de construction, George Grigson fit un faux pas et alla s'écraser sur le quai vingt-cinq mètres plus bas. Il avait été tué sur le coup, mais Joe demeura persuadé qu'il ne s'agissait pas d'un accident et que le Vieux avait préféré mourir plutôt que d'assister à sa propre ruine.

Cette mort secoua Joe presque autant que celle d'Ada. Ce fut comme si tout s'écroulait autour de lui. Il eut le sentiment qu'on ne pouvait trouver de sécurité nulle part. La peur du dénuement, qui avait hanté son enfance et sommeillait toujours en lui, revint l'assaillir avec violence. Il ne put endurer de rester au chantier. Avant même que l'administrateur judiciaire fût venu prendre possession des lieux et apposer les scellés sur les grandes grilles, Joe partit en emportant ses affaires personnelles. Le même besoin de fuir lui fit quitter son confortable appartement de l'Union Club et dans une telle extrémité, assez curieusement, ce fut vers la pension Floyd qu'il s'en retourna. Là, comme un blaireau ayant réussi à regagner son terrier, il put faire le point de la situation et dresser son bilan.

Il y avait du bon et du mauvais.

Joe disposait maintenant d'un capital qui ne devait pas être loin de quatre mille livres ; outre son bac, il avait à présent une bonne connaissance du dessin industriel et, bien que momentanément très secoué, une parfaite santé. En revanche, il ne se voyait guère d'avenir en tant qu'architecte naval et n'avait guère de chances de trouver un autre patron disposé à faciliter son ascension dans la société. De toute façon, l'idée de continuer à construire des bateaux lui répugnait. Mais, d'un autre côté, il ne voulait pas se retrouver dans une impasse en acceptant un poste médiocrement payé.

C'est dans cet état d'esprit qu'il rencontra Sam Netley, un

homme de Shalehaven qui était à présent maître-maçon à Tynecastle. De dix ans l'aîné de Joe, Netley était un homme à l'esprit plutôt lent, mais auquel on pouvait faire confiance. Après avoir travaillé un peu de bric et de broc, il était maintenant à la tête d'une petite entreprise, spécialisée surtout dans les monuments funéraires. Il vivait modestement, avec sa vieille mère et sa sœur, dans une maison de pierre à laquelle s'appuyait le hangar de tôle rouillée abritant ses activités. Il gagnait dans les cinq livres par semaine et se trouvait satisfait de son sort, élevant des coqs nains pour le plaisir de les faire concourir dans des expositions.

Joe, lui, avait d'autres idées en tête. Il savait que si la construction navale était dans le marasme, celle des maisons était au contraire florissante, d'autant qu'une crise du logement sévissait dans la région de la Tyne. Ce fut une terrible épreuve pour Joe que de risquer ainsi son capital mais, ayant soigneusement pesé ses chances, il savait que c'était maintenant ou jamais. En association avec Netley, il dessina des plans, acheta trois acres de terrain et entreprit la construction de trois maisons en bordure d'une nouvelle route. Joe ne connaissait pas grand-chose au bâtiment, mais il désirait tellement être à pied d'œuvre pour calmer son anxiété, qu'il se mit à travailler avec Netley et ses hommes, préparant le mortier, transportant des briques et n'hésitant pas, le cas échéant, à s'équiper de la hotte de maçon comme un simple ouvrier.

En moins de neuf mois les maisons furent terminées, et il ne fallut pas neuf jours pour les vendre toutes. Joe et Netley se retrouvèrent avec un bénéfice de plus de trois mille livres. Sur cette somme, Joe — qui avait fourni l'argent — prit pour sa part deux mille livres, n'en laissant que mille à Netley qui avait simplement apporté sa compétence. Même ainsi, Netley fut transporté de joie. Plein d'admiration pour Joe, il ne demanda qu'à répéter l'expérience. Ils achetèrent un autre terrain en bordure de la même route et entreprirent la construction de trois nouvelles maisons.

Entre-temps, Joe avait continué d'habiter à la pension Floyd, expliquant qu'il trouvait cela pratique et bon marché. Mais il avait peut-être aussi une autre raison. Durant les trois dernières années, Jenny Floyd avait travaillé comme infirmière à Londres, où elle était maintenant surveillante à l'hôpital Saint-Thomas. Lorsque, au cours de l'été de 1924, elle vint chez sa mère en vacances, Joe lui apparut comme un homme dont la patience avait enfin trouvé sa récompense. Il avait pris de l'assurance, s'habillait mieux, et on l'avait même vu fumer le cigare. Pendant quelques jours, il se montra amicalement discret mais, un samedi après-midi, il suggéra à Jenny de sortir faire un tour et, lorsqu'ils passèrent devant le Castle Café, il lui proposa timidement d'y entrer prendre le thé.

Ce fut pour Joe un grand moment, un moment peut-être unique dans son histoire, car ce jour-là il fit une chose seulement parce qu'il désirait la faire et non parce qu'elle lui était dictée par l'intérêt, la prudence, ou l'une de ces craintes que son subconscient nourrissait depuis son enfance. Ce jour-là, dans le salon de thé, il demanda à Jenny de l'épouser.

Jenny baissa un instant les yeux, puis regarda de nouveau Joe. Il venait d'avoir trente ans et ne les paraissait pas ; sans doute n'était-il pas vraiment beau, mais, comme on disait dans la région, il avait « bonne mine » avec sa peau très claire et ses cheveux châtains. Comme il ne mangeait pas beaucoup, il avait encore une silhouette d'adolescent, et ses yeux, avec leur regard timide, inquiet, étaient particulièrement attirants.

Après avoir marqué un temps, Jenny secoua lentement la tête :

« Je suis désolée, Joe. Tu as un peu trop attendu. »

Naguère elle avait été éprise de lui, mais maintenant il ne lui inspirait plus qu'une légère tendresse, inexplicablement mêlée de pitié. Elle lui dit très posément qu'elle allait se marier avec un médecin, en compagnie duquel elle avait travaillé à Saint-Thomas. Ils iraient habiter Cape Town, où son futur mari avait acheté un cabinet avec de l'argent donné par son père. Elle ne put se retenir de conclure, avec un curieux sourire :

« C'est merveilleux de voyager, lorsque l'on est avec quelqu'un qu'on aime. »

***

Après cela, Joe ne tarda pas à quitter la pension Floyd... moins pratique qu'il ne l'avait tout d'abord cru. Toutefois, il ne s'en retourna pas à l'Union Club, mais alla s'installer chez son associé qui, depuis des semaines, le pressait d'utiliser la chambre d'amis ainsi que le petit salon adjacent, dont on ne se servait jamais. C'était très différent de l'avenue des Lauriers ; les sièges du petit salon étaient recouverts de peluche rouge, des fleurs de cire décoraient la cheminée et il y avait un aspidistra devant la fenêtre. Mais l'ambiance était sympathique ; Joe s'y sentait à l'aise et bien chez lui.

Joe fut extrêmement impressionné par l'efficience avec laquelle Belle Netley, la sœur de Sam, s'occupait à elle seule de la maison. C'était une petite femme de vingt-quatre ans, taciturne et au physique quelconque, mais qui débordait d'énergie. Elle avait exactement l'air de ce qu'elle était : une femme qui travaille. Elle passait le plus clair de sa journée en peignoir, un foulard noué autour des cheveux, faisant le ménage, la cuisine, la vaisselle, la lessive, tenant la maison propre comme un sou neuf tout en s'occupant de sa mère impotente.

Je rends cette justice à Sam qu'il la suppliait souvent de « prendre une aide », mais Belle se contentait de secouer la tête. Robuste et pleine de santé, je crois bien qu'elle tirait fierté de ses prouesses domestiques. Sa cuisine était — et de loin! — la meilleure que Joe eût jamais goûtée ; pas de plats fantaisistes, mais une solide nourriture pour classes laborieuses, comme un steak pommes frites, des anguilles en gelée, du gîte pommes purée, ou autres créations dont il suffisait à Sam et Joe de humer les préparatifs pour échanger un sourire en se léchant les lèvres, avant de s'asseoir à table, en manches de chemise. Belle les servait avec empressement, puis attendait leur verdict tout en ne doutant pas qu'il lui soit favorable. Lorsque Joe s'exclamait : « Alors ça, Belle, c'est ce que j'appelle une blanquette! » l'ombre d'un sourire affleurait sur son visage dépourvu de tout maquillage et, avec un hochement de tête satisfait, elle s'en allait à la cuisine chercher la suite.

Ce qui rendait encore plus remarquable la réussite de Belle comme maîtresse de maison, c'est qu'elle se montrait économe, en sus d'éviter tout gaspillage. Non seulement elle tenait à en avoir pour son argent lorsqu'elle effectuait un achat — aucun commerçant ne pouvait se vanter d'avoir eu l'avantage sur elle — mais avec un os à moelle et quelques légumes, elle vous faisait une soupe dont on n'eût pas trouvé l'égale au Ritz.

Bien que, à l'occasion, le regard de Joe s'attardât, d'une façon typiquement masculine, sur les fortes hanches et les chevilles solides de Belle, on doit à la vérité de dire qu'il n'avait jamais pensé à elle comme à une femme avec qui l'on pourrait coucher. Elle était trop quelconque, trop dénuée de toute coquetterie. Mais lorsque, huit mois plus tard, la vieille Mrs Netley s'éteignit paisiblement dans sa chambre du premier étage, Joe éprouva une curieuse réaction. Cela tint peut-être à ce qu'il eut de la peine pour Belle — encore que le sentiment général dans la localité fût que c'était « une délivrance » — ou bien encore à ce que la robe noire toute neuve moulait étroitement le buste de la jeune femme, la faisant paraître différente et plus attirante aux yeux de Joe.

En tout cas un soir — une semaine environ après l'enterrement — Sam était allé assister à une réunion corporative et Joe se tenait sous le porche de la cuisine, savourant la douceur du crépuscule printanier. De l'autre côté de la cour, dans l'appentis, Belle était aux prises avec un sac de grain que l'on avait livré ce jour-là pour les fameux coqs de Sam. Cédant à une impulsion,

Joe la rejoignit pour l'aider. Il ne sut jamais comment cela s'était fait mais, une minute plus tard, il serrait Belle dans ses bras.

Quand Joe recouvra ses esprits, il se sentit consterné et confus, au point de ne plus oser parler ou bouger. Alors, dans l'obscurité, Belle dit posément :

« Maintenant si je veux pas qu'il attrache, vaut mieux que j'aille voir mon râgout qu'est sur le feu. »

Joe s'attarda un long moment dans la cour puis, levant les yeux vers le ciel étoilé, il se tapa sur la cuisse en grommelant avec un soulagement admiratif : « Quelle femme ! »

Si Joe conservait encore quelque crainte d'avoir irrémédiablement compromis la bonne petite vie qu'il s'était faite chez son associé, elle fut vite dissipée. L'attitude de Belle demeura absolument inchangée. Et Sam, bien sûr, ne se douta de rien. De temps à autre, Joe faisait à Belle de petits cadeaux : un foulard de soie, un sac à main, une corbeille à ouvrage. Elle l'en remerciait, mais ces menues attentions semblaient la laisser indifférente.

***

L'association de Joe et de Netley continua de façon profitable durant les deux années qui suivirent. Puis, un jour qu'ils étaient dans le petit salon, à envisager un nouveau projet, Sam dit brusquement non. Il tira une bouffée de sa pipe et expliqua :

« Le boom est fini, Joe. Maintenant il y a plus de maisons qu'il n'en faut. Ceux qui vont continuer à spéculer sur l'immobilier se brûleront les doigts. »

Joe garda le silence, puis hocha la tête d'un air pensif.

« Je crois que tu as raison, Sam. Nous allons laisser tomber les maisons d'habitation et voir un peu du côté des édifices publics. On va construire un nouveau music-hall dans Tyne Street et c'est mis en adjudication. On a jusqu'à la fin du mois prochain pour déposer les soumissions. Nous pourrions nous mettre sur les rangs. »

Sam secoua la tête :

« Fais-le si ça te chante, Joe, mais moi je me retire. J'ai huit mille livres de côté et ça me suffit. Si j'avais encore plus d'argent, je ne saurais qu'en faire. J'ai acheté à Alnwick Moor une exploitation agricole pour faire l'élevage de la volaille. Comme ça, je vais m'offrir un peu de bon temps avant de mourir. »

Joe regarda Netley, interloqué. Il n'arrivait pas à comprendre qu'un homme de pas même cinquante ans, robuste et travailleur, pût souhaiter se retirer dans une ferme, quand il avait la possibilité de faire des affaires d'or. Huit mille livres, ça n'était vraiment pas beaucoup. Lui-même valait maintenant plus de trente mille livres et ne s'estimait pas riche pour autant. Il donna une dernière chance à son associé :

« Je souhaite que tu changes d'avis, Sam.

— Non, Joe. Ma décision est bien arrêtée. Présente tout seul ta soumission pour ce music-hall. Et bonne chance, mon gars ! »

Les quelques semaines qui suivirent furent occupées par les préparatifs du départ de Sam. Joe lui racheta tout le matériel à un bon prix. La maison serait à louer le trimestre suivant car, bien entendu, Belle suivait son frère à la ferme.

En un sens, Joe fut aise de recouvrer toute sa liberté d'action. Il avait déposé une soumission pour le music-hall projeté, mais les résultats ne seraient pas connus avant encore un mois. Du coup, il se trouva embarrassé de son corps et un peu comme une âme en peine.

Ce fut Belle qui, très posément, lui suggéra de prendre des vacances. Pourquoi n'irait-il pas faire une croisière ? En Méditerranée, par exemple ?

Dans l'état d'esprit où il était, Joe se dit aussitôt : « Ma foi, pourquoi pas ? » Il avait bien mérité de s'offrir un peu de détente. Il y avait justement un départ la semaine suivante. Ce n'était pas une des meilleures unités de la compagnie, mais au contraire un de ses bateaux les plus petits et les moins commodes. Toutefois les prix devaient être en conséquence. Effectivement, l'aller-retour pour l'île choisie par Joe était de trente livres à bord de ce bateau, ce qui représentait une économie de près de dix livres par rapport aux autres tarifs! Joe prit son billet et, le soir où Sam et Belle partirent s'installer à la ferme, il s'en fut à Liverpool par le train. Durant le trajet en chemin de fer, il se sentit quelque peu vexé que Belle n'eût pas manifesté la moindre émotion en lui disant au revoir.

La croisière ne fut pas à la hauteur de ce qu'il en attendait. Les passagers étaient pour la plupart des touristes sans intérêt, qui consacraient le plus clair de leur temps à des jeux sur le pont. Déçu, Joe se tint plus ou moins à l'écart. Sa réserve fut partagée par une dame voyageant seule avec sa femme de chambre. Son nom ne figurait pas sur la liste des passagers et, enveloppée dans une couverture, elle passait des heures à lire, étendue sur un transat. De temps à autre, Joe la voyait le regarder par-dessus son livre avec, lui semblait-il, une sorte de sympathie enjouée. Agée d'une trentaine d'années, grande et mince, avec des attaches très fines, elle était plutôt pâle, ce qui la faisait paraître triste lorsqu'il n'y avait pas une lueur d'ironie dans ses beaux yeux.

Parce qu'il souffrait d'être seul, Joe finit par soulever sa casquette et lui adresser la parole. Elle lui sourit avec une franche cordialité, en disant :

« Puisque nous semblons être les deux parias de ce bateau, pourquoi ne pas faire cause commune? »

Un steward apporta un autre transat. Plus tard, ce même jour, Joe fut surpris d'apprendre par le commissaire du bord que cette dame était Lady Irène Mostray, veuve du capitaine Hugh Mostray, des Grenadiers de la Garde, et troisième fille du comte de Brantham.

Bien que Joe se fût senti instinctivement gêné en apprenant cela, leur amitié se développa. Il était impressionné, fasciné, par tout ce qui la concernait. Son charme, sa culture, et par-dessus tout son éducation, qui transparaissaient dans chacun de ses gestes, chacune de ses paroles ou même dans ses inflexions de voix, furent pour lui une révélation. Elle avait une façon de commenter les distractions des autres passagers, empreinte d'un complet détachement mais nuancée d'ironie, qui le faisait rire à tout coup.

Alors elle riait aussi car, dans la monotonie de ce voyage, elle le trouvait amusant et intéressant. Ce qu'il avait de naturellement attirant ne fut jamais aussi bien mis en valeur que lorsqu'il lui parla, très simplement mais avec ce rien d'émotion qu'il éprouvait toujours à se remémorer son enfance, de son humble origine, des conditions dans lesquelles il lui avait fallu gagner très tôt sa subsistance, et de son ascension dans l'existence. Lorsqu'il se tut, un long silence s'instaura entre eux, meublé par le bruit des vagues contre la coque, et Lady Irène pensa : « Ça, c'est un homme, un vrai. »

Sa vie conjugale n'avait pas été heureuse. Son mari, dernier surgeon d'une vieille famille, était un panier percé qui avait dilapidé sa fortune et celle de sa femme. Elle chassa avec un haussement d'épaules agacé une idée qui venait de lui traverser l'esprit. Néanmoins, comme le cinquième jour de la traversée tirait vers sa fin et que la côte apparaissait au loin sur la mer lumineuse, elle se tourna vers Joe et lui dit avec un sincère regret :

« J'ai eu beaucoup de plaisir à vous connaître. Je déplore qu'il faille nous quitter.

— Mais nous nous reverrons au voyage de retour. »

Elle sourit et secoua la tête, tout en pliant sa couverture :

« Je ne supporterais pas de l'effectuer à bord de ce bateau. Marie et moi allons passer une huitaine de jours à terre, puis nous rentrerons par le premier paquebot de la Peninsular and Oriental où nous trouverons de la place. »

Elle lui nomma l'hôtel où elle séjournerait.

« Mais, s'exclama Joe, vous allez perdre votre billet de retour ! »

Elle continua de sourire, mais eut un très léger haussement de sourcils et, devant cette expression de blâme presque imperceptible, Joe se sentit rougir violemment, douloureusement, sans trop savoir pourquoi. Ce soir-là, il arpenta longtemps le pont, en proie à un violent combat intérieur et finit par prendre une décision qui demeura inébranlable, même après le total insuccès de la longue entrevue qu'il eut avec le commissaire du bord touchant le remboursement de son billet de retour. Le lendemain matin, lorsque le bateau jeta l'ancre, Joe prit place dans la seconde chaloupe et, d'un air extrêmement détaché, commanda que ses bagages fussent portés à l'hôtel que Lady Irène lui avait nommé.

Quand elle le retrouva ainsi, Lady Irène ne fit aucun commentaire et parut sincèrement heureuse de le revoir. Au cours des trois jours qui suivirent, ils passèrent beaucoup de temps ensemble, explorant les ruelles pittoresques de la ville, observant le travail des dentellières installées sur le seuil de maisons que festonnaient des bougainvillées pourpres, prenant leurs repas *al fresco* dans de petits restaurants dont la terrasse s'étalait dans l'ombre fraîche d'une place où jouait une fontaine. Et quand ils regagnaient l'hôtel, dans le crépuscule parfumé que traversait le vol des lucioles, elle lui prenait le bras d'un geste très naturel.

Le quatrième jour, un paquebot de la P. and O. entra dans la baie et, lorsqu'elle apprit qu'il n'y en aurait pas d'autre avant trois semaines, Lady Irène décida de partir. Joe fit de même. Quand il se trouva dans la véranda avec Lady Irène, tandis que Marie préparait les valises, il éprouva un sentiment d'euphorie absolument inhabituel et qui lui parut presque irréel. A ce moment, alors que Joe aurait pu donner libre cours à son état d'âme, le directeur vint apporter la note de Lady Irène en précisant qu'ayant réservé pour une semaine, elle était malheureusement obligée de payer pour toute la durée du séjour initialement prévu.

Joe prit la note, l'étudia, et constata avec indignation qu'on y avait décompté non pas seulement quatre jours de logement, mais quatre jours de pension complète.

« C'est abusif! dit-il à Irène. Je ne vous laisserai pas payer une telle note.

— Vous allez la payer », dit aussitôt le directeur en montant sur ses grands chevaux, « ou sinon j'appelle la police! »

Joe toisa le petit homme olivâtre, dont le bluff lui fut aussitôt apparent. Alors, en martelant ses mots, il se déclara prêt à faire mettre l'hôtel sur la liste noire de toutes les agences de voyage britanniques, parlant de chantage et d'extorsion. Le directeur parut se recroqueviller, bredouilla de façon confuse, et il en était presque à présenter des excuses quand, brusquement, Lady Irène ouvrit son sac et, avec un geste de dégoût, jeta quelques billets sur la table.

« Prenez ça et disparaissez », dit-elle d'un ton bref.

Tandis que le directeur partait à reculons avec force courbettes, un silence de mort s'établit. Joe regardait fixement le sol, en mordillant sa lèvre. Puis il dit, avec un haussement d'épaules :

« Oh! bien sûr, si vous pouvez vous le permettre... »

Elle eut un faible sourire et, en lui touchant le bras pour qu'il comprît bien qu'elle lui savait quand même gré de son intervention, elle répondit :

« Pour ne vous rien cacher, mon cher ami, je suis plutôt gênée en ce moment. Mais j'ai fini par comprendre que la seule attitude possible vis-à-vis de l'argent, c'est de le mépriser. »

Il n'y avait rien que Joe pût objecter à cela et, durant le voyage de retour, il ne reparla pas une seule fois de l'incident. Mais il y pensait fréquemment, fronçant les sourcils d'un air déconcerté.

***

En rentrant à Tyneside, Joe apprit que sa soumission pour la construction du music-hall avait été rejetée. Nullement découragé, il présenta aussitôt une soumission pour le siège social d'une importante compagnie. Là, peut-être parce que le projet était moins ambitieux et convenait mieux à ses capacités, il enleva l'affaire. Il battit alors le rappel de ses hommes et, avec l'énergie accrue de quelqu'un ayant le sentiment d'avoir un peu perdu son temps, il se mit à l'œuvre.

Cependant, tandis qu'il travaillait, ses pensées revenaient souvent à son élégante et aristocratique compagne de voyage. Bon sang, serait-il tombé amoureux d'elle ? Jamais depuis Jenny, il ne s'était senti aussi profondément ému par une femme. Et cette fois, c'était encore plus intense, plus complexe : le respect et l'admiration se mêlaient au désir dans le même temps que Joe se sentait intimidé. Ce qui aggravait son trouble, c'était l'impression qu'il ne lui était pas indifférent. Avant qu'ils se séparent, elle l'avait invité à venir la voir dans sa « petite maison de campagne » à Wooton Downs, dans le Sussex. Il refréna longtemps l'envie qu'il avait d'aller là-bas ; mais lorsque le gros œuvre du nouveau bâtiment fut achevé, cédant à une brusque impulsion, Joe loua une place dans le Southern Express et télégraphia à Lady Irène qu'il arrivait pour le week-end.

Irène vint l'attendre à la gare, nu-tête et en tailleur de tweed. Il prit place à côté d'elle dans un joli petit cabriolet attelé d'un cheval. Un été précoce animait la campagne. Quand ils s'engagèrent dans la longue avenue de la propriété, la brume du soir s'épaississait entre les grands ormes où l'on entendait crailler des corneilles. Cela ajoutait encore au côté mystérieux de l'endroit, conférant beauté et dignité à la maison basse, couverte de tuiles rouges. Bien que Joe ne fût pas très ferré dans ce domaine, cela lui parut être un très joli spécimen d'architecture Tudor, mais en assez triste état. Même dans le jour déclinant, il put s'apercevoir qu'un chaperon de mur était en morceaux, que la girouette était tombée, que les portes de l'écurie auraient eu grand besoin d'être repeintes et que plusieurs ifs de la haie étaient morts. En dépit de quoi, l'ensemble avait beaucoup de charme et de distinction... exactement comme la femme qui était à côté de lui.

Ils dînèrent aux chandelles. La sœur cadette d'Irène se trouvait séjourner à la maison et un vieux domestique, à la démarche un peu branlante mais qui demeurait parfaitement stylé, leur servit à tous trois un dîner très simple. Joe dormit fort bien dans une chambre aux murs lambrissés. Le lendemain matin, le solcil brillait, et Irène l'emmena faire le tour du propriétaire.

Joe exultait de se trouver de nouveau avec Irène, laquelle lui paraissait plus jeune que dans son souvenir, et elle-même semblait heureuse de le revoir. Tandis qu'ils marchaient côte à côte, il arrivait à Joe de la frôler, et ce chaud contact lui permettait d'imaginer tout le plaisir qu'un homme devait trouver dans l'intimité d'une femme aussi raffinée.

Pourtant, à mesure que les heures s'écoulaient, Joe sentait croître en lui une inquiétude, confinant presque à l'appréhension. Sans qu'elle eût dit quoi que ce fût en ce sens, car elle restait aussi réservée qu'à son habitude, il semblait à Joe déceler comme un message, une invite, dans le regard d'Irène. C'était comme si elle s'était offerte à lui en même temps que cette propriété, ravissante mais en piètre état, pour qu'ils la restaurent ensemble grâce aux moyens dont il disposait. Avec une tendre franchise, elle lui faisait comprendre qu'ils pouvaient se rendre mutuellement service. En retour de son aide matérielle, elle lui offrait une position sociale, l'introduisait dans un milieu où sans cela il n'aurait pu avoir accès, et userait de son influence pour favoriser encore son ascension. Là, ils pourraient recevoir comme il convenait le gratin de la société et, dès lors, nourrir les plus hautes ambitions.

Vers la fin de l'après-midi, comme ils s'en retournaient à travers le jardin à l'italienne au bassin fleuri de nénuphars, puis par le paddock afin qu'Irène pût donner une carotte à son cheval, elle se tourna vers Joe avec un sourire qui, pour une fois, était empreint de timidité et même d'une certaine crainte :

« Ce serait bien agréable de pouvoir de nouveau chasser à

courre ! J'adore monter à cheval et je suis sûre que vous aimeriez beaucoup ça vous aussi. »

Elle marqua un léger temps, s'efforçant sans succès de retrouver un peu de son habituelle ironie :

« Mais hélas, cher ami, c'est là une des choses auxquelles on doit renoncer quand on n'a presque plus le sou. »

Agréable ? Oui, certes, extrêmement agréable. En dépit de la peur qui l'habitait, Joe se sentait terriblement tenté. Cette nuit-là, dans sa chambre lambrissée, il fut long à trouver le sommeil, se tournant et retournant sans cesse. Irène était une femme belle, désirable, une véritable lady, et elle l'aimait. Il s'imagina devenu son mari, maître de cette demeure, à tu et à toi avec son beau-père, le comte, et chassant à courre en habit rouge. Puis il grommela tout haut : « Non, non, mille fois non ! » Il ne pouvait pas se permettre ça... Remettre la propriété en état coûterait au bas mot dix mille livres et il en faudrait bien cinq mille par an pour y vivre. Sans compter les domestiques, les jardiniers, le régisseur, etc. Et la famille d'Irène serait sans doute continuellement à lui soutirer de l'argent... Non, ça, ce n'était pas vrai ; Irène était une femme trop bien élevée pour tolérer pareille chose... Pourtant n'avait-elle pas laissé entendre que sa jeune sœur pourrait peut-être aller terminer ses études en Suisse ?

De nouveau, Joe ne put réprimer un grognement. Ce n'était pas qu'il doutât de gagner suffisamment d'argent. Il savait en être capable, en revanche, il se sentait incapable de le dépenser avec une telle prodigalité. Ce n'était pas son genre. Il n'était qu'un travailleur, un enfant de pauvres qui avait porté des souliers percés et connu les affres de la faim. Ah ! si cette occasion s'offrait à lui dans une dizaine d'années, lorsqu'il aurait assis sa situation et amassé une solide fortune, il s'empresserait alors de la saisir... Mais pas maintenant... Non, de grâce, pas maintenant !

Aux premières lueurs de l'aube, Joe se leva, fit sa valise, griffonna en hâte une lettre où il disait être obligé de rentrer de toute urgence, puis il quitta la maison sur la pointe des pieds. Pendant qu'il se rendait à la gare, le sourire timidement anxieux d'Irène revint le tourmenter ; mais lorsqu'il fut dans le train, il exhala un soupir de soulagement. Arrivé à Tynecastle sur le coup de 4 heures de l'après-midi, il téléphona pour qu'on lui amène sa voiture et se rendit aussitôt à la ferme de Sam Netley. Belle, en peignoir, se trouvait dans sa cuisine, étincelante de propreté, occupée aux préparatifs du dîner. Joe vit du boudin prêt à cuire et l'eau lui en vint à la bouche. Alors, s'approchant de Belle, il la prit dans ses bras en disant :

« Allez, on va se marier tous les deux! »

***

Le mariage eut lieu une semaine après l'achèvement de l'immeuble destiné à abriter les nouveaux bureaux. L'opération laissa à Joe un bénéfice de trois mille sept cent cinquante livres, légèrement inférieur à ce qu'il avait calculé — parce qu'il avait été obligé d'acheter ses briques en pleine hausse — mais néanmoins intéressant. Pour leur lune de miel, ils allèrent passer huit jours dans un hôtel de Blackpool. Joe avait nourri quelque crainte quant à la façon dont Belle se comporterait, mais il fut vite rassuré. S'habillant discrètement, sachant toujours s'adapter aux circonstances et se taire quand il le fallait, Belle n'était pas une femme à complications. Et, le soir venu, il lui arrivait même de faire rire Joe en émettant, avec son impassibilité coutumière, une remarque touchant tel de leurs clients ou de leurs amis.

Ce fut Belle qui, avec son solide bon sens, dissuada Joe de s'installer dans l'ancienne maison de Sam, comme il en avait d'abord eu l'intention. Elle se récria, disant que ce n'était plus un logement digne de la position qu'il occupait désormais dans les affaires ; d'ailleurs, elle-même souhaitait une maison avec une cuisine moderne et plus de commodités. Ils prirent donc pour eux une des villas de huit pièces dont Joe avait été le promoteur.

Puis, avec l'assurance d'un homme sachant qu'il a désormais chez lui quelqu'un sur qui compter en toute circonstance, Joe se jeta à corps perdu dans les affaires.

Il était maintenant considéré dans toute la région comme un entrepreneur et un promoteur de premier plan. Il ne tirait aucune satisfaction artistique de ce qu'il construisait : ce n'était pour lui qu'un moyen d'arriver à une fin.

Au cours des années qui suivirent, sa prospérité s'accrût. Comme je l'ai déjà dit, c'était un garçon sympathique, qui se faisait facilement des amis. A la différence du pauvre George Grigson dont les façons autoritaires suscitaient une opposition instinctive, Joe, avec son amabilité tranquille, n'avait que peu d'ennemis, si bien que les propositions ne cessaient d'affluer vers lui.

Mais, bien qu'il fût amené à s'occuper de constructions de plus en plus vastes, Joe ne trouvait jamais qu'une affaire était de trop peu d'importance pour qu'il s'en chargeât. Ces petites affaires étaient dévolues à deux jeunes architectes qu'il avait engagés tout spécialement pour cette branche de ses activités. Qu'un voisin, pas très riche, vînt timidement lui demander s'il pouvait lui bâtir un garage dans sa cour, Joe acquiesçait aussitôt en le gratifiant d'une tape sur l'épaule et lui donnait entière satisfaction. Même si ça ne lui laissait qu'un bénéfice de cinq livres, Joe se disait que c'était toujours cinq livres de gagnées.

Durant cette période de sa vie, Joe fut tellement occupé qu'il ne prît pratiquement pas de vacances, sauf un jour par-ci par-là. Entre-temps, à sa grande joie, Belle lui avait donné deux fils. L'été venu, il les envoyait avec elle au bord de la mer ou, le plus souvent, à la ferme de Sam, mais il avait rarement la possibilité de les accompagner. « L'année prochaine! » disait-il, avec un sourire fatigué, lorsqu'ils le suppliaient de se joindre à eux. Mais quand arrivaient les vacances de l'année suivante, Joe avait presque toujours quelque affaire en train qui l'empêchait de partir.

C'était vraiment grand dommage, car Joe ne s'offrait que peu de plaisirs et n'avait que de rares moments de détente. Il mangeait très modérément, fumait et buvait peu, allait rarement au Club. Il ne pêchait ni ne chassait, à la différence de Sam qui était devenu un excellent fusil pour la chasse au lapin. Et c'était vraiment toute une affaire pour le décider à se rendre chez son tailleur. Il disait à Belle : « Un homme comme moi peut se permettre de porter de vieux vêtements. » Et il lui arrivait d'ajouter, en la prenant par la taille : « J'y suis aussi attaché qu'à ma bourgeoise ! »

Oui, de temps à autre, il reconnaissait avec satisfaction ne s'être pas trompé en épousant Belle. Ce n'était peut-être pas une femme très excitante, mais elle était économe, raisonnable, et pas exigeante du tout. Bien entendu, elle n'avait quand même pas voulu en rester à sa condition d'antan. Elle avait maintenant une bonne à demeure et, chaque semaine, une femme venait faire la lessive. Belle veillait à ce que les enfants soient chaudement et bien habillés. Sa garde-robe personnelle comprenait une élégante robe noire pour les dîners ou les cérémonies officielles auxquels ils étaient invités. Mais elle continuait à tricoter des chaussettes pour son mari et ses fils, à leur cuisiner de bons petits plats, les soignant quand ils étaient malades, leur appliquant des cataplasmes quand ils avaient pris froid. En dehors d'un fer à repasser électrique ou d'une machine à laver, elle n'avait jamais rien demandé à Joe. Ce dernier avait calculé qu'elle tenait la maison, de façon parfaite, pour moins de cinq cents livres par an. Et dans le même temps, lui-même se faisait une moyenne de quinze mille livres.

Pour les trente-cinq ans de Belle, dans un élan de reconnaissance attendrie, Joe déposa sur les genoux de sa femme, occupée à tricoter, un bon du Trésor de mille livres.

« C'est pour toi, lui dit-il avec émotion, et tu vaux cent fois plus ! »

Belle le regarda calmement, puis lui rendit le titre :

« Que veux-tu que j'en fasse? Mets-le donc dans ton coffre, avec les autres. »

Joe demeura figé sur place, n'en croyant pas ses oreilles. Puis il l'embrassa avec encore plus de chaleur que précédemment. Quelle femme, vraiment! Comme il avait repris ce bon, il apaisa sa conscience en ouvrant un livret de caisse d'épargne pour chacun des garçons. Maintenant qu'ils allaient avoir respectivement six et huit ans, il était temps pour eux d'apprendre la valeur de l'argent.

La prospérité de Joe continua : tout ce qu'il entreprenait semblait voué à la réussite. Lorsqu'il était un gosse aux vêtements rapiécés, il rêvait d'avoir un jour cinq cents livres à lui. Jeune homme, il avait procédé à un réajustement et fixé la somme à cinq mille livres. Dix ans plus tard, il s'était dit que cinquante mille livres pourraient assurer son indépendance et ses vieux jours. Et pourtant, maintenant qu'il avait de beaucoup dépassé cette somme, il ne se sentait pas encore satisfait ni rassuré. Enfermé dans son cabinet de travail et additionnant des chiffres dans son petit livre noir, il était tourmenté par le danger de l'inflation. Le thé, le sucre, le beurre, tout augmentait. Même le prix du journal avait doublé. Quand aux impôts, c'était pour Joe un perpétuel cauchemar ; chaque année, en voyant la somme qu'il lui fallait verser au percepteur, il avait le cœur presque brisé.

Un jour, après avoir signé un chèque particulièrement gros, Joe confia ses soucis à Sam qui, en manches de chemise, était en train de bichonner un coq bantam pour le concours avicole.

« Ce salaud de percepteur! grogna-t-il. Il ne me laisse que la peau et les os! »

Tout en continuant ses soins au coq, Sam dit d'un ton détaché :

« Il te reste quand même un joli petit bas de laine. »

En entendant cela, Joe devint écarlate et parla à Sam avec une violence dont il n'était pas coutumier :

« Le diable t'emporte! Ne dis donc pas de sottises! »

Il s'en retourna chez lui douloureusement blessé dans son amitié pour Sam et comme outragé. En arrivant à la villa, il vit que l'électricité était allumée dans la resserre dont ses fils avaient fait une manière d'atelier. Le sang lui monta à la tête : l'électricité avait dû certainement brûler toute la journée!

Quand les garçons rentrèrent de l'école, il les attendait sur le perron :

« Lequel de vous deux a laissé la lumière allumée dans la resserre? »

Les deux frères s'entre-regardèrent d'un air incertain, puis l'aîné répondit :

« C'est sans doute moi, Papa. J'y ai travaillé à mon bois découpé, hier après-dîner.

— Hier après-dîner! s'exclama Joe avec fureur. Ça fait près de dix-huit heures! Comme l'ampoule est de 60 watts, tu as gaspillé un kilowatt-heure, sinon plus!

— Je suis désolé, P'pa. »

C'est alors que le cadet intervint de sa voix flûtée :

« P'pa, le kilowatt-heure coûte seulement six pence.

— *Seulement* six pence! s'étrangla Joe. Mais quand j'avais ton âge, six pence, c'était une fortune! Il ne me serait pas venu à l'idée de gaspiller un seul penny! »

Il se tut et les regarda. A les voir si décontenancés, il sentit fondre sa colère. C'étaient deux bons enfants... L'aîné aurait bientôt quatorze ans et ils fréquentaient la meilleure école de la ville, où ils lui faisaient honneur à plus d'un titre. Les prenant chacun par le bras, il rentra avec eux dans la maison en leur disant, d'un ton affectueux, chargé de réminiscences :

« Voyez-vous, mes garçons, j'ai eu une enfance très pauvre... »

***

Les années passaient et Joe gagnait toujours plus d'argent. Je n'avais jamais mesuré à quel point il devait être riche jusqu'à ce jour de 1940, douze mois après le déclenchement de la Seconde Guerre mondiale, où il vint à mon cabinet me consulter pour sa santé. Ses fils, maintenant en âge d'être mobilisés, étaient sous l'uniforme et lui-même travaillait avec plus d'acharnement que jamais, construisant un aérodrome géant.

Lorsque nous nous trouvâmes en tête à tête dans mon cabinet, il me dit en tournant vers moi un regard empreint de lassitude :

« Docteur, je voudrais que vous me donniez quelque chose pour me requinquer un peu.

— Qu'est-ce qui ne va pas?

— Oh! je ne sais pas... C'est peut-être simplement le moral... Je me fais tellement de souci pour l'avenir.

— Quel genre de souci, Joe?

— Eh bien, vous comprenez, tout le monde pense que cette maudite guerre risque d'amener l'inflation, de flanquer par terre notre structure économique, et donc de ruiner bien des entreprises du secteur privé. Il y a de quoi se faire du souci, non? »

Les rides de son front se creusèrent davantage :

« Il me faut songer à Belle et aux garçons... Je ne voudrais pas les voir dans le besoin. J'ai bien cherché des moyens de me prémunir contre l'inflation, mais il n'y en a aucun de vraiment sûr... »

Il se tut et un silence suivit, jusqu'à ce que je lui demande :

« Joe, à combien se monte actuellement votre fortune? »

Soudain gêné, il me jeta un regard de côté puis, baissant le ton, me répondit :

« Ne le répétez à personne... Mais ça doit tourner autour du million de livres.

— C'est beaucoup d'argent, ça, Joe! dis-je, stupéfait.

— Pas à l'époque où nous vivons, me rétorqua-t-il d'un air sombre. Je peux me réveiller demain complètement ruiné. »

Je le soumis à un examen minutieux. Sa tension était un peu basse ; de toute évidence, il ne prenait pas assez d'exercice, mais tout allait bien chez lui et sa santé ne m'inspirait aucune inquiétude. Quand je le lui eus dit, il hocha la tête et, tout en se rhabillant, il s'enquit, en me gratifiant de son chaud sourire, toujours un peu timide :

« Alors, que faire, Docteur ? »

Il y eut une très longue pause, puis je décidai de lui parler carrément :

« Joe, pourquoi n'essayeriez-vous pas de dépenser un peu votre argent ?

— Quoi ? » s'exclama-t-il en me regardant comme si j'étais devenu subitement fou. « Toucher à mon capital ?

— De nos jours, c'est dans sa tête qu'un homme a son capital. Et ça vous ferait beaucoup de bien, Joe. Si vous pouviez vous résoudre à dépenser de l'argent, le dépenser sans compter, ça vous libérerait d'un complexe qui vous opprime depuis longtemps.

— Mais à quoi le dépenserais-je ?

— Oh ! à n'importe quoi, Joe, répondis-je. Mais vous devriez surtout en dépenser pour vous-même. »

Je lui fis tout un exposé sur la question, lui parlant d'autant plus librement que j'étais à la veille de partir pour les États-Unis où m'attendait un poste d'officier de liaison auprès de la Croix-Rouge. Je souhaitais très sincèrement qu'il suive mon conseil, tout en étant à peu près sûr du contraire.

Plus de neuf mois s'écoulèrent avant que je revoie Joe et cela se produisit à New York, où je m'étais momentanément installé dans un petit appartement.

Comme je remontais la Cinquième Avenue, je le reconnus devant la vitrine d'un magasin très élégant, occupé à regarder les cravates qui se trouvaient à l'étalage.

« Vous faites quelques achats, Joe ? » lui demandai-je après que nous eûmes échangé les amabilités de circonstance. « Ces cravates sont ravissantes.

— Savez-vous combien elles coûtent ? » (Le magasin étant

trop élégant pour afficher ses prix, je sentis que Joe se préparait à me porter un coup.) « Vingt-cinq dollars pièce!

— Elles sont en soie véritable et peintes à la main, fis-je remarquer. Pour une fois, vous pouvez bien ne pas vous soucier du prix. Allez Joe, rappelez-vous ce que je vous ai dit.

— Mais vingt-cinq dollars pour une cravate! répéta-t-il avec une sorte d'effroi. Rendez-vous compte : ça fait plus de six livres! Pour cette somme, on peut acheter complet, chaussures, sous-vêtements, chemise *et* cravate! S'habiller complètement! Et on aurait encore de l'argent de reste, assez pour payer son dîner! Dans ma jeunesse... »

Fut-ce mon imagination? En cet instant j'eus l'impression qu'il ressemblait physiquement à sa tante, disant : « Nous ne pouvons pas nous le permettre! »

Je laissai Joe devant la vitrine du chemisier, le front marqué d'un pli soucieux, continuant à se demander s'il allait ou non acheter une de ces cravates. Bien entendu, j'étais certain qu'il n'en ferait rien. Et j'imaginais qu'il en serait ainsi jusqu'au jour où, un grand faire-part de décès ayant paru dans la presse locale, on chuchoterait à quelle somme ahurissante s'élevait la succession, et l'on emporterait le pauvre Joe dans un cercueil, dont le prix aurait de quoi le faire se retourner dans sa tombe. Ça n'était pas un tableau bien réjouissant mais je dois avouer à ma honte que, tout en poursuivant mon chemin dans la Cinquième Avenue, j'éclatai de rire.

Je ne devais pas tarder, hélas, à regretter ce rire stupide, car en imaginant l'avenir de Joe avec ce souriant mépris, je n'avais pas prévu le tragique événement qui se produisit moins de deux mois plus tard, à la fin d'octobre 1941. Durant un raid aérien au-dessus de Tynecastle, une bombe tomba sur la villa de Joe. Lui-même se trouvait à son bureau en ville. Mais, en permission de quelques jours, ses deux fils étaient à la maison avec leur mère et ils furent tués tous les trois.

J'écrivis aussitôt à Joe une longue lettre de condoléances,

où la sympathie que je lui exprimais se nuançait d'un certain remords. Je ne reçus aucune réponse, mais je n'en attendais pas, sachant bien que Joe devait être complètement anéanti par un tel coup. Un mois plus tard, je reçus toutefois une carte imprimée me remerciant de mes condoléances, comme il est d'usage en pareille circonstance. A part ça, il s'écoula bien six mois avant que j'entende reparler de Joe.

Puis, peu à peu, d'étranges nouvelles se relayèrent jusqu'à moi, qui étais encore aux États-Unis. Elles étaient colportées par des relations communes et je recevais aussi, de temps à autre, des journaux de Tynecastle où la répétition de certains entrefilets ne manqua pas de retenir mon attention.

Puis me parvint une longue lettre de Sam Netley, qui ne me laissa plus aucun doute. De toute évidence, la bombe fatale qui avait ravi à Joe toute sa famille avait tué du même coup le complexe qu'il nourrissait depuis toujours au fond de son cœur. Je n'en fus pas moins stupéfait par la liste que Sam Netley joignait à sa lettre. En additionnant toutes les donations faites par Joe pour la reconstruction d'hôpitaux bombardés, pour le Fonds de Secours aux Réfugiés et maintes autres organisations, je m'aperçus qu'il avait distribué ainsi les trois quarts de sa fortune. Ça paraissait incroyable, mais c'était vrai.

Près de deux années s'écoulèrent encore avant que je revoie Joe. Puis, étant enfin rentré à Tynecastle quelques semaines avant l'Armistice, je rencontrai Joe dans la Grand-Rue. Je m'attendais à voir un homme miné par le chagrin et paraissant plus que son âge. Or il n'en était rien. Certes, ses cheveux étaient maintenant presque blancs, mais il se tenait toujours aussi droit, donnant une impression de force et de santé, avec un sourire qui était même beaucoup plus gai qu'autrefois. Tandis qu'il me serrait vigoureusement la main, je ne décelai aucune anxiété dans son regard. Libéré de sa peur, capable désormais de lever la tête vers les étoiles, il semblait s'être enfin mis à goûter l'existence.

Plus tard, à l'issue d'une longue conversation que nous eûmes ce soir-là et au cours de laquelle il m'exposa avec enthousiasme ses plans pour la construction d'un grand home où seraient élevés tous les orphelins que le blitz avait fait à Tyneside, il eut de nouveau ce sourire que je ne lui avais jamais connu jusqu'alors, ce sourire qui exprimait vraiment la joie.

« Vous aviez raison, Docteur, me dit-il, de penser que je ne me résoudrais jamais à dépenser mon argent... Mais vous n'imaginez pas quel plaisir j'ai à le donner! »

L'infortunée

Titre original :
CHILD OF COMPASSION

Assise sur la pelouse, à l'ombre du hêtre pourpre, elle jouait avec ses enfants. Elle avait un tablier blanc, plutôt froissé, et un ruban retenait ses cheveux châtains, dégageant son front. Chaussée de sandales de plage, elle avait les jambes nues. C'est que, voyez-vous, elle n'avait pas encore sept ans. Ses enfants, bien sûr, c'étaient ses poupées.

En arrivant au tournant de l'allée, je m'arrêtai pour l'observer, tandis que d'un geste tendre elle protégeait le teint de Sam — j'étais certain qu'il devait s'agir de Sam, qui n'était pas beau et dont le nez avait été recollé à deux reprises — à l'aide d'une petite ombrelle rose. Je ne pus m'empêcher de sourire devant tant de sérieux dans la sollicitude. Et puis, bien que je fusse là pour soigner le lumbago de la cuisinière et que j'eusse encore une demi-douzaine de visites à faire avant l'heure des pansements du soir, je me glissai entre deux massifs de hauts delphiniums pour passer avec elle ce qui serait le meilleur moment de ma journée.

« Bonjour, madame. Comment va votre petite famille aujourd'hui ? »

Elle leva la tête vers moi, avec cet air qu'ont les enfants lorsqu'ils pressentent que les grandes personnes se moquent d'eux, et le soleil éclaira ses yeux sombres. Alors elle eut un sourire qui, parti de son regard, progressa lentement sur son visage où il creusa deux fossettes.

« C'est surtout Sam qui m'inquiète, dit-elle d'un ton pensif. Il ne profite pas. C'est un enfant vraiment très fragile. »

Elle considéra Sam avec une sorte de commisération attendrie, comme si elle s'étonnait réellement d'une telle faiblesse de constitution.

Elle ne faisait que plagier ce qu'elle entendait dire par sa nurse, mais cela tombait juste, car les poupées avaient vraiment triste mine. L'une avait perdu un bras, l'autre une oreille, une troisième n'avait plus de jambes... et quant à Sam, Sam au nez deux fois recollé, c'était peut-être de tous le plus pitoyable!

Tout en la regardant au milieu de ses poupées, je demandai :

« Et où est donc, madame, cette jolie petite fille qu'un brave Chatou vous a donnée pour Noël? Elle avait une belle robe qui se boutonnait dans le dos, un jupon avec de la dentelle — de la vraie dentelle! — et elle fermait les yeux quand on la couchait. »

Elle demeura un instant pensive tandis que le soleil se faufilant à travers le feuillage du hêtre jouait dans ses cheveux, puis elle me répondit :

« Je suis désolée, Chatou. Valérie l'a voulue. De toute façon, je crois que c'est mes pauvres blessés que j'aime le plus. »

Comme mes lèvres tremblaient, elle dit vivement :

« Ne ris pas, Chatou! Je parle sérieusement. »

Il m'était difficile de garder mon sérieux, tant il y avait de solennelle gravité dans ses grands yeux ronds. Elle avait ce même regard grave la première fois que je l'avais vue, un an auparavant. J'avais tout de suite diagnostiqué une rougeole mais, tout frais émoulu de la Faculté et désireux de faire bonne impression, je m'étais néanmoins livré à une auscultation et un examen approfondis, si bien qu'elle avait fini par me déclarer avec un grand sérieux :

« Tu chatouilles tellement, monsieur, que je t'appellerai Chatou. »

Comment ne pas rire? Et je riais de nouveau maintenant.

« Tu es une drôle de petite fille, Susan.

— Ah? »

Je cherchai dans la poche de mon gilet un de ces bonbons aux fruits qui étaient alors très en faveur. Susan tendit sa petite main et je vis de nouveau éclore son sourire.

« Merci, Chatou. »

Elle posa le bonbon au creux de son tablier, penchant légèrement la tête de côté pour mieux admirer le papier illustré qui l'enveloppait.

« Oui, j'aime bien ceux à la framboise », déclara-t-elle comme si elle venait de peser la chose.

Il y eut des pas sur le gravier de l'allée et nous fûmes rejoints par Valérie, suivie de Nanny, la nurse. D'un an seulement l'aînée de Susan, Valérie était comme un petit poney, dont elle avait la saine et ronde vigueur. Elle était toujours à gambader, ses belles joues roses balayées par ses boucles blondes. Quand elle s'immobilisa près de nous, elle esquissa un frisson comme l'eût pu faire une actrice, et se tournant vers moi pour quêter mon approbation, elle dit :

« Oh! ces poupées de notre Susan! Qu'elles sont affreuses! »

Le visage de notre Susan s'empourpra.

Valérie rit de bon cœur, en sautant d'un pied sur l'autre. Ce faisant, ses yeux bleus repérèrent le bonbon au creux du tablier de Susan.

Laissant fuser un cri de joie, elle s'en empara prestement, défit le papier en un clin d'œil et fourra le bonbon dans sa bouche. Alors seulement, elle dit avec volubilité :

« Je peux, hein, Susan? Tu me le donnes? Si t'en avais eu envie, tu l'aurais mangé... Et puis c'est mon anniversaire la semaine prochaine. On va avoir un grand, grand goûter! »

L'espace d'un instant, Susan parut sur le point de fondre en larmes. Mais elle ne pleura pas. Je la vis déglutir à plusieurs reprises, puis elle eut son brave petit sourire :

« Oui, un grand goûter. »

La bouche de Nanny émit un bruit réprobateur, qui s'accompagna d'une moue scandalisée. Donner des bonbons aux enfants! Rien de plus mauvais pour les dents! Mais qu'attendre d'un jeune homme sans expérience, dont l'encre du diplôme n'est même pas encore sèche? Aussi Nanny, la compétence même, intervint-elle sans plus tarder :

« Venez, Miss Susan. Vous allez attraper mal sur cette herbe humide. »

Avec un regard sévère dans ma direction, elle ajouta :

« Ça fait plus d'une demi-heure que Mrs Williams attend le docteur et elle souffre le martyre, la pauvre femme. Allez, venez, c'est l'heure de votre panade. »

Le dernier mot avait un ton de finalité, marquant qu'il n'était plus question de jouer. Mais Susan n'émit aucune protestation. Se levant aussitôt, elle rassembla sa pauvre progéniture qu'elle serra contre sa poitrine. Valérie partit en avant avec la nurse, gambadant et chantant un petit air de sa façon, tandis que Susan trottinait derrière elles, toute seule...

Bien entendu, j'allai au fameux goûter. Tout le monde assista au goûter d'anniversaire de Valérie. Ce fut magnifique, absolument magnifique ; il y avait un prestidigitateur avec de vrais lapins, deux sortes de glaces : à la fraise et à la vanille, un gâteau splendide avec un glaçage rose tout luisant, et huit bougies, des bougies qu'on allumait. Harry Sinclayne, le père de Susan et Valérie, était veuf. Ellen, sa femme, était morte en mettant Susan au monde. Agent de change à Bristol, c'était un homme de haute taille, cordial, au visage coloré. Impulsif, généreux, ne regardant pas à la dépense, sa belle maison de Clifton était toujours ouverte aux amis. Il ne se connaissait pas un ennemi au monde et pour ses enfants, il disait lui-même qu'il aurait été décrocher la lune. Valérie était incontestablement sa préférée. Il n'en avait pas conscience et s'en fût certainement défendu avec colère si on le lui avait dit mais, tout au fond de lui-même, il n'avait jamais pardonné à Susan d'avoir causé la mort de sa mère. Valérie, par contre, il en était fou : « C'est moi tout craché, cette petite! » disait-il volontiers en s'esclaffant.

Et parce que la Bourse avait été florissante, il avait déclaré en tapant sur la table que, pour son anniversaire, Valérie convierait ses amis à un goûter comme ils n'en avaient encore jamais vu!

On avait livré quantité de jolies petites chaises dorées, des tas et des tas de choses extraordinaires, et un monsieur plein d'importance était venu s'occuper de tout. Et maintenant ça y était, la fête battait son plein! Le tintement des cuillers se mêlait au bruit des biscuits qu'on croquait, tout le monde parlait à tue-tête, se bousculait, riait, mangeait, et sur l'assistance flottait une odeur d'enfants bien lavés avec des savons parfumés.

Dans un coin, par-dessus un frémissant monticule de blanc-manger, Susan contemplait Dicky. C'était sa première sortie dans le monde, car ses parents n'habitaient la ville que depuis peu. Agé de huit ans, il avait donc tout l'attrait de la nouveauté. Il était vêtu d'un de ces costumes marins orné d'un gros nœud sur le devant, que les mères adorent et que les enfants détestent. Dicky ne faisait pas exception. Heureusement, l'aiguillette le consolait un peu, d'autant qu'elle comportait un sifflet. Dicky était très fier de ce sifflet.

« On l'entend très loin, expliquait-il à Susan, et dedans, il y a un vrai petit pois. Mais Tally dit que je dois pas souffler dedans, que c'est vilain et que ça lui déchire les nerfs. Mais je te laisserai peut-être l'essayer... après », ajouta-t-il prudemment.

Comme la fillette ne disait rien, il lui demanda alors :

« Sais-tu faire des multiplications à deux chiffres ? »

Le regard de ses grands yeux rivé sur lui, Susan secoua la tête.

« Moi oui. C'est pas difficile, tu verras », lui assura-t-il avec un sourire encourageant.

Le silence persistant, il changea de sujet :

« Regarde! »

Relevant une jambe de son pantalon, il roula sans vergogne sa chaussette jusqu'en bas :

« J'ai reçu un coup à la cheville. Terrible, hein ? C'est devenu tout vert et maintenant c'est jaune. Ça pourrait même me donner la grande graine... »

Susan ne pâlit pas, mais ses yeux se firent tout ronds, son front se plissa, exprimant la compassion. De toute évidence, elle trouvait Dicky très gentil et allait finir par lier conversation. Mais, à ce moment précis, Valérie survint en gambadant, avec une bande de petites filles dans son sillage. Elle était toute rose et surexcitée, riant aux éclats, se comportant en reine de la fête dont tout le monde souhaite être l'ami. Elle s'immobilisa, un peu hors d'haleine, puis gloussa :

« Notre Susan a des poupées affreuses ! »

Tout le monde rit autour d'elle, sauf Susan qui devint toute rouge et Dicky, gêné de se trouver avec sa jambe de pantalon relevée et sa chaussette baissée.

« C'est vrai ! insista Valérie. Si vous me croyez pas, vous n'avez qu'à lui demander de vous les montrer. Et elle les aime ! »

Avec une sorte de stupeur incrédule, les fillettes considérèren Susan qui semblait prête à prendre la fuite.

« On va jouer au roi et à la reine », dit alors Valérie et, coquette, se balançant d'un pied sur l'autre, elle dit à Dicky :

« Je te choisis pour roi. »

Ce fut alors que Sinclayne fit une de ces entrées tonitruantes dont il était coutumier.

« Où est donc ma Valérie chérie ? Je ne l'ai pas vue de toute la journée ! »

Sans aucun égard pour sa dignité de maîtresse de maison, il se mit à la chatouiller, puis la jucha sur ses épaules tandis qu'elle protestait d'une voix entrecoupée de rires nerveux :

« Non, Papa, non... Papa, arrête !... Non, Papa, on va jouer au roi et à la reine !

— Eh bien, on va y jouer ensemble ! Je serai le roi !

— Non, Papa, fais-moi descendre ! Pose-moi, Papa ! C'est pas toi le roi. J'ai choisi Dicky. »

***

Valérie et Susan allèrent à l'école, non pas au jardin d'enfants qui était au bout de leur rue et où l'on jouait seulement à aller à l'école, mais dans un pensionnat comme où vont les grandes, car elles avaient maintenant treize et quatorze ans. Sinclayne ne cessait de me répéter que c'était un établissement de premier ordre, comme pour atténuer ainsi la peine que lui causait cette séparation. Ce pensionnat était situé à Brighton. Climat très sain qui ferait le plus grand bien à Valérie, soulignait-il, comme si son aînée n'avait pas été éclatante de santé.

« Je ne sais que faire de moi maintenant que je n'ai plus Valérie », me confiait-il le soir, lorsque nous disputions notre partie de billard, tout en passant mélancoliquement du bleu sur son procédé.

La Bourse n'était pas brillante depuis quelque temps.

« La maison est sinistre sans ma Valérie. »

Tout en le regardant faire un coulé qui n'obtint pas le résultat souhaité, je dis :

« Susan aussi doit vous manquer.

— Quoi ? »

Il releva la tête, congestionné de s'être baissé, ce qui n'était pas bon signe, pensai-je machinalement.

« Susan est si tranquille qu'on n'y prend pas garde d'ordinaire, continuai-je. Mais quand elle n'est plus là, son absence se remarque.

— Oui, c'est une bonne petite, grommela-t-il. Mais elle n'est pas vivante comme Valérie, qui remplit la maison de sa présence. »

Et il me répéta cela je ne sais combien de fois au long du premier trimestre.

Mais les vacances finissaient par arriver, bien entendu. Valérie revenait chaque fois plus grande et plus calme, ses boucles blondes maintenant retenues sur la nuque par un ruban. Il lui arrivait souvent de hausser les sourcils d'un air critique ou réprobateur, mais son père ne s'en avisait même pas, ravi qu'il était de lui entendre raconter des tas de choses sur les cours, les professeurs, ses camarades et la maîtrise dont elle faisait preuve dans les matchs de hockey. Susan revenait aussi aux vacances et chaque fois, c'était comme si elle avait acquis encore plus de lustre, de poli. Elle n'avait guère grandi et était encore très frêle, « une toute petite chose » disait Mrs Williams en parlant d'elle. Mais quel charme émanait d'elle! Il m'arrivait d'en avoir le souffle coupé.

Et puis, alors que ce semblait être la veille que les poupées avaient été remisées dans une caisse du grenier, arriva le jour où elle revint définitivement de l'école, les cheveux noués en chignon, les jupes plus longues, ses beaux yeux rayonnant d'affectueuse malice devant mon air stupéfait :

« Ne me regardez pas comme ça, Chatou, ou je vais croire que je suis en train de perdre des épingles à cheveux et me mettre à rougir! »

Je ris avec un peu d'embarras, émerveillé par la brumeuse beauté de ses grands yeux, tout empreints d'une douce sérénité.

« Elle rougit parce qu'elle sait que ça l'avantage ! intervint Valérie avec un grand rire : " Rougissante et vêtue à ravir, Susan descendait posément l'escalier. "

— Ça, c'est pas chic, Valérie! protesta aussitôt Dicky. Jamais Susan ne cherche à... »

Dicky était survenu comme à son habitude « pour prendre une goutte de thé »... goutte qui se traduisait par trois bonnes tasses. Fini le costume marin, le nœud, l'aiguillette et le sifflet! Tout cela avait disparu avec les choses que l'on souhaite oublier. Et aussi avec le bleu de la cheville, qui devait engendrer la gangrène! Dicky était maintenant un homme, un homme qui faisait sa médecine à Bristol. C'était bien dans le caractère de Dicky d'avoir voulu étudier à la faculté de sa province alors que, ses parents ayant de la fortune, il aurait pu facilement aller à Cambridge ou à Londres. Depuis quelque temps, je le suivais avec plus d'attention et il m'était très sympathique. C'était un grand gaillard qui travaillait dur, pratiquait admirablement les sports mais sans excès, et s'était acquis parmi ses camarades une réputation de solide bon sens. J'appartenais maintenant à la direction de l'hôpital et je pris Dicky comme stagiaire pendant six mois. Je ne lui épargnai pas le travail, mais jamais il ne regimba ni ne se départit de son ardeur. Cette ardeur faisait d'ailleurs partie de son caractère : il brûlait de se distinguer, d'être apprécié, de réussir. Il était plein de confiance en soi, qualité très utile mais qui, chez un garçon moins désarmant que Dicky, aurait pu ressembler dangereusement à de la suffisance.

« Bon, dis-je, maintenant que vous êtes toutes deux de retour chez vous et de si ridiculement grandes personnes, que va-t-il se passer ? »

Valérie se servit de lait, et le regard moqueur de ses yeux bleus se posa sur Dicky :

« Eh bien, selon la meilleure tradition romanesque, je vais me mettre en quête d'un jeune homme plein d'avenir. »

Dicky rit d'un air embarrassé.

« Et toi aussi, Susan? demandai-je.

— Vous oubliez, Chatou, répondit-elle en souriant, que je suis une jeune fille moderne. Je ne vais pas faire de la broderie en attendant qu'un parti se présente! Non, non, je veux exercer une profession.

— Quel genre de profession?

— J'aimerais assez avoir une petite trousse noire comme vous.

— Toi! Faire ta médecine?

— Pourquoi pas? Il n'existe plus de préjugé à cet égard, que je sache? Et il est bon qu'une jeune femme puisse assurer son existence. »

Je la regardai. Bien que j'eusse une demi-douzaine d'étudiantes dans mon service, il ne m'était jamais venu à l'idée que Susan pourrait venir se joindre à elles. J'eus d'ailleurs le sentiment qu'elle n'y pensait pas très sérieusement.

Toutefois, le mois suivant, les événements prirent une tournure qui donna tout son poids à la réponse de Susan.

***

Par une brûlante journée d'août, Harry Sinclayne fut trouvé mort. Assis à son bureau en manches de chemise, il s'était effondré sur le bordereau qu'il était en train de remplir. Syncope. Je savais qu'il avait le cœur malade, un infarctus du myocarde, et je ne cessais de le mettre en garde, de lui réitérer des avertissements dont il ne tenait aucun compte : « Écoutez, mon cher, on ne vit qu'une fois... Alors, à quoi bon se gâcher le plaisir qu'on peut avoir ? » Je savais aussi que, depuis un certain temps, ses affaires lui causaient du souci ; au cours des derniers mois, je l'avais entendu souvent pester après la Bourse, après la chance, après lui-même...

La mort de Harry fut, à plus d'un titre, une triste chose, car il laissa ses affaires en grand désordre. Il avait beaucoup acheté dans une bourse qui ne cessait de baisser. Récemment, ayant changé de tactique, il avait vendu à découvert et été surpris par une brusque reprise des cours. En outre, il avait toujours été très dépensier. Aussi, quand tous les comptes furent faits, Valérie et Susan se retrouvèrent avec huit cents livres chacune, pas plus.

Six semaines après l'enterrement, j'eus une conversation avec Susan, qui avait été très secouée par la mort de son père.

« Cette fois, c'est décidé, me dit-elle calmement, je vais faire ma médecine. Je veux pouvoir gagner ma vie le cas échéant. Valérie va commencer par aller se reposer chez des amis, à Brighton, pour se donner le temps de réfléchir à l'avenir. Nous allons quitter la maison et nous installer dans un petit appartement. »

Elle détourna la tête et feignit de s'absorber dans la contemplation de la pelouse, pour ne pas me laisser voir qu'elle avait les larmes aux yeux.

***

Cinq années dans une école de médecine représentent des études quand même moins astreignantes qu'on est porté à l'imaginer. On rit aussi beaucoup pour se laver l'esprit de tout ce qu'on a vu à l'hôpital et il y a des moments où l'on fait jouer la radio en sourdine dans la salle de garde, tout en buvant subrepticement une tasse de thé. Durant ces courtes années, Susan apprit bien autre chose que la nomenclature des maladies, car le spectacle des corps souffrants et sans défense éveille plus souvent la compassion que le dégoût. Susan retrouva son sourire et ne le perdit plus. Il fut vite apparent que ses qualités la prédisposaient à ce métier. Ses mains œuvraient avec une assurance tranquille, elle parlait peu et témoignait d'une rare compréhension. Quand la fin de ses études approcha, je ne doutai pas de son succès.

Et puis, un après-midi d'avril, je rencontrai Dicky dans la Grand-Rue.

« Que venez-vous faire par ici à cette heure de la journée? » m'exclamai-je en m'arrêtant pour échanger quelques paroles avec lui.

Les mains enfoncées dans ses poches, il avait un air à la fois ravi et important.

« Je suis venu en ville pour affaire.

— Pour affaire?

— Oui : une grande affaire », confirma-t-il d'un air encore plus ravi et important. « Je vais acheter une bague.

— Une bague? » répétai-je en le regardant sans comprendre.

« Bien sûr! fit-il tandis que s'épanouissait enfin son sourire juvénile. Pour Susan!

— Susan... balbutiai-je.

— Mais oui! Vous ne vous étiez pas rendu compte que nous étions devenus follement amoureux l'un de l'autre? Ça fait des mois que ça dure. »

Non, je n'avais rien remarqué. Peut-être parce que je ne prêtais pas à Dicky tant de pénétration, ni de bon sens. Car je le rencontrais le plus souvent en compagnie de Valérie, très élégante, décorative et visiblement empressée auprès de lui.

Quoi qu'il en fût, Dicky et Susan étaient maintenant amoureux l'un de l'autre. Alors tout le travail qu'elle avait fait, tout ce dont elle s'était révélée capable, ne servirait probablement à rien. Car, bien entendu, ils n'allaient pas attendre. Dicky avait soutenu sa thèse l'automne précédent et maintenant il était pour un an chez un médecin qui avait la meilleure clientèle de la région. C'était à Wellgate, où la vie est particulièrement facile et agréable. Lorsqu'il se serait ainsi rôdé, il s'associerait avec un confrère déjà installé et épouserait Susan.

Tous les dimanches, il venait la voir, dans son coupé deux places acheté d'occasion et que Valérie avait aussitôt baptisé le « carton à chapeau ». C'était en effet une voiture assez haute et pas très bien suspendue mais que, ces jours-là, Dicky briquait au point de la rendre aussi rayonnante que son visage. Arrivé devant l'immeuble où Susan habitait, il jouait un petit air sur son klaxon et elle dévalait aussitôt l'escalier pour le rejoindre sans perdre une minute. Le plus souvent, ils allaient pique-niquer à la campagne. Ils s'étendaient dans l'herbe, couraient sous les arbres, cueillaient des pâquerettes, discutant avec volubilité de n'importe quoi, aussi bien de la meilleure façon d'éplucher une banane trop mûre que du nombre de kilomètres qu'un papillon peut parcourir en une journée. Bref, ils étaient follement heureux ; je crois que, durant ce bel été, il ne dut pas y avoir au monde couple plus heureux qu'eux.

Il leur eût été facile d'oublier l'existence de Valérie, mais Susan veillait à ce qu'il n'en fût rien. Le plus souvent ils se serraient pour l'emmener dans le carton à chapeau et, tout en mangeant des sandwiches, elle participait à leurs discussions sur les papillons et les bananes trop mûres. Pas un instant elle ne pouvait se sentir de trop et Dicky continuait à la traiter avec une franche cordialité : « On est drôlement copains, toi et moi, pas vrai, Valérie? » Et il soulignait la chose en lui glissant un brin d'herbe dans le cou.

Ce fut ainsi jusqu'à l'automne, où Susan eut à passer son dernier examen. Dicky souhaita carrément qu'elle échoue.

« A quoi ça t'avancerait d'être reçue, puisque tu vas m'épouser? »

Mais Susan se contentait de sourire. Elle ne voulait pas rater son examen ; il était dans son caractère de vouloir mener à bien ce qu'elle avait entrepris, ne fût-ce que pour sa satisfaction personnelle.

Elle remit d'excellentes copies, comme je pus m'en rendre compte tout de suite car on m'avait élu au nombre des examinateurs. En clinique, ça se passait très bien aussi. Elle connaissait à fond son travail et, à l'hôpital, tout le monde l'aimait. Aussi, avant même qu'elle subît l'ultime épreuve en chirurgie, étais-je assuré de sa réussite.

C'était un samedi, une de ces tranquilles journées d'automne où l'air se fait déjà plus vif et où les arbres restent immobiles, comme dans la crainte de perdre leurs dernières feuilles. Ayant terminé mon travail à l'hôpital, je me trouvais chez moi mais je me sentais bizarrement tendu, ne tenais pas en place. Passant près de la fenêtre, au cours d'une de mes incessantes allées et venues, je vis Valérie arriver en courant dans l'allée. Une telle hâte était étrange chez elle, toujours si posée, si sûre de soi. La porte-fenêtre étant ouverte, elle fit irruption dans la pièce avec une sorte de hâte désespérée.

« Susan! cria-t-elle. Susan... »

Haletante, elle pressait une main contre son côté, incapable de prononcer un mot de plus.

Je me précipitai vers elle :

« Qu'y a-t-il, Valérie? Qu'est-ce qui ne va pas? »

Elle se mit à sangloter de façon hystérique :

« On vient de téléphoner... de l'hôpital... »

Dans une recrudescence de larmes, elle se jeta sur le divan, les épaules secouées par les sanglots. Je ne pus rien lui tirer de plus mais, avec un terrible serrement de cœur, j'avais déjà compris que quelque chose de grave était arrivé à Susan. Je bondis dans ma voiture et me rendis à l'hôpital en un temps record. Dans le hall, je me heurtai à l'infirmière-chef. Elle, qui avait la réputation de ne jamais s'émouvoir, paraissait bouleversée.

« Il y a eu un accident en chirurgie », me dit-elle précipitamment.

Puis elle s'interrompit, pressant ses mains l'une contre l'autre :

« Elle va s'en tirer... Je le crois, je l'espère, mais... Oh! c'est horrible, horrible! »

Je la regardai, le visage figé, certain qu'il s'agissait de Susan.

« Elle était agenouillée, occupée à panser une cheville ou je ne sais quoi au juste, reprit l'infirmière-chef tandis qu'un léger frisson la secouait. Une des stagiaires a trébuché contre le charriot... Un accident... ce n'aurait rien été si, en se cognant ainsi, elle n'avait fait tomber un flacon de réactif. Susan l'a reçu sur le visage...

— Elle a été coupée? Blessée? »

Mon interlocutrice détourna les yeux et balbutia :

« C'était de l'acide nitrique... de l'acide fumant... »

Je sentis un grand froid m'envahir et c'est en y voyant à peine que je gravis l'escalier. De l'acide nitrique! Une brusque terreur me submergea quand j'ouvris la porte de la petite chambre où se trouvait Susan. La pièce était plongée dans la pénombre, mais je distinguai néanmoins Susan dans le lit, le visage complètement dissimulé par des pansements. Elle était sous l'empire de la morphine ; Barclone, le chef du service chirurgie, et Comyns, l'ophtalmo, se tenaient près d'elle. A la vue de Comyns, je me sentis comme paralysé et j'eus du mal à m'avancer jusqu'au lit. Plusieurs minutes s'écoulèrent sans qu'aucun de nous prononce une parole ; immobiles tous les trois, nous regardions le lit. Puis Barclone me prit le bras et m'entraîna vers la porte. Comyns nous suivit. Dans le couloir, je leur fis face, malade d'appréhension.

« Une bien pénible affaire », finit par dire Barclone en triturant sa chaîne de montre et sans me regarder. « On peut espérer lui sauver la vue. Mais son visage... Mon Dieu, je n'ose même pas y penser ! »

Le jour arriva où les pansements furent ôtés. Je redoutais par-dessus tout ce moment, car j'avais assisté aux soins et je ne savais que trop à quoi m'en tenir. Susan appréhendait aussi le pire et, ce matin-là, elle demanda aussitôt un miroir. Il n'y avait pas d'échappatoire possible ; alors je le lui donnai moi-même. Durant une longue minute, elle se regarda fixement dans la glace, puis un grand frisson la secoua et le miroir lui échappa, tandis que sa tête retombait sur l'oreiller. Elle ferma les yeux et ne prononça plus une parole de toute la matinée.

Dicky et Valérie arrivèrent peu après 3 heures. Ils entrèrent ensemble dans la chambre ; lui portait un bouquet d'énormes chrysanthèmes, elle un gâteau au chocolat fait à la maison et dont Susan était particulièrement friande. Peut-être avaient-ils en venant l'idée vaguement optimiste de faire une sorte de petit goûter avec Susan, pour fêter sa convalescence, et ils entrèrent en souriant. L'espace d'une seconde, ils s'immobilisèrent près de la porte, beaux tous deux et regardant le visage de Susan. Alors, leur sourire vacilla, tandis que leurs visages exprimaient la stupeur, puis l'horreur. Ce n'était pas Susan qu'ils voyaient là, mais une tout autre femme. Ils ne s'attendaient pas à une telle chose, absolument pas... Personne n'avait eu le courage de leur dire l'atroce vérité. Ils avaient pensé bien sûr qu'elle aurait des traces, peut-être même une cicatrice, mais qu'on arriverait à faire disparaître par la suite...

***

Dix-huit mois plus tard, Dicky épousa Valérie. Un mariage très intime, selon l'expression de Dicky. « Bien entendu, nous n'avons pas voulu inviter des gens... » Mais ils compensèrent cela en allant passer une délicieuse lune de miel sur les bords des lacs italiens. Et puis, à leur retour, ce fut l'excitation de l'association qui commençait, l'installation de leur maison, et l'achat de la nouvelle voiture, une neuve cette fois, qui effaça jusqu'au souvenir du carton à chapeau. Ce fut pour Dicky et Valérie une période vraiment passionnante.

Susan était contente. Bien sûr qu'elle était contente : n'avait-elle pas souhaité qu'il en fût ainsi ? « Pourquoi gâcherais-je sa vie ? » avait-elle dit, non pas à haute voix, mais dans le secret de son cœur, fermement résolue à ce que Dicky n'eût pas à souffrir davantage à cause d'elle.

Mais je savais, moi, qu'il y avait eu un moment où Susan avait faibli, où son courage avait vacillé, où quelque chose en elle avait désespérément aspiré à se retrouver avec Dicky. « Dicky, Dicky, ne m'abandonne pas ! » Si alors il l'avait encore souhaité, elle se fût réfugiée dans ses bras, pour y cacher les blessures de son visage et celles de son âme.

Mais des semaines avaient passé depuis le premier élan de pitié, et Dicky s'était montré enclin à la philosophie. Il y avait beaucoup de bon sens dans ce que disait Susan. D'ailleurs, Susan avait toujours témoigné en tout d'un solide bon sens. C'est aussi ce qu'avait déclaré Valérie, en une sorte d'hommage, après ce terrible après-midi où, n'osant lever les yeux, elle avait annoncé la nouvelle à sa sœur :

« Vois-tu, Susan... Dicky... Enfin, Dicky et moi, nous... nous voudrions nous marier. »

Et Susan avait dit que c'était très bien. Mais oui, très bien. La meilleure chose possible. Elle leur fit même le plus beau des cadeaux en assistant à leur mariage. Elle ne perdit rien des regards qu'on lui jetait à la dérobée, ni des commentaires chuchotés :

« C'est vraiment très beau de sa part, la pauvre!

— Quelle totale absence d'égoïsme!

— Mais, bien sûr, c'était la meilleure solution. »

Certes, elle ne parla pour ainsi dire pas, mais elle sourit quand même un peu... un sourire raidi, tordu. Puis elle regagna aussitôt cette maison du Wiltshire où elle avait trouvé un poste.

Susan avait réussi ses examens et décroché son diplôme, mais il lui était maintenant impossible d'exercer, au sens habituel du mot. Néanmoins, elle avait réussi à trouver ce poste dans une maison de santé près de Westplaine, où l'on traitait des dépressions nerveuses dues au surmenage et aux soucis. Là, elle faisait surtout du travail de laboratoire et n'avait pas à soigner directement les malades, mais c'était malgré tout une occupation dans ses cordes, à laquelle elle se consacrait avec passion. Je doutais qu'elle pût se sentir heureuse d'être isolée ainsi dans un laboratoire, en la seule compagnie de tubes à essai, mais elle ne laissa jamais rien paraître. La vieille Mrs Williams, l'ancienne cuisinière, allait souvent la voir, lui portant toujours un gâteau ou des confitures de sa fabrication, avec l'idée que « la petite ne devait pas manger à sa faim ». Un soir, en revenant d'une de ces visites, elle me dit :

« A la voir... on pourrait presque croire qu'elle s'est complètement remise... »

La vieille femme soupira et secoua la tête :

« Mais quand on la regarde sans qu'elle s'en doute, il y a beaucoup de tristesse au fond de ses pauvres yeux. »

Posant ma tasse de café, je dis :

« Je me demande pourquoi elle ne va pas plus souvent voir Dicky et Valérie. »

En effet, les visites de Susan à Wellgate se faisaient de plus en plus rares.

« Oh! docteur, elle voudrait bien y aller. Mais elle s'est mis dans la tête que c'est pénible pour eux, que ça leur rappelle trop ce qui s'est passé. »

C'était vrai. Et il était triste de constater que, en retour de sa générosité, Susan avait pour seule récompense de rappeler des pénibles souvenirs.

Pour ma part, j'étais plus souvent à Westplaine qu'à Wellgate. On ne pouvait s'empêcher d'aimer Dicky et Valérie, qui n'étaient pas à blâmer pour ce qu'ils avaient fait. Ils nageaient dans le bonheur et la prospérité. On chuchotait aussi « qu'un heureux événement était en chemin ». L'expression était de Valérie elle-même, qui écrivait assidûment et d'une plume volontiers primesautière. Du côté de Valérie, tout allait donc pour le mieux. Mais Susan... Je ne pouvais la voir ou penser à elle sans que ma gorge se nouât.

Un jour d'hiver, tard dans l'après-midi, constatant que je n'avais rien de spécial à faire, je pris ma voiture pour me rendre à Westplaine. Quand j'y arrivai, la nuit était presque tombée. L'allumeur de réverbères faisait le tour du village et les points lumineux marquaient son passage. Lorsque j'entrai dans la chambre de Susan, elle était assise, un livre sur les genoux, dans l'embrasure de la fenêtre. D'ordinaire, elle m'accueillait en s'exclamant joyeusement : « Oh! Chatou, quelle bonne surprise! » Mais elle n'en fit rien et je lui dis alors, en faisant la grosse voix :

« Veux-tu bien t'arrêter de lire tout de suite! Tu n'y vois plus clair! »

Elle leva vivement la tête et j'éprouvai un choc en constatant que son visage ruisselait de larmes.

« Je n'ai pas besoin d'y voir clair », répondit-elle d'une voix sourde. « Ce que je lis, je le connais par cœur. »

En silence, je lui pris le livre des mains. Elle avait de jolies mains fines, très blanches et soignées Le souci. qu'elle avait de ses mains était pathétique ; c'était comme si elles compensaient en partie son visage défiguré. Je regardai le livre. C'était les

Méditations poétiques de Lamartine, qu'elle lisait dans le texte. Et le volume était ouvert à la page de *L'isolement* : « Un seul être vous manque et tout est dépeuplé... »

« J'ai passé curieusement mon après-midi », poursuivit-elle d'une voix contrainte, le regard perdu dans le vague. « Comme il pleuvait et que je ne pouvais sortir, je me suis mise à fouiller dans une vieille malle que j'ai traînée ici avec moi. Vous ne devineriez jamais ce que j'y ai retrouvé... »

Ce fut comme si sa voix se brisait mais, après un instant, elle reprit posément :

« Ces poupées tout abîmées avec lesquelles je jouais quand j'étais petite. Je me rends compte que c'est d'une sentimentalité ridicule, mais je ne peux me retenir de vous en parler. Elles étaient toutes là, je les ai toutes gardées. A-t-on idée! Vous vous rappelez Sam, dont le nez avait été plusieurs fois recollé et qui était si laid? Vous disiez qu'il devait être simple d'esprit! »

Incapable de parler, je revoyais brusquement le tableau qui s'était offert à moi, un jour, sur la pelouse : le soleil se glissant entre les feuilles du hêtre rouge, caressant le beau visage de l'enfant, ses longs cheveux soyeux. A ce moment-là, baignée de lumière, elle attendait tout de la vie...

« Oh! Susan, m'écriai-je impulsivement, n'y a-t-il vraiment rien qu'on puisse faire pour te rendre heureuse? »

Il y eut un long silence, puis elle dit :

« Je ne sais pas... Je ne sais vraiment pas. Mais je sens qu'un jour viendra où, oui, peut-être... »

⁂

Les années se succédaient avec une incroyable rapidité.

Cela faisait cinq ans que Susan était à son laboratoire de Westplaine et, maintenant, elle avait presque vingt-neuf ans.

A Wellgate, l'associé de Dicky avait pris sa retraite et désormais toute la clientèle était à mon jeune ami, qui avait dû engager un assistant. Valérie et lui avaient déménagé pour s'installer dans une plus belle maison, où ils recevaient beaucoup et rien que des gens appartenant à la meilleure société de l'endroit. Ils avaient deux enfants, deux garçons, qui connaissaient à peine leur tante Susan et ne parlaient jamais d'elle.

Puis, un jour, Susan vint me voir à l'improviste. Elle s'assit, se déganta, et me regarda bien en face mais avec un rien de nervosité.

« Chatou, je vais me marier.

— Quoi! »

C'est tout juste si je n'avais pas failli choir de ma chaise. Voyant son visage s'empourprer, je mesurai combien ma stupeur avait pu la blesser et j'essayai de me rattraper :

« Excuse-moi, Susan... C'était tellement inattendu! Raconte-moi vite tout!

— Il se nomme David Learworth, reprit-elle calmement. Cela fait trois mois qu'il est à Westplaine. Pour se reposer, à la suite d'un surmenage.

— Donne-moi des détails! Parle-moi de lui! m'impatientai-je.

— Ne vous alarmez pas, Chatou », fit-elle tandis qu'un bref sourire effleurait ses lèvres. « C'est presque comme si je vous voyais sauter à une certaine conclusion... qui serait fausse. Il ne s'est rien passé de grave entre nous, car David est un garçon très bien, très droit. C'est d'ailleurs un médecin : depuis dix ans, il dirige l'hôpital de Milburn...

— L'hôpital de Milburn? Mais... »

Brusquement, je me rappelai :

« David Learworth! Mais oui, bien sûr! Je me disais aussi... C'est un garçon plein d'avenir. Voici un an, sa monographie sur l'amnésie a été très remarquée. Il est extrêmement brillant comme médecin!

— C'est un garçon merveilleux... »

Elle parlait d'une voix étouffée, mais que l'on sentait vibrer d'une joie nouvelle, et son corps tout entier irradait soudain le bonheur.

« Pas du tout le genre d'homme qu'on imaginerait s'éprenant d'une femme comme moi. Il est beau, très brillant, plein de sensibilité et de bonté... Un esprit d'une grande noblesse. Il a su voir au-delà de mon hideux visage et découvrir mon âme. Vous vous rendez compte ? Ça paraît incroyable... Moi-même, j'ai peine à le croire, mais c'est pourtant la vérité. N'allez surtout pas penser que j'ai immédiatement sauté sur cette perspective de bonheur qui s'offrait à moi. Non, cela s'est fait peu à peu. Et j'ai tout mis en œuvre pour que ça ne soit pas, m'employant de cent façons à dissuader David. Exactement comme je l'avais fait avec Dicky. Mais David n'est pas Dicky. Ce n'est pas que j'en veuille à Dicky ou que je le blâme le moins du monde, mais...

Ses yeux se mirent à briller :

« Chatou, maintenant que je connais David, je suis presque heureuse que les choses aient tourné ainsi avec Dicky. David ne se ravisera pas car il sait, lui, que cette laideur, ce n'est pas moi. Il m'aime telle que je suis derrière cet horrible masque, et il désire m'épouser », conclut-elle tandis que l'émotion lui nouait la gorge.

J'aurais voulu manifester une joie égale à la sienne, mais je m'en sentais incapable. Ça me paraissait trop incroyable et durant tout le long après-midi que nous passâmes ensemble, je n'arrivai pas à vaincre ce sentiment.

Le dimanche suivant, comme convenu avec Susan, je me rendis à Westplaine pour faire la connaissance de David Learworth. En dépit du portrait que m'en avait fait Susan — ou peut-être précisément à cause de ce panégyrique — j'éprouvais un sentiment de méfiance à l'égard de Learworth.

Or je le trouvai charmant, absolument charmant. Jeune — pas plus de trente-quatre ans — il était grand, mince, avec des yeux brillants, des mains nerveuses, pleines de sensibilité. Je voyais Susan rayonner de joie à mesure qu'elle me sentait de plus en plus conquis par son amoureux. Nous fîmes une longue promenade tous les trois, puis nous prîmes le thé dans le petit appartement dévolu à Susan. J'eus ainsi tout loisir d'étudier Learworth et c'était vrai : il était bien comme Susan me l'avait dit. Il l'aimait visiblement, la suivant du regard avec une sorte de sombre tendresse.

Avant que je m'en aille, nous nous trouvâmes seuls tous les deux, l'espace de quelques instants. Se tournant alors vers moi, il me dit sur un ton de sincérité ardente, presque agressive :

« Vous le croyez maintenant ? Pensez-vous que je ne vous ai pas vu m'observer durant tout l'après-midi ? J'aime Susan. Dès l'instant où je l'ai rencontrée, je me suis senti attiré par elle, d'une façon presque irrésistible. Elle ne ressemble à aucune autre femme. La beauté, qu'est-ce que c'est ? Chaque homme en a sa conception particulière, et elle change d'une latitude à l'autre. Tandis que mes sentiments pour Susan ne changeront pas, car ils ne sont pas issus des seules apparences. »

Son étrange véhémence m'avait presque causé un choc. Mais pouvais-je lui reprocher d'aimer Susan avec tant d'ardeur ? Il me suffisait d'ailleurs de voir briller ses yeux à elle ! J'imaginais l'insensible éclosion de cette joie intérieure que trahissait ainsi son regard. La première rencontre avec David... Son étonnement incrédule de le voir s'intéresser à elle... Peu à peu, elle se départait de sa réserve, sentait diminuer ses doutes et ses craintes, puis finalement c'était l'éblouissante certitude d'être enfin aimée.

J'étais tout pensif en retournant chez moi ; pour aussi sceptique que je fusse, il me fallait reconnaître qu'un miracle s'était produit.

Puis, une semaine plus tard, je reçus un télégramme de Dicky : VIENDRAI VOUS VOIR TANTOT. STOP. IMPORTANT.

Il arriva en hâte deux heures après son télégramme. La réussite l'avait un peu changé : il avait perdu des cheveux, mais pris de la carrure en même temps qu'un certain sentiment de son importance.

Se laissant tomber dans un fauteuil, il puisa une cigarette dans un étui d'or à son chiffre et, tout en l'allumant, il me dit sans autres préliminaires :

« J'ai vu Susan hier. Je suis allé tout spécialement à Westplaine, en décommandant même pour ce faire une de mes meilleures clientes. »

Une certaine irritabilité transparaissait dans ses paroles. Il tira une bouffée de sa cigarette et me regarda bien en face :

« Vous avez entendu parler de cette affaire... sa liaison avec ce Learworth ? »

Son ton ne me plut pas.

« Une liaison? Il s'agit de bien autre chose, Dicky : c'est de mariage qu'il est question. »

Il eut un geste d'impatience, secoua la cendre de sa cigarette dans la cheminée :

« Allons donc! Cette histoire est absurde, complètement absurde! Comme je me sens une certaine responsabilité à l'égard de Susan, je m'en vais y mettre un terme et il faut que vous m'aidiez. J'ai demandé à Susan de venir ici cet après-midi et nous allons en finir aujourd'hui même avec toute cette affaire.

— En finir... Mon cher Dicky, je crois que vous exagérez beaucoup cette responsabilité à laquelle vous faites allusion. A supposer que nous n'approuvions pas totalement ce qu'elle fait, Susan n'en est pas moins libre d'agir comme bon lui semble.

— Mais elle ne se rend pas compte! Le sentiment qu'elle éprouve pour Learworth la rend complètement aveugle. Seulement, moi, j'y vois clair et je me suis renseigné. Ce type ne m'inspire aucune confiance. »

Je le regardai fixement. C'était comme s'il venait brusquement de mettre au jour certains de mes propres sentiments que je me refusais à analyser. Ce fut peut-être pour cette raison que je m'emportai :

« Pour l'amour du ciel, Dicky, cessez de dire " ce type " en parlant de Learworth! C'est un médecin d'une compétence bien supérieure à la vôtre, un homme d'avenir, qui a fait de Milburn un hôpital psychiatrique modèle...

— Un hôpital psychiatrique! répéta-t-il d'un ton de dérision. Dites plutôt un asile de fous! »

J'allais répliquer avec indignation mais, au même instant, la porte s'ouvrit et Susan entra dans la pièce. Je ravalai donc mes paroles et Dicky se leva aussitôt ; cependant, nous ne pûmes éviter un silence embarrassé. Susan comprit que nous parlions d'elle et son visage eut une crispation, mais elle dit posément :

« J'ai reçu ton télégramme, Dicky, et me voici ; toutefois, je ne puis m'attarder longtemps. Alors, puisque cela paraît être si mystérieux et important, continue donc ce que tu disais. »

La colère avait empourpré le visage de Dicky, qui demeurait à considérer fixement l'extrémité incandescente de sa cigarette. Mais, avec une soudaine détermination, il déclara :

« D'accord, je continue. Aussi désagréable que ce soit, je me devais d'intervenir et je suis ici à cause de ton histoire de mariage.

— Mais nous avons parlé de tout cela à Westplaine...

— Pas suffisamment, Susan... loin de là! Il te faut comprendre que tu ne peux y donner suite. »

Elle le regarda avec une stupeur incrédule, puis je vis ses joues se colorer :

« C'est toi qui viens me dire ça? Parce que tu ne m'as pas épousée, je dois renoncer à tout bonheur ma vie durant! Mais tu dois être fou pour me parler ainsi! »

Dicky prit un temps puis, très délibérément, il laissa tomber :

« Ce n'est pas moi... qui suis fou. »

Ces paroles eurent dans la pièce l'effet d'un coup de tonnerre.

« Que... que veux-tu dire au juste? » balbutia Susan.

Dicky la regarda bien en face.

« Learworth n'est pas normal, voilà ce que je veux dire. Dès que je l'ai vu, j'ai eu le sentiment qu'il était déséquilibré. Et maintenant j'en suis convaincu. »

De nouveau, un silence s'établit, atrocement pénible. Puis, avant que Susan ait pu se ressaisir pour lui répondre, Dicky continua :

« Learworth n'a pas fait une dépression nerveuse. Ou je me trompe fort — ce que je ne crois pas — ou c'est beaucoup plus grave que ça. Ce qu'il a confine à la folie. Je suis allé à Milburn pour me renseigner, mais ils se sont montrés très réservés. Comment auraient-ils pu faire autrement? Dès que j'ai abordé la question, celui que Learworth a désigné pour le remplacer en son absence a paru extrêmement mal à l'aise, pour ne pas dire plus. De toute évidence, cela cachait quelque chose et je n'ai pas eu grand-peine à deviner quoi. Vous savez quelles conséquences peut avoir pour un homme le fait de passer toutes ses journées cloîtré dans un asile. Il y en a que ça finit par rendre dingues. C'est le cas de Learworth. Et qui plus est, continua Dicky en élevant la voix pour ne pas être interrompu, j'ai mené une petite enquête, laquelle m'a appris qu'il y avait déjà eu dans sa famille des... des dérangements cérébraux. »

Susan avait pâli jusqu'aux lèvres. Elle eut une sorte de cri étranglé tandis que son corps se raidissait.

« C'est donc ça! murmura-t-elle. Tu considères qu'il doit être fou pour vouloir m'épouser.

— Non, Susan, non! » s'exclama-t-il en se penchant vers elle, atrocement gêné mais néanmoins résolu à ne pas s'arrêter, à poursuivre jusqu'au bout. « Tu ne dois pas dire une chose pareille! C'est par trop injuste!

— C'est toi qui es par trop injuste, aussi bien envers moi qu'envers David. Je n'ignore rien de sa maladie. Et tu te trompes du tout au tout. David est un hypertendu. Il s'est surmené et a fait une dépression nerveuse. C'est une affaire de nerfs, uniquement. Comment as-tu osé dire... Oh! ne comprends-tu pas le mal que tu me fais en parlant ainsi? C'est cruel, c'est... *inhumain*! »

Dicky se détourna en silence. Puis Susan, après avoir pleuré doucement, reprit le contrôle de soi et se leva en disant d'un ton ferme :

« J'aime David. Je l'aime de tout mon cœur. Je vais l'épouser. Rien ne me fera renoncer à lui. Rien! »

Et sur ces mots, elle quitta la pièce.

***

Le mariage eut lieu l'été suivant.

Profondément tracassé par les assertions de Dicky, j'étais allé moi-même faire mon enquête à Milburn. Le directeur intérimaire ne me cacha pas que Learworth avait fait une grave dépression nerveuse ; mais, de nos jours, cela arrive à bien des hommes. Quant à ses antécédents familiaux, son oncle s'était suicidé et le jury campagnard, appelé à se prononcer, avait rendu le verdict « suicide dans un moment de démence », sans lequel un enterrement religieux était impossible. Donc cela ne concernait aucunement Learworth et rien dans l'attitude de ce dernier, absolument rien, ne justifiait les soupçons de Dicky. Sa conduite en toute circonstance était parfaite, admirable. Paradoxalement, c'était cela qui finissait par m'inquiéter : une telle perfection ne paraissait pas normale!

Susan avait néanmoins tenu parole et épousé Learworth. Ils étaient partis ensuite pour Llynfan, un petit village de pêcheurs situé au nord du Pays de Galles, dans une partie peu fréquentée de la côte. Et là, ils avaient loué une maison car, à la grande joie de Susan, ils avaient décidé de s'offrir un an de vacances. Si longues qu'elles fussent, ces vacances étaient bien méritées, ni l'un ni l'autre n'en ayant pris depuis plusieurs années. Aussi voulaient-ils en profiter pour être tout à leur bonheur, entre la mer et la montagne, douze mois durant.

Susan m'écrivait régulièrement des lettres que je me faisais toujours une joie de relire pour le seul plaisir de la savoir heureuse. Chaque mot de ces lettres irradiait le bonheur et à travers elles, aussi bien que la splendeur des montagnes galloises ou la profonde tranquillité de la mer, je voyais la mystique beauté d'une âme. J'imaginais de longues soirées paisibles, avec Susan assise près de la fenêtre ouverte, regardant la lumière danser sur les vagues, à travers l'air si pur que parfumait un feu de bois. Puis la nuit se refermait sur elle avec tendresse, ravivant chaque fois son bonheur.

La vie me paraissait avoir une saveur nouvelle et, toute inquiétude disparue, j'envisageais même de me rendre à Llynfan au printemps.

Et puis soudain, très brusquement, le ton des lettres de Susan s'altéra. J'en eus immédiatement conscience en lisant celle qui me parvint le dernier jour d'octobre. Comme à l'habitude, Susan me racontait avec entrain ce qu'ils avaient fait et ce qu'ils projetaient de faire. Mais ce n'était pas tout à fait comme d'ordinaire. On eut dit que cette gaieté était une façade, tendant à dissimuler quelque chose.

Il en fut de même dans les lettres suivantes ou, plus exactement, cela me parut s'accentuer. Elles me parvenaient aussi régulièrement que par le passé, mais elles avaient désormais quelque chose d'artificiel, de contraint. Puis, durant toute une quinzaine, je ne reçus rien. Finalement, le 21 décembre, me parvint un court billet qui me causa un choc. Juste deux lignes écrites hâtivement sur une demi-feuille de papier : *Pouvez-vous venir ici ? J'ai besoin de vous de toute urgence.*

Le lendemain, par un après-midi morose, j'arrivai à Llynfan. Tandis que j'avançais dans l'unique rue du village, la montagne disparaissait presque totalement dans les nuages et la pluie me cinglait le visage sous l'effet de brusques rafales de vent. Susan n'était pas venue m'attendre à la gare — ce qui ne laissait pas de m'inquiéter — mais je n'eus guère de peine à trouver leur maison. C'était l'ancien poste des gardes-côtes, bâtisse carrée en pierre blanche avec un toit plat. Solidement plantée sur une aire de ciment, pour résister à la tempête, elle était entourée de fuchsias flétris. Comme ce devait être gai au soleil, avec ces fleurs se détachant sur l'éclatante blancheur des murs! Mais, pour l'instant, le soleil était absent. Il n'y avait que la brume, la pluie et le vent.

Je n'eus pas besoin de frapper. Susan guettait mon arrivée et se précipita pour m'ouvrir la porte. Quand je lui serrai la main, je sentis trembler ses doigts.

« Je suis désolée de n'avoir pu aller à la gare (ses lèvres aussi tremblaient). J'étais avec David. Mais maintenant il est sorti. »

Elle était heureuse que je sois venu, tout en elle le disait. Mais je la sentais extrêmement nerveuse et, à voir ses yeux rougis, j'aurais pu jurer qu'elle avait pleuré. Elle était vêtue d'une robe marron foncé qui semblait conférer une étrange dignité à sa mince silhouette. Elle me prit le bras pour me conduire dans le living-room, où nous nous assîmes côte à côte sur le sofa, près du feu. Mais, même alors, elle ne lâcha pas mon bras et cela me parut de mauvais augure.

Comme elle me proposait de manger, je lui dis que j'avais déjeuné dans le train et, glissant un bras derrière ses épaules, je l'encourageai :

« Voilà... Maintenant je suis avec toi, Susan... Raconte-moi tout. »

Elle détourna la tête et demeura un moment sans parler, tandis que je la sentais peser davantage contre mon bras. Puis, d'une voix sourde, elle me dit :

« Il fallait absolument que je vous mette au courant. J'ai essayé de garder ça pour moi, car il me semblait déloyal d'en parler. Mais je ne pouvais plus... je ne pouvais plus! »

Elle se blottit contre moi en sanglotant et il s'écoula bien deux minutes avant qu'elle parvienne à se contrôler. Alors, regardant droit devant elle, Susan me dit d'une voix entrecoupée :

« Au début, ç'a été absolument merveilleux. Et ça n'en paraît que plus terrible maintenant. David... Je ne peux pas vous dire le bonheur qu'il m'a apporté. Il était tout ce que j'avais souhaité, tout ce après quoi j'aspirais. Et nous étions tout l'un pour l'autre.

— Je sais, dis-je. Ça se sentait dans tes lettres.

— Et puis cette horrible chose s'est produite, de façon très soudaine... »

Elle ferma les yeux en secouant doucement la tête :

« Un soir, nous étions en train de dîner. Toute la journée, David avait été d'un calme inhabituel ; brusquement, il saisit son couteau en le pointant vers moi : " Cesse de me regarder comme ça! me dit-il Je n'ai été que trop épié depuis quelque temps. " Tout d'abord, j'ai cru qu'il plaisantait et j'ai ri en m'exclamant : " Oh! David, ne fais pas l'idiot! " Mais il a continué de me regarder fixement et ses yeux avaient quelque chose d'effrayant quand il m'a lancé : " Bon sang! Je crois bien que tu as partie liée avec ces démons qui m'épient. " C'était horrible, Chatou... L'expression de son visage plus encore que ce qu'il disait... »

Elle hésita, mordant sa lèvre, puis se força à continuer :

« Quand je me suis rendu compte qu'il ne plaisantait pas, j'ai eu peur, terriblement peur. Alors, je lui ai demandé de s'expliquer et me suis approchée pour lui prendre la main. Mais il m'a repoussée violemment, s'est levé d'un bond et précipité hors de la maison en hurlant! »

Elle s'interrompit de nouveau et laissa aller sa tête contre mon épaule, comme à bout de forces :

« Ça n'était que le commencement, Chatou... Il est rentré dans la nuit et resté plusieurs jours sans desserrer les dents. Et maintenant quand il me parle... Oh! c'est tellement insensé... Vous verrez vous-même. Depuis lors, ça n'a fait qu'empirer. Durant toutes ces semaines, je n'ai cessé de lutter, de prier et d'espérer... Mais rien n'y fait. David... Oh! ce n'est plus le David qui m'aimait! Il est tout drôle, il... il est vraiment comme s'il avait perdu la raison! » conclut-elle dans un sanglot.

Un silence s'établit, durant lequel le vent rabattit la pluie contre les vitres. Que pouvais-je dire?

C'est alors que la porte d'entrée s'ouvrit violemment. Il y eut un bruit de pas sur les dalles du vestibule et David fit irruption dans la pièce. Un regard me suffit. Il avait changé au point d'être méconnaissable. Les joues creuses, les cheveux tombant en désordre sur son front, l'œil égaré, tout ruisselant, il s'était planté devant nous, les jambes écartées, et nous regardait fixement.

« Quel tableau touchant! » s'exclama-t-il enfin en tordant sa bouche. « Mais que diable faites-vous ici? Je ne vous ai pas demandé de venir. Or moi, David Learworth, je suis la demande et la réponse, la raison de tout ici-bas! »

Susan se leva aussitôt pour aller à lui, son attitude ne montrant que trop clairement combien de fois déjà elle avait dû tenter ainsi de le calmer. Il la repoussa de côté et reprit, avec une excitation croissante :

« Je suis la raison omnipotente et universelle. Je le clame au monde, mais personne ne veut me croire. Ils sont tous contre moi, avec leurs mains et leur déraison, formant un cordon autour de la maison. Mais je saurai les feinter, j'aurai le dessus... Vous verrez, vous verrez! »

Les yeux exorbités, il agita les bras et eut un rire bref, absolument démentiel. Puis, faisant volte-face, il quitta la pièce.

Silence total. Susan, qui se trouvait maintenant près de la fenêtre, demeura tournée vers elle, me cachant son visage. Elle finit par dire, toujours sans me regarder :

« Vous voyez... C'est inutile de chercher plus longtemps à se dissimuler la vérité. Chatou, il faut que vous lui fassiez promettre de partir... partir se faire soigner. Je le lui ai demandé à plusieurs reprises, mais il s'y refuse. Il vous faut le convaincre, Chatou. Alors on le soignera, il guérira... et il me reviendra comme il était avant », conclut-elle sur une note d'une poignante intensité.

Je baissai les yeux. Son espoir me paraissait aussi vain que pitoyable, mais je lui dis :

« Je vais faire de mon mieux, Susan. »

Il s'établit encore un silence, puis elle me demanda :

« Voulez-vous monter maintenant ? »

***

Notre dîner, très simple, fut préparé par Susan elle-même, car la bonne les avait quittés brusquement, à cause de la bizarre attitude de Learworth. Et, bien qu'elle se forçât à la gaieté, la pauvre enfant semblait exténuée.

Soudain Learworth jeta sa cuiller avec fracas en se laissant aller contre le dossier de sa chaise. Il avait voulu à toute force revêtir une robe de chambre bordeaux.

« Je ne peux pas avaler cette soupe, déclara-t-il. Elle est indigne de moi. Je dois être servi comme un roi.

— C'est une excellente soupe », dis-je d'un ton sec, « et vous devriez être reconnaissant à Susan de l'avoir préparée.

Il me regarda d'un air boudeur, puis se mit à jeter de rapides coups d'œil autour de lui. Son visage laissait transparaître une réelle méchanceté, au point de m'inspirer des craintes pour Susan. Aussi me réjouissais-je doublement d'être venu.

Learworth demeura à se balancer sur sa chaise jusqu'à ce que Susan apporte le plat suivant, des côtelettes de mouton dont la seule vue excitait l'appétit.

« Tu vas y goûter, David... Pour me faire plaisir ! » insista-t-elle presque timidement.

Il s'empara de l'assiette qu'elle venait de lui servir et se mit à manger avec voracité. Puis il recommença à divaguer, s'échauffant à mesure qu'il parlait :

« La maison est encerclée. Ils profitent de la nuit, vous comprenez ? Tel est le sort que l'on réserve à l'omniscience. Mais je n'ai pas peur. Et je ne serai pas vaincu. »

Il éclata de rire, avec une sorte de joie sournoise.

« Non, non ! Il n'est pas au pouvoir de l'homme de vaincre

l'invincible. J'ai le moyen de leur échapper, un moyen splendide! »

Comme il devenait de plus en plus délirant, je respirai à fond et lui dis, aussi raisonnablement que je le pus :

« Personne n'encercle ni n'espionne cette maison, David. Vous êtes en train de dîner bien paisiblement avec votre femme et moi. »

Il me jeta un regard incisif, puis éclata de rire, un rire tonitruant, qu'il interrompit brusquement pour s'écrier :

« Ma femme! Je n'ai plus de femme! J'en ai fini avec elle, car elle s'était fait complice de mes ennemis. »

En disant cela, il avait vraiment l'air d'un dément. Je compris qu'il me fallait intervenir sans plus attendre, pour le bien de Susan comme pour le sien.

« Venez, David », dis-je d'un ton apaisant et en me levant. « Venez il n'y a vraiment pas lieu de vous mettre dans des états pareils. »

Je voulus le prendre par le bras, mais la violence qu'il n'avait cessé de nourrir en lui au cours de ces dernières semaines, violence jusqu'alors contenue, s'extériorisa brusquement. Il me frappa avec force au menton, rejeta la tête en arrière et poussa un cri sauvage, qui n'avait plus rien d'humain.

Comme je tombais à la renverse sur la table, Susan, affolée, se jeta aux pieds de son mari, lui étreignant les genoux :

« David, David! »

Mais il se dégagea d'un coup de pied et, avant que j'aie pu me redresser, se précipita vers la porte qu'il ouvrit en hurlant :

« Je m'en vais leur montrer! Vous allez voir ma puissance, tous tant que vous êtes! Comme Ariel! Omnipotent et libre! »

Il disparut tandis que Susan poussait un cri aigu. La tête me tournait encore, mais je me précipitai à sa suite, l'appelant par son nom, le conjurant de s'arrêter. Sans m'écouter, il continua de gravir les marches en courant, et je l'entendais haleter dans l'obscurité. Ne sachant ce qu'il voulait faire, je m'efforçais désespérément de le rejoindre. Parvenu en haut de l'escalier, il disparut par une ouverture du toit donnant accès à une plate-forme en bois, naguère utilisée pour adresser des signaux aux bateaux. Atteignant à mon tour le palier, je l'aperçus se détachant sur le ciel où brillaient maintenant des étoiles. Il leva les bras, comme pour invoquer quelque présence invisible cependant que, derrière moi, Susan suppliait en sanglotant :

« David! David, reviens! »

Au moment où je prenais pied sur le toit, il hurla d'une voix de dément :

« Comme Ariel! Avec des ailes comme Ariel! »

Et étendant les bras comme si c'eût été des ailes, il plongea dans le vide, disparaissant à ma vue.

A travers le déferlement des vagues et le cri d'agonie de Susan, j'entendis le bruit du corps s'écrasant en bas sur le ciment cependant que Susan s'affaissait contre moi, sans connaissance...

***

Le printemps arriva. Les lilas se mirent à embaumer et, des marronniers en fleur, de petits pétales blancs tombaient en voletant paresseusement. Des myriades de voix ténues chantaient la joie de la terre.

A Wellgate, les corneilles tournoyaient en croassant au-dessus de leurs nids et, dans le lointain, on entendait des cloches. Susan était maintenant à Wellgate, avec Dicky et Valérie. Ils l'avaient prise aussitôt avec eux, sans l'ombre d'une hésitation, effaçant tous les malentendus des deux dernières années.

J'allais souvent la voir, car je continuais d'éprouver des craintes, de me faire des reproches. Je n'avais aucun remords en ce qui concernait la mort de David. Il avait bien mieux valu pour lui plonger vers l'anéantissement en compagnie d'Ariel, que finir enfermé dans une cellule matelassée. Mais Susan?

Un soir que, après le dîner, nous faisions un tour dans le jardin, je demandai à Dicky :

« Susan... Croyez-vous qu'elle se remette vraiment...? »

Il me jeta un regard pénétrant puis, considérant l'extrémité rougeoyante de son cigare, il me dit :

« Elle se promène souvent dans la campagne, toute seule... »

Suivant mal le cours de sa pensée, je répliquai d'un ton vague :

« Ma foi, ça ne peut lui faire que du bien...

— Savez-vous où elle va? »

Surpris par la question, je secouai la tête en le regardant d'un air interrogateur.

« Elle va à Barcraig, où il y a cette maison qu'on transforme suivant le plan d'aménagement du comté. Elle passe de longs moments à se promener lentement aux alentours. Oh! son attitude n'a rien d'hystérique : elle est très calme et ne semble pas du tout broyer du noir... Non, on dirait même qu'elle puise là une sorte de réconfort. »

Alors je compris que Susan devait être au courant. Barcraig, à quelque huit kilomètres de Wellgate, est un minuscule et ravissant village, niché au creux de coteaux où abondent le trèfle et le chèvrefeuille. Mais ce n'était pas simplement en quête de calme et de tranquillité que Susan se rendait là. Bien qu'incapable d'expliquer la chose, je devinais ce qui l'attirait à Barcraig : on était en train d'y aménager un home pour enfants atteints de déficience mentale.

***

Au début de l'année précédente, j'avais été invité à participer au congrès qui devait se tenir à Toronto pour fêter le centenaire d'une très importante association médicale. J'avais accepté et je devais donc m'y rendre fin juin.

Les jours s'écoulèrent, puis vint le moment où je dus m'embarquer pour le Canada. La veille de mon départ, Susan et moi nous trouvâmes seuls dans la bibliothèque, à la tombée du jour. Je n'avais pas encore allumé, sachant combien Susan aimait prolonger ces instants où la pénombre du crépuscule estompait son visage. Un long silence s'était instauré entre nous, quand elle me dit en souriant :

« Allons, ne soyez pas triste comme ça, Chatou! Je sais que vous répugnez à partir, mais moi j'aime mieux vous savoir au Canada. Et trois mois, ce n'est pas long. Vous reviendrez! »

Je tressaillis. Si je n'arrivais pas à lire en elle, Susan était extraordinairement perspicace en ce qui me concernait.

« Évidemment que je reviendrai! Et je ne doute pas que tout aille bien pour toi en mon absence...

— Mais oui, bien sûr.

— Dicky est très gentil.

— Oui, très gentil. »

De nouveau, ce fut le silence. Assise le dos à la fenêtre, Susan était comme nimbée par la clarté du jour déclinant. On eut dit que c'était la beauté de son âme qui s'extériorisait. Ainsi transfigurée, Susan semblait symboliser le courage que rien ne peut abattre. Brusquement, elle me dit :

« Vous avez été très bon pour moi, Chatou. Et je tiens à ce que vous le sachiez : je n'éprouve aucune crainte. Je sais à quoi je puis m'attendre et m'y suis depuis longtemps préparée. A supposer que le pire arrive, ça me sera quand même une consolation.

— Tu es brave, Susan... très brave, articulai-je avec difficulté. Je voudrais tant qu'on puisse te rendre heureuse! »

Il y eut une longue pause, puis elle murmura :

« Vous rappelez-vous m'avoir déjà dit cela, Chatou? Il semble y avoir une éternité de ça, mais je ne l'ai pas oublié. Je vous avais répondu avoir le sentiment qu'un jour viendrait où... »

Sa voix devint presque inaudible :

« ... où quelque chose effacerait à jamais pour moi souffrance et chagrin ».

J'eus presque peur de lui poser la question :

« Et tu as toujours ce sentiment ? »

Elle hocha lentement la tête tandis qu'une rayonnante douceur baignait son visage défiguré par les cicatrices :

« Oui, toujours, et je m'y cramponne de toutes mes forces. »

Le lendemain, je partis pour le Canada.

Dicky et moi étions convenus qu'il m'enverrait un câble dès qu'il aurait du nouveau à m'apprendre. Et durant les premiers jours du congrès, tout en assistant aux diverses manifestations, une partie de moi-même demeurait dans l'attente de ce câble.

Deux semaines passèrent sans que j'eusse rien reçu. Une autre semaine encore, et toujours rien. Puis un matin, à la fin de juillet, il m'arriva des nouvelles de Susan. Non pas le câble que j'attendais, mais tout bonnement une lettre, une longue lettre de Dicky. Tandis que je décachetais l'enveloppe, je voyais par la fenêtre un vol d'hirondelles encercler deux peupliers, droits comme des sentinelles au garde-à-vous. Mes mains tremblaient légèrement en dépliant la feuille couverte d'une écriture serrée... Susan allait bien, commençait par me dire Dicky, et j'en éprouvai un intense soulagement. Mais le bébé était mort-né.

***

A l'issue du congrès, je dus effectuer une tournée avec un comité de délégués... Québec, Montréal, Winnipeg, Vancouver... Mais je n'avais pas le cœur à ce que je faisais. Je n'avais pas reçu d'autres nouvelles d'Angleterre et ne souhaitais d'ailleurs pas en recevoir, tant j'appréhendais ce que Dicky pourrait m'apprendre... Oui, maintenant j'avais peur d'apprendre la suite.

Enfin, vers la mi-septembre, je pris le bateau du retour et, le 21, je débarquai à Southampton. J'avais maintenant hâte d'arriver. Le train ne me paraissant pas assez rapide, je louai une voiture pour rentrer directement à Wellgate.

Il faisait une journée splendide, une de ces journées de septembre où l'air garde encore la chaleur de l'été alors que la terre a déjà revêtu les magnifiques couleurs de l'automne. Les vergers débordaient de fruits et les champs n'étaient plus que chaumes.

Le moteur de la voiture bourdonnait comme une abeille regagnant la ruche. Nous atteignîmes enfin Wellgate et tournâmes dans l'allée menant à la maison de Dicky. Mon cœur battait à grands coups lorsque je sonnai. Dicky et Valérie étaient dans la bibliothèque ; quand la bonne m'introduisit, ils demeurèrent un instant sous le coup de la surprise, puis se précipitèrent vers moi en se récriant de joie. Moi je continuais à sentir les battements anxieux de mon cœur.

« Et Susan, où est-elle ? » questionnai-je, dès que s'apaisèrent leurs effusions.

Je fus tout saisi de les voir se regarder d'un air déconcerté.

« Vous n'êtes pas au courant ? me demanda Valérie.

— Comment voudriez-vous que je sois au courant ? Cela fait des semaines que je n'ai rien reçu de vous !

— Vous-même, vous ne nous avez pas écrit, fit remarquer Dicky. Pas un mot. »

Je cherchai son regard et m'écriai :

« Pour l'amour du ciel, cessez de vouloir ainsi gagner du temps ! Dites-moi tout ! Où est Susan ? »

Son visage ne laissa rien paraître, mais il ne prononca qu'un seul mot :

« Barcraig. »

Se moquait-il de moi ? Avait-il peur de parler ?

« Inutile que je vous dise quoi que ce soit », ajouta-t-il lentement. « Allez vous rendre compte par vous-même. »

Je ne pus endurer plus longtemps de les voir me regarder, Valérie et lui, en s'attachant à paraître inexpressifs. Poussant une exclamation, je fis demi-tour et me précipitai hors de la maison. La voiture attendait dehors ; j'y pris rapidement place en disant au chauffeur où me conduire. Tandis que nous roulions sur d'étroits chemins de campagne, je demeurai tassé dans un coin de la banquette arrière, en proie à une terrible anxiété. Pourquoi Susan se trouvait-elle à Barcraig, où elle avait fait tant de promenades solitaires, comme si elle pressentait que son enfant...

J'avais peur.

Lorsque je vis les grilles de Barcraig, je dis au chauffeur de s'arrêter et descendis aussitôt. J'étais souvent passé par là, mais jamais encore je n'étais entré dans la propriété et c'est en m'attendant au pire que je m'approchai de la conciergerie, joli cottage couvert de vigne vierge. Devant moi, bordée de chrysanthèmes doubles, l'allée bien entretenue amorçait une longue courbe. Le portier répondit immédiatement à mon coup de sonnette. C'était un homme jeune, qui me regarda en souriant aimablement. Ne sachant comment aborder la question, je demandai après Susan.

« Oui, monsieur, me répondit-il avec empressement. J'arrive justement de la maison et le docteur doit se trouver maintenant sur la pelouse... Elle a eu beaucoup à faire ce matin car, ajouta-t-il d'un ton de confidence, les membres du comité viennent déjeuner. »

Je le regardai d'un air ahuri puis, brusquement, la lumière se fit en moi, éblouissante.

« Alors, c'est... c'est elle qui dirige l'établissement? »

Son visage laissa paraître un certain étonnement :

« Mais oui, monsieur, bien sûr. Le docteur Sinclayne est le médecin-chef. Les enfants étant très jeunes, il valait mieux que la direction soit confiée à une femme. »

Je n'en écoutai pas davantage, me hâtant déjà dans l'allée. J'éprouvais à la fois de l'excitation et une bizarre nostalgie, me rappelant une autre allée où je m'étais pareillement hâté voici longtemps, bien longtemps. Barcraig respirait le calme, la tranquillité, la senteur des chrysanthèmes emplissait l'air, et il passait sur le tout comme un souffle de joie.

Dans le champ qui avait été autrefois le paddock, des lapins étaient assis au soleil. En le traversant, j'entendis des rires, des rires d'enfants. Puis la maison apparut à mes yeux, sa façade dominant une pelouse soigneusement tondue.

Alors je m'immobilisai, bouleversé par le spectacle qui s'offrait à moi.

Petite et frêle, Susan se tenait au milieu de la pelouse, environnée d'enfants qui, sans contrainte aucune, jouaient en riant. Deux d'entre eux lui donnaient la main. Leurs visages lourds avaient une expression obtuse, mais on les sentait pleins de confiance dans la main qui les guidait. Un petit garçon, qui n'avait certainement pas plus de quatre ans, se cramponnait à la jupe de Susan. Il leva vers elle des yeux au regard vide, puis pressa contre ses genoux un petit front déformé. Une vague de joie me submergea, me noua la gorge, tandis que des larmes brûlantes me venaient aux yeux.

En cet instant où le soleil l'atteignait de plein fouet, le visage ravagé de Susan n'était plus que tendresse et sérénité.

Les retrouvailles

Titre original :
CHRISTMAS FOR AGNÈS

Après avoir roulé à une bonne moyenne depuis Londres en cet après-midi de décembre, il atteignit vers 4 heures les abords de Manchester : Withington d'abord, puis Rusholme. De mauvaises rues dénuées de charme succédaient à cette longue randonnée à travers la campagne. Bien que cela fît plus de dix ans qu'il n'était revenu dans cette affreuse ville, il la retrouvait inchangée : la même fumée, la même crasse... quel bled! Et on y circulait toujours aussi mal avec ces trams à baladeuse, ces voitures tirées par des chevaux, qui se traînaient avec une lenteur exaspérante devant le capot de son auto.

Une auto toute neuve et vraiment très belle. Douze cents livres qu'elle lui avait coûté... oui, pas un penny de moins. Et encore, après qu'il eut amené le concessionnaire à rogner au maximum sur sa commission. Une voiture chère... extrêmement chère. Mais pourquoi pas? A quoi bon avoir de l'argent si on ne s'en sert pas pour s'offrir les choses dont on a envie? Ça lui était une grande satisfaction de se dire qu'il s'était payé cette voiture tout comme sa belle maison de Hampstead, sa résidence secondaire dans le Sussex, son... enfin tout ce qu'on peut souhaiter!

Dieu sait qu'il n'était pas vaniteux! Mais enfin peu d'hommes connaissaient une réussite comme la sienne... Dix ans auparavant, il usait ses semelles sur le pavé de Manchester pour gagner de maigres commissions en plaçant des assurances sur la vie à de jeunes mariés besogneux. Et maintenant, il avait tout ce qu'il voulait ! La vie n'était plus pour lui que sourires. C'était toujours un indicible plaisir de se rappeler comme il avait réussi à gravir tous ces échelons... et surtout le premier ! Dire qu'il avait eu de la chance au départ ne rimait à rien. Cette chance, si merveilleuse qu'elle fût, il fallait savoir la saisir au vol, ne pas la laisser échapper, et c'est ce qu'il avait fait.

Jamais il n'oublierait cette journée, une journée d'hiver aussi froide que celle-ci, avec un soleil rouge et boudeur en suspens au-dessus des cheminées d'en face, tandis que lui-même attendait le moment d'entrer dans le bureau du directeur. Il avait alors entendu prononcer le mot « fusion ». *La Sécurité* allait fusionner avec *l'Intercontinentale*, la plus ancienne, la plus solide et la plus riche compagnie d'assurances du Nord. C'était un secret ! Il avait su garder son sang-froid et eu le bon sens d'entrer dans le bureau comme s'il n'était au courant de rien, avec un visage serein. D'autres n'auraient plus eu qu'une pensée en tête : vais-je garder ma place ? Cette fusion ne va-t-elle pas entraîner des suppressions d'emplois ? Non, non, il avait plus de jugeote que ça, même à l'époque. En un éclair, il avait compris que le cours en Bourse des actions de *la Sécurité* allant doubler, tripler, dès que la nouvelle de la fusion serait connue. Il fallait donc qu'il trouve le moyen d'en acheter... Il allait opérer à terme, avec une couverture partielle qu'il se procurerait d'une façon ou d'une autre...

Et il avait gagné ainsi cinq mille livres. Cinq mille livres ! Certes, ça n'était pas grand-chose comparé à ce qui avait suivi, mais ç'avait été suffisant pour lui permettre de quitter Manchester et d'amorcer son étonnante ascension...

Voyant son reflet dans le pare-brise, il se sourit — son irrésistible sourire — et profita d'un nouvel embouteillage pour s'étudier avec satisfaction. De belles dents, des yeux bleus, des cheveux bruns divisés par une raie... et trente-sept ans seulement ! Il se dit en accentuant son sourire : « Allez, conviens-en : ce pèlerinage aux sources te procure un rude plaisir ! »

Lorsque l'invitation lui était parvenue, une quinzaine de jours auparavant, il l'avait fait passer à Sylvia en compagnie de qui il prenait le petit déjeuner. Le dîner du Bourse Club... Elle avait eu un haussement de sourcils distingué, interrogateur, tout en disant aimablement :

« Deux jours avant Noël? Je ne peux me passer de vous pour Noël, mon chéri.

— Je n'irai pas! assura-t-il en riant. C'est un coup de barbe! »

Mais insensiblement, l'idée lui avait souri : il prendrait sa voiture neuve et ce serait grisant de rouler sur les routes gelées, à l'écart des trains bondés. Ça lui ferait du bien! Et il serait de retour pour Noël. Sans compter que le Bourse Club de Manchester c'était quelque chose... et il en serait l'invité d'honneur! Oui, il y avait de quoi être flatté et c'eût été bête de refuser.

Son élégante chaussure appuya doucement sur l'accélérateur ; il doubla en souplesse un camion, et put ainsi s'échapper par une rue transversale pour gagner le centre de la ville.

Alors, de façon si soudaine qu'il eut peine à en croire ses yeux, il la vit.

Elle descendait d'un autobus rouge, au coin de Deansgate et de Peter Street. Vêtue d'un manteau noir à col de lapin, elle portait un sac de papier marron. Son visage avait cet air préoccupé, légèrement absent, dont il se rappelait si bien. Freinant brusquement, il arrêta la voiture le long du trottoir.

« Agnès! »

Il regretta aussitôt de l'avoir appelée, mais c'était fait.

Elle se tourna, surprise, son regard un peu myope semblant se demander qui l'appelait ainsi. Et puis, elle le reconnut. Elle eut une sorte de raidissement et, l'espace d'un instant, il crut qu'elle allait s'évanouir. Mais tout ce qui se produisit fut que le sac lui échappa des mains et s'éventra sur le trottoir, y répandant des paquets d'épicerie autour de quelque chose de vert, une pousse de sapin aux branches liées par une ficelle.

Elle se baissa aussitôt pour tout ramasser et se trouva ainsi très proche de la voiture lorsqu'elle se redressa.

« Hello, Agnès ! »

Quoique forcé et presque timide, son sourire était assez réussi.

« Hello, Georges ! »

Un temps.

« Si je m'attendais à te revoir comme ça !

— Oui... »

Nouvelle pause. La sentant émue, il recouvra vite tout son aplomb et dit avec aisance :

« Eh bien, nous n'allons pas rester plantés là... Monte, je vais te conduire où tu dois aller. »

Il ouvrit la portière. Elle hésita un bref instant, puis obéit, cognant son chapeau contre le toit — elle n'avait visiblement pas l'habitude d'aller en voiture — et s'assit gauchement à côté de lui, serrant contre elle le désordre du sac.

Georges repartit et ce fut le silence, jusqu'à ce qu'il dise avec une légèreté calculée :

« Ça t'a causé un choc, hein, Agnès ?

— Oui, Georges, acquiesça-t-elle sans le regarder.

— Il n'y a pas de quoi, mon petit. J'avais tant de fois souhaité que nous ayons l'occasion de nous revoir ! Souvent, quand je venais à Manchester... Ah ! que n'aurais-je donné pour avoir ton adresse ! »

Du coin de l'œil, il guettait sa réaction et vit que ça marchait. Il en avait toujours été ainsi avec Agnès et elle n'avait pas changé. C'était cette naïveté puérile qui faisait le plus clair de son charme ! pensa-t-il en se retenant de sourire. N'empêche qu'il se sentait étrangement heureux de l'avoir de nouveau près de lui... et dans cette luxueuse voiture ! Bien sûr, les années écoulées se voyaient à une ride ici et là, au pli un peu plus las de la bouche ; autrement, elle était bien toujours la même : un peu petite, mais potelée, attirante et fraîche, avec ses grands yeux au regard soumis. Elle continuait à ne pas savoir s'habiller... Des bas de rayonne, des chaussures à l'unisson... Sa robe semblait encore pire que le manteau et un de ses gants était légèrement décousu. En dépit de quoi, Agnès restait une bien gentille fille.

« Où veux-tu que je te dépose? » demanda-t-il sur un ton très amical.

Précipitamment, en bredouillant un peu, elle répondit :

« Oh! ça n'a pas d'importance... J'habite route d'Eccles, mais je préfère que tu ne...

— Oui, oui, bien sûr, Agnès », acquiesça-t-il aussitôt, avant de hasarder : « Je comprends très bien. Si je te ramenais jusque chez toi, ton mari pourrait ne pas apprécier...

— Mon mari! » fit-elle en le regardant avec de grands yeux expressifs.

« Ah! bon, excuse-moi... Tu n'es pas mariée? »

Elle secoua la tête.

La nouvelle lui procura un intense plaisir, mais il se garda bien d'en rien laisser paraître. Si elle ne s'était pas mariée, c'était parce qu'elle avait dû continuer de penser à lui, en dépit des années. Il exulta intérieurement. C'était décidément une chic fille... Ordinaire, bien sûr, mais ça elle n'y pouvait rien... Et elle avait des qualités qui compensaient... Elle était tranquille, reposante, bonne... Oui, elle avait été vraiment très bonne avec lui autrefois... quand ils étaient fiancés. Seigneur! Ça lui faisait tout drôle de penser qu'Agnès et lui avaient été fiancés... Il ne lui avait jamais offert de bague, n'en ayant pas les moyens à l'époque... Il lui avait juste donné un petit médaillon en argent qui avait la forme d'un cœur... Exactement ce qui convenait à l'Agnès d'alors. Tout bien pesé, il ne regrettait pas de l'avoir laissée tomber... Seigneur! Agnès aurait été impossible comme femme du riche homme d'affaires qu'il était devenu... Absolument impossible!

Ayant engagé le capot luisant de la voiture dans Chapel Street, il dépassa le musée et se mit à rouler lentement le long de Peel Park. Rouler ainsi avec Agnès en bordure du parc lui procurait un voluptueux sentiment d'opulence... Car c'était dans ce même parc qu'ils restaient à la nuit tombée, assis sur un des bancs... Il la prenait par la taille, la serrait contre lui, se grisant de sa jeunesse, de sa fraîcheur.

Ayant fait le tour complet du parc, il ralentit et arrêta doucement la voiture devant la fontaine... Cette fontaine dont ils avaient si souvent perçu l'invisible clapotis, mêlé à la rumeur assourdie de la ville. Se tournant à demi vers Agnès, il lui demanda alors :

« Que fais-tu maintenant, mon petit, si tu n'es pas mariée?

— Je suis toujours chez Manton, Georges. »

Malgré lui, il en éprouva un choc.

« Ce n'est pas une mauvaise boîte, ajouta-t-elle tranquillement. Surtout au rayon de la ganterie. »

De nouveau, il fut horrifié par son ton raisonnable. Dix ans auparavant, elle était déjà au rayon ganterie des grands magasins Manton, à trente shillings par semaine! En un éclair, il lui sembla voir toutes ces mornes années s'étendre à l'infini derrière Agnès. Il en éprouva un malaise, et une sorte de colère qui le fit s'écrier :

« Mais, Agnès, au nom du ciel, pourquoi ne pas m'avoir contacté, mis au courant? C'est vraimant trop bête... J'avais gagné un peu d'argent et je t'aurais aidée, tu le sais bien! »

Elle eut un faible sourire :

« Mais je ne savais pas où tu étais, Georges. Je n'en avais aucune idée. Tu as disparu de façon si soudaine... Le dimanche soir, nous étions ici à nous embrasser... Le mercredi, lorsque je suis venue à notre rendez-vous... tu étais parti! Et je ne vaux rien pour rechercher les gens... Je suppose que ça ne doit pas être dans mon caractère. »

Il se sentit rougir d'indignation.

« Je vois : tu me blâmes! s'exclama-t-il. Eh bien, vas-y... Aussi bien, je m'y attendais un peu. Tu as certainement toutes les raisons de me tenir pour le dernier des derniers! »

Elle parut s'alarmer de sa véhémence :

« Je n'ai jamais dit un mot contre toi, Georges... Jamais !

— Mais tu n'en pensais pas moins, Agnès. Des années durant, tu as estimé que je t'avais joué un sale tour, que je m'étais conduit comme un dégoûtant en te laissant ainsi, sans un mot... Allez, tu peux bien me dire la vérité maintenant ! »

Elle détourna les yeux, tordant nerveusement entre ses doigts un coin du sac en papier. Puis elle dit à voix basse, d'un air coupable :

« La vérité, c'est que ça m'a porté un coup, Georges, un coup terrible... Je t'aimais... Je croyais que nous allions nous marier. Tu ne te rappelles pas ce que tu m'avais dit en me donnant le médaillon ? " Agnès, je n'ai pas les moyens de t'offrir une bague de fiançailles, mais ceci en tiendra lieu... " »

Elle respira avec difficulté, eut comme un halètement :

« Je ne te fais pas de reproche, Georges. Je sentais bien que tu m'étais supérieur, à tout point de vue... Et sans doute était-ce déjà beau que tu m'aies accordé de l'intérêt... Seulement, chez Manton, une des filles avait entendu dire que tu avais gagné de l'argent, beaucoup d'argent, et je... Je ne pouvais m'empêcher de penser que tu m'avais plaquée parce que je n'étais pas la femme qu'il te fallait. Alors, je... je... Oh ! je ne sais pas ! » conclut-elle, levant vers lui un regard tout empreint d'impuissante détresse.

Il hocha lentement la tête en disant :

« Ainsi donc, voilà ce que tu pensais de moi. Je suis heureux que tu m'aies parlé franchement... Peut-être que je le mérite... »

Il soupira :

« Je suppose que ma vue doit t'être odieuse...

— Oh ! non, Georges, s'écria-t-elle impulsivement. Non ! »

Ses yeux s'étaient embués de larmes.

« Alors ne serait-ce pas que tu m'as mal jugé, Agnès ? Ne comprends-tu pas que j'ai peut-être agi pour le mieux ? Si je m'étais rendu compte que nous ne pouvions être heureux ensemble... que, eu égard à un certain changement de situation, nous n'étions plus faits l'un pour l'autre... Brusquer la séparation, n'était-ce pas encore le meilleur moyen de la rendre moins douloureuse? »

Elle demeurait silencieuse, comme incapable de parler, mais il voyait sa poitrine houleuse d'émotion contenue, et il eut soudain la certitude qu'elle l'aimait toujours. Incroyable mais vrai! Il pouvait voir qu'elle portait encore à son cou le ridicule petit médaillon qu'il lui avait donné, tant d'années auparavant, et dans lequel elle avait collé une minuscule photo de lui.

« En tout cas, murmura-t-il, je vois que tu continues d'avoir ma photo avec toi. »

Avant qu'elle ait pu l'en empêcher, il avait pris le médaillon entre ses doigts et en faisait jouer triomphalement le ressort.

Alors le sourire se figea sur ses lèvres.

Ce n'était plus sa photographie qui était dans le médaillon, mais celle d'un petit garçon. Il demeura un long moment à considérer fixement le cliché, puis leva les yeux vers Agnès qui, très pâle, respirait de façon précipitée.

« Mais... qui est-ce donc? » demanda-t-il.

Il y eut un silence qui s'éternisa, tandis que le pauvre regard blessé d'Agnès restait rivé au sien.

« C'est mon garçon. »

Il en demeura bouche bée.

« Ton garçon... répéta-t-il sans comprendre tout de suite. Tu veux dire... ton fils? »

Et comme elle se taisait, il regarda de nouveau la photo qui sembla le fasciner, puis il bégaya, en proie à une soudaine excitation :

« Et le mien... mon fils... mon fils à moi aussi! »

Silence.

« Oui », fit-il en blêmissant sous le coup de l'émotion. « Oui, bien sûr... A présent je vois... je vois la ressemblance! »

Son fils! Il était abasourdi, comme écrasé par cette découverte inattendue. Un déferlement de joie et d'orgueil lui parcourait le corps, lui submergeait le cœur. Son fils... son garçon... Sa chair et son sang... qu'il n'avait jamais vu... jamais touché... dont il ignorait jusqu'à l'existence... Il en était tout à la fois surexcité et bouleversé. Un soudain revirement s'opéra en lui. Le regain de désir qu'il avait éprouvé pour Agnès s'évapora, chassé par cette bien plus puissante émotion.

« Pourquoi ne m'avoir rien dit, Agnès ? »

Le corps secoué de tremblements nerveux, elle répondit :

« Mais comment l'aurais-je pu, Georges ? Tu es parti du jour au lendemain, sans même me laisser un mot... A l'époque, je ne savais pas que... et quand le médecin me l'a dit, je...

— Tu n'avais pas le droit de me le cacher, Agnès. C'est mal, très mal...

— Mais tu ne voulais pas de moi, Georges, puisque tu étais parti. Et comment t'aurais-je retrouvé...

— Tu aurais pu à tout le moins essayer. Insérer une annonce dans les journaux, faire quelque chose...

— Oh ! j'aurais été si heureuse de t'avoir près de moi, Georges ! dit-elle en se mettant à pleurer. Il m'a fallu endurer tant de choses... J'ai dû accoucher à l'hospice des filles-mères... j'ai failli perdre ma place chez Manton... Et après, ça n'a pas été facile non plus, crois-moi... J'ai eu moins de hauts que de bas ! »

Devant son silence, elle finit par se taire. Lui se sentait glacé jusqu'à l'âme de savoir que son fils était né dans un hospice. Elle n'avait pas le droit de lui faire une chose pareille ! Il se contraignit toutefois à garder son calme, à ne formuler aucun reproche, se bornant à dire :

« Il faut que je le voie, Agnès.

— Oui, Georges », acquiesça-t-elle en se tamponnant les yeux avec un mouchoir pas très net.

« Demain.

— Oui, Georges.

— Tu vas me donner ton adresse... »

— Oui, Georges.

Il la nota soigneusement dans le petit agenda de maroquin qu'il avait toujours sur lui, puis dit avec un sourire :

« Nous verrons alors ce qu'on peut faire.

— Oui, Georges », fit-elle en lui rendant son sourire, d'un air triste mais confiant.

***

Lorsque, après avoir convenu d'un rendez-vous précis pour le lendemain, il eut déposé Agnès à l'arrêt de son autobus, il gagna le Midland Hotel. Il était en proie à une exaltation aussi grisante qu'un bon vin. Son fils! Il avait un fils! Que les choses tournassent ainsi, après tant d'années de vains espoirs, tenait presque du miracle! Un fils... La seule chose que son argent ne pouvait lui procurer.

A l'hôtel où, bien sûr, son arrivée était attendue, il fut accueilli avec une amabilité empreinte de déférence, extrêmement agréable :

« Oui, monsieur... Nous vous avons réservé une suite au troisième étage, donnant sur le jardin intérieur. »

Il aimait tous ces tapis, ces marbres, ce luxe. Il éprouvait un voluptueux plaisir à pouvoir se les offrir. Autrefois, il aurait demandé timidement : « Avez-vous une chambre? » et ça n'est pas au Midland qu'il serait venu poser cette question! Tout en suivant le groom vers l'ascenseur, il exultait de satisfaction.

Dans le salon de la suite, deux télégrammes l'attendaient près d'un grand vase garni de ravissantes roses de Noël. L'un émanait de Jackson, son directeur : *Accord Houghton heureusement conclu.* Parfait! L'autre lui était envoyé par sa femme : *Chéri, ne succombe pas aux charmes du pays natal.* Gentil de la part de Sylvia... et bien dans son style! Il eût parié que c'était elle aussi qui leur avait dit de mettre ces fleurs. Depuis leur mariage, il n'avait pas regretté un seul instant d'avoir épousé Sylvia. Elle lui convenait parfaitement à tous égards : instruite, compréhensive, toujours de bonne humeur, douée d'un flair infaillible dans le domaine des relations sociales... Et, de plus, elle lui avait apporté une gentille fortune. Heureusement qu'il avait eu la sagesse d'attendre qu'elle croise son chemin! Il aurait d'ailleurs aussi bien épousé une autre femme, à condition qu'elle présentât les mêmes avantages que Sylvia. Leur union n'avait eu qu'un seul inconvénient. Mais maintenant...

Il sursauta en constatant que sa montre marquait 6 h 30. Diable! Il était temps pour lui de se préparer, s'il voulait être au Bourse Club à 7 heures. Il tendait déjà la main vers la sonnette (deux coups pour le valet de chambre) lorsqu'il se ravisa. Non, ces gens-là s'attendaient toujours à ce que vous leur donniez un gros pourboire, ne fût-ce que pour avoir retiré les embauchoirs de vos chaussures! Il préféra téléphoner qu'on lui monte un Cinzano-gin, ouvrit les robinets de la baignoire et, tout en fredonnant, se mit à défaire sa valise.

Il demeura plusieurs minutes étendu dans son bain, les yeux clos, pensant de nouveau à son fils ; puis, se relevant gaiement, il s'administra une douche froide. Rien de tel pour vous maintenir en forme! Et un homme devait toujours être en forme s'il voulait profiter à fond de l'existence. Il n'avait d'ailleurs aucun souci de ce côté-là, car il jouissait d'une excellente santé. Et jamais peut-être il ne s'était senti aussi jeune que ce soir!

Il s'habilla posément, avec un soin méticuleux, s'arrêtant de temps à autre pour boire une gorgée de Cinzano. On lui avait apporté le verre avec des olives, de ces petites olives françaises pour lesquelles il avait un faible. Tout en nouant sa cravate blanche, il ne put, comme toujours, se retenir d'admirer ses boutons de plastron. Des boutons d'onyx et diamants qu'il avait achetés chez Boucheron, dans Bond Street. Ils ne lui avaient pas coûté moins de quatre-vingts guinées, mais ils étaient vraiment très beaux et du meilleur goût. Certes, ça lui était toujours pénible de donner une grosse somme en échange de babioles comme ça, mais il s'était fixé une règle de conduite avec laquelle il ne transigeait pas : « Achète-toi toujours ce qu'il y a de mieux, tu n'auras jamais lieu de le regretter. » Et il ne regretterait certainement jamais d'avoir acheté ces boutons chez Boucheron : ils étaient parfaits !

Comme il enfilait son habit, le téléphone sonna. Une voix lui dit : « Sir Charles Begg est là, monsieur. Dois-je le faire monter ou le prier d'attendre ?

— Faites-le attendre », répondit-il d'un ton désinvolte.

C'est ainsi qu'il faut s'y prendre avec ces gens-là ; moins vous semblez faire cas d'eux et plus ils ont de considération pour vous !

Avec un léger sourire, il alla se planter devant le miroir, procédant à l'ultime vérification de son nœud blanc, ses cheveux, sa chaîne d'habit en platine. Impeccable. Alors il se dirigea vers la commode et y prit le médaillon que, pour son contenu, il avait réussi à se faire remettre par Agnès. Il l'ouvrit. Oui, c'était bien son fils ! Un beau petit gars, avec un visage ouvert, heureux... Son fils ! De nouveau l'émotion le submergea et ses yeux se mouillèrent. Alors il respira longuement, bien à fond, porta la minuscule photo à ses lèvres et referma le médaillon qu'il escamota dans la poche de son pantalon. Maintenant il était prêt pour le Bourse Club, prêt pour n'importe quoi. Il allait faire un bon dîner, passer une agréable soirée et être applaudi pour son speech. Alors, très sûr de soi, il gagna la porte avec une souple élégance.

Le lendemain, veille de Noël, il s'éveilla en proie à une sensation de bien-être, de délicieuse expectative. Chance inespérée à Manchester, le soleil brillait et le ciel était d'un bleu glacé. Après avoir mangé un fruit et bu son thé — pour rester svelte, il se contentait toujours d'un petit déjeuner léger — il s'attarda au lit avec volupté, passant en revue son programme de la journée, joua un instant avec l'idée de téléphoner à Sylvia, mais lorsqu'il décrocha finalement le combiné, il se borna à dicter un télégramme : *Retenu ici aujourd'hui pour affaire extrêmement importante. T'aime. Georges.* Après quoi il se leva, se rasa, prit un bain et s'habilla avec un soin tout particulier avant de descendre déjeuner.

Après déjeuner, il alla faire du shopping. Dieu, que c'était amusant! Jamais il ne s'était pareillement diverti! Les rues, les boutiques étaient pleines de gens, de gens heureux comme lui et qui, comme lui, achetaient des tas de choses pour leurs enfants. Il se laissait aller à dépenser et c'était vraiment grisant. Il acheta une boîte de chocolats — une boîte énorme avec un grand ruban orange —, un chemin de fer mécanique, une voiture de pompiers avec les phares qui s'allumaient et une lance d'incendie dont on pouvait dérouler le tuyau, un clown qui faisait de la barre fixe, une toupie ronflante, un jeu de construction. Il fallut vraiment tout son bon sens pour le retenir de faire encore d'autres achats, tant cela lui causait de plaisir.

A 4 heures, il regagna son hôtel et y prit le thé. En proie à une excitation croissante, il se sentit gagner par l'impatience. Il consultait sa montre à tout instant et le temps lui paraissait s'écouler avec une abominable lenteur. Or Agnès lui avait dit qu'elle ne pourrait rentrer de chez Manton avant 7 heures. Que c'était donc exaspérant de devoir attendre ainsi! Enfin, ce fut l'heure et, chargeant ses paquets dans un taxi, il se fit conduire route d'Eccles.

C'était une rue triste dans un quartier pauvre, une rue qui semblait être venue au monde avec des trous dans les trottoirs, des barreaux manquant aux grilles, des portes à la peinture écaillée et des graffiti sur les murs. Une rue où il n'y avait que des immeubles locatifs et aucune de ces boutiques dans les vitrines joyeusement éclairées desquelles s'entassaient dindes, pièces montées, corbeilles de fruits et victuailles de toutes sortes. On y voyait juste quelques voitures de quatre-saisons à proximité d'un pub et d'une échoppe qui vendait du poisson frit. Au rez-de-chaussée de l'immeuble où habitait Agnès, il y avait une pancarte, blessante comme un affront : *Timothy*

Treacle, Ramonage tous conduits. En la voyant, bien qu'il continuât d'exulter, Georges ne put s'empêcher de froncer le sourcil : quel endroit pour élever son fils ! Laissant derrière lui l'humiliante pancarte, il gravit lestement l'escalier et sonna à la porte d'Agnès.

Elle vint immédiatement ouvrir. Sans son chapeau et son manteau, il la trouva plus petite que jamais. Elle avait coiffé ses cheveux en découvrant son front, et son visage était encore tout rose d'avoir été lavé. Il devina qu'elle s'était hâtée de rentrer afin de pouvoir faire un brin de toilette avant qu'il n'arrive.

« Tu sais, Georges, s'excusa-t-elle aussitôt, c'est tout petit ici... Juste deux pièces... Rien de luxueux. »

Ça, il s'en était rendu compte dès le premier coup d'œil. Une table ronde à abattants, des chaises de cuisine, un linoléum craquelé, un évier en pierre. Non, vraiment rien de luxueux. Mais ce n'était pas l'appartement qu'il venait voir. Le cœur battant à grands coups, il demanda vivement :

« Où est le petit ?

— Dans l'autre pièce. »

Comme elle le regardait d'un air hésitant, il la pressa :

« Vite, Agnès ! Ne comprends-tu pas que je brûle de le voir ? »

Elle parut froissée et passa dans l'autre pièce sans rien ajouter. Après quelques instants, le garçon entra... seul.

Georges suffoqua de joie. Ses yeux brillèrent de fierté. Quel beau petit gars ! Un visage franc, avec quelques taches de rousseur et des yeux bleus — les yeux de Georges ! — des cheveux châtains. Non, la photo ne l'avait pas trompé. Le petit était son portrait tout craché ! Pas grand pour ses neuf ans, mais se tenant bien droit. Un fils dont il pouvait être fier, un fils qui lui faisait honneur. Il lui sourit, en s'enquérant avec une chaude tendresse :

« Comment t'appelles-tu, mon garçon ?

— Georgie. »

Le même nom que lui. Il en fut touché au point de

rester un instant sans pouvoir parler. Puis il tendit la main :

« Nous allons devenir deux amis, Georgie.

— Je veux bien. »

Un léger temps, puis l'enfant demanda :

« Qu'y a-t-il dans ces paquets ? »

Georges sourit et dit avec empressement :

« Quelque chose pour toi, mon garçon. Quelque chose qui va te faire plaisir... »

Prestement, tel un magicien, il dénoua la ficelle et le beau papier marron bien raide découvrit son contenu...

« Oh ! » fit Georgie. Puis : « C'est drôlement bath ! »

Il n'avait jamais vu des jouets pareils et ouvrait de grands yeux émerveillés.

« Ce n'est rien, tu sais, Georgie... Je t'aime bien et je suis un vieil ami de ta maman... Alors, je suis décidé à faire beaucoup... à faire tout pour toi... »

L'enfant toucha le train d'un geste timide, comme doutant de sa réalité ; convaincu, il le prit en main, remonta le ressort de la motrice et le posa par terre. La locomotive et ses deux wagons foncèrent sur le vieux linoléum.

« Chic alors ! » s'exclama le petit Georgie en courant récupérer le jouet.

Dix minutes plus tard, lorsque Agnès revint dans la pièce, elle trouva son fils et Georges, à genoux par terre, jouant avec le train.

Georges se releva, gêné ; depuis un moment, il avait complètement oublié l'existence d'Agnès. Il épousseta les genoux de son pantalon, puis demeura silencieux, l'air pensif, essuyant ses mains avec son mouchoir de soie. Finalement, il demanda :

« Puis-je te parler maintenant, Agnès ?

— Va jouer un moment dans l'autre pièce, Georgie », dit elle à son fils.

L'enfant partit aussitôt avec ses jouets.

Georges mit à profit le silence qui suivit pour s'asseoir à

côté du petit poêle qui ronflait allégrement. Après avoir paru bien peser les paroles qu'il allait prononcer, il releva la tête et déclara en regardant Agnès avec gravité :

« Écoute... Il y a une chose que je tiens à te dire, et c'est que tu as raison... Oui, je m'en rends compte maintenant, je n'aurais pas dû te quitter comme ça... Sur l'instant, j'avais cru agir au mieux... Et puis peut-être aussi que cet argent m'avait un peu tourné la tête... Je ne suis qu'un homme, après tout... Mais, à présent, je regrette de tout mon cœur de m'être conduit ainsi... Je suis désolé de t'avoir fait du mal et je tiens à le réparer. »

Assise bien droite sur l'inconfortable chaise de cuisine, très pâle, attentive, elle le regarda fixement mais garda le silence.

« Cela a dû être très dur pour toi, vu ta situation, de devoir élever un enfant.

— Oh! je ne me plains pas, Georges, dit-elle alors vivement. Je reconnais que parfois la lutte a été rude, reprit-elle avec un petit rire contraint. Ils nous est arrivé d'en être à notre dernier shilling. C'est surtout la veille de la paye que ça va mal. Mais le samedi, quand j'ai touché mon enveloppe, je rapporte toujours un gâteau à Georgie. Il raffole des nonnettes avec du sucre glacé dessus! Mais je ne me plaindrais pour rien au monde... Nous avons été si heureux lui et moi... Tu ne peux pas savoir! »

Elle s'interrompit, rougissant de son élan.

« Néanmoins, ma chère Agnès, il constitue pour toi une lourde responsabilité. Une responsabilité et une charge...

— Oh! non, George, je t'assure... Il sait se rendre utile, très utile même... Tu n'as pas idée de tout ce qu'il sait faire... Tiens, le thé, par exemple : il le prépare beaucoup mieux que moi, pensant à ébouillanter d'abord la théière, à mettre le lait dans la tasse avant d'y verser le thé... Et c'est toujours lui qui essuie la vaisselle, sans jamais rien casser. Ah! c'est un vrai petit homme déjà! Il va tout seul à l'école et fait bien attention pour traverser les rues. A midi, il déjeune chez Mrs Treacle, au rez-de-chaussée. Et le soir quand je rentre, il est ici... Georges, tu ne peux pas savoir ce que cela représente pour moi de le trouver là en ouvrant la porte. Et souvent, il a même déjà mis la table. Ah! c'est vraiment un fils comme bien des mères voudraient en avoir un... Le réconfort qu'il m'apporte est inimaginable! »

Il frissonnait rien que d'entendre évoquer cette vie paradisiaque, mais il se contraignit à l'amabilité :

« Je ne doute pas que tout cela soit vrai, Agnès, et j'en suis heureux pour toi. Mais ça, c'est ton point de vue. Quel est le sien?

— Le sien? » fit-elle en écho, sans comprendre.

« Oui, celui de Georgie. Crois-tu honnêtement qu'en l'élevant ainsi, tu lui donnes une grande chance de se faire une place au soleil? »

Elle le regarda, douchée, et dit humblement :

« C'est le mieux que je puis faire...

— Justement! »

Après avoir opiné de la sorte, George pinça les lèvres, puis lança sur un ton de totale franchise :

« Comme tu l'as sans doute deviné, je suis marié. »

Elle baissa les yeux et murmura, après un court silence :

« Oui, Georges, j'ai bien pensé... je me doutais que tu devais être marié.

— Et, qui plus est, très heureusement marié. Ma femme est une lady, Agnès. Aussi bien dans les affaires que sur le plan social, elle m'a aidé de toutes les façons. Sylvia est une femme remarquable, large d'esprit, généreuse. Nous nous entendons à la perfection tous les deux. » Il soupira. « Le seul chagrin de notre vie, c'est de n'avoir pas d'enfant. »

Sans bien comprendre, Agnès se sentit gagner par une vague inquiétude.

« En rentrant, je vais tout dire à Sylvia, ne rien lui cacher de cette... incartade de ma jeunesse. Elle n'en fera pas un drame. Elle sait ce qu'est la vie et, je te le répète, elle est large d'esprit.

A la vérité, je crois même qu'elle se réjouira d'apprendre ça...

— Mais pourquoi... pourquoi la mettre au courant? » balbutia-t-elle.

La regardant droit dans les yeux, il dit doucement :

« Parce que je souhaite que tu me laisses emmener Georgie. »

Elle parut se figer sur place, ses yeux exorbités reflétant une véritable terreur dans l'intense pâleur de son visage.

« Non! Non! Tu ne ferais pas une chose pareille! »

Il eut un sourire compréhensif, tout en lui disant d'un ton apaisant :

« Voyons, Agnès, mon petit, ne le prends pas comme ça. Je me doute bien que, présentée ainsi, de but en blanc, une telle perspective a de quoi te bouleverser. Mais tu vas te rendre compte, à la réflexion, que...

— Non! Non! Je ne te le donnerai pas! Je ne renoncerai pas à mon fils, ma seule joie!

— Allons, allons, Agnès, parlons posément. Nous sommes des gens sensés, raisonnables et il nous faut penser avant tout au petit. Quelle vie mène-t-il ici? fit Georges en esquissant un geste qui englobait l'appartement, le quartier et les services de bon voisinage rendus par Mrs Treacle. Bien sûr, tu as fait des prodiges... mais tu n'es quand même pas en mesure de lui assurer l'éducation qu'il mérite. Moi, j'ai réussi dans l'existence... très bien réussi. Je peux donc assurer à Georgie des avantages que tu n'imagines même pas, à commencer par un logement pourvu de tous les conforts et une gouvernante pour s'occuper spécialement de lui. Plus tard, il ira dans un des meilleurs lycées, puis à l'université. Quant à Sylvia, tu peux être sûre qu'elle sera folle de lui. Elle souhaitait tant avoir un enfant qu'elle parlait même d'en adopter un. Alors, c'est te dire si elle aimera Georgie. Elle sera vraiment une mère pour lui.

— Non, non! haleta Agnès. C'est moi... c'est moi sa mère! »

Georges secoua doucement la tête, d'un air d'indulgent reproche :

« Pense au petit, Agnès, pense avant tout à lui... Je t'en conjure, ne sois pas égoïste ! »

Au sein d'une sorte d'hébétude, elle répéta :

« Égoïste ?

— Mais oui ! Durant toutes ces années, tu l'as eu pour toi seule, tandis que moi, son père, j'ignorais même qu'il existait. Alors maintenant, pour son bien, tu dois me le laisser...

— Non, je ne m'en séparerai pas ! » dit-elle en élevant la voix d'une façon presque hystérique. « Tu ne me priveras pas de mon fils comme tu m'as privée de son père !

— Allons, Agnès, ma chérie... Pourquoi me parler si durement ? Pourquoi monter tout de suite sur tes grands chevaux ? Je ne te demande pas de renoncer totalement à lui. Tu pourras le voir de temps en temps...

— Je ne te crois pas ! cria-t-elle. Tu essaies encore de m'embobeliner ! Je lis en toi à livre ouvert : si je le laisse partir, je ne le reverrai jamais, *jamais!* »

Elle lança ce dernier mot comme un hurlement d'agonie.

Georgie survint en courant, tenant à la main le clown qui continuait ses évolutions à la barre fixe.

« Qu'est-ce qu'il y a ? Dis, M'man, qu'est-ce qu'il y a ? »

Il ne paraissait pas inquiet, simplement curieux.

« Rien, rien ! » lui répondit-elle vivement. « Il n'y a rien. Retourne jouer. »

Il hésita, puis eut un hochement de tête en direction de Georges :

« Il ne t'a rien fait, dis, M'man ? »

Georges le gratifia aussitôt d'un grand sourire :

« Bien sûr que non ! Quelle idée ! Je disais seulement à ta maman que toi et moi nous pourrions... partir ensemble... en vacances...

— En vacances ? s'exclama l'enfant. Ah ! ça, ce serait chouette ! Les copains en parlent tout le temps, mais je n'y suis jamais allé...

— Si, Georgie! larmoya sa mère. Rappelle-toi : nous sommes allés souvent avec M. et Mme Treacle à la campagne...

— Oh! oui, d'accord », fit le gosse d'un ton expressif. « Mais on rentrait le soir même... C'était pas vraiment des vacances! »

Son regard chercha celui de l'homme qui lui avait donné tous ces merveilleux jouets et qui, maintenant, parlait de l'emmener en vacances.

« Tu aimerais venir avec moi, un de ces jours? » s'enquit Georges d'un air complètement dénué d'artifice. « J'ai une belle voiture et nous pourrons aller où tu voudras...

— Si j'aimerais? » s'exclama l'enfant avec un large sourire. Ben, mon vieux, faudrait pas me le répéter deux fois! »

Nouant ses mains l'une à l'autre, au paroxysme de l'angoisse, Agnès lui cria :

« Ne parle pas comme ça! Tu es méchant! Tu n'aimes pas ta mère! Tu... tu... »

N'arrivant plus à trouver ses mots, elle secoua la tête désespérément en se mordant la lèvre.

« Mais, M'man, j'ai rien dit de mal! Je t'aime bien, M'man!

— Alors, retourne jouer! » fit-elle en pointant l'index vers l'autre pièce.

Il obéit aussitôt, refermant sans bruit la porte derrière lui.

Le silence s'établit de nouveau dans la pièce. S'appuyant d'une main à la table, Agnès gardait les yeux baissés. Il lui semblait que sa poitrine était sur le point d'éclater, tant son cœur y battait à grands coups douloureux.

Georges prenait grand soin de n'avoir pas l'air de la regarder, mais l'observait du coin de l'œil. Il émit un profond soupir, puis se leva et prit son chapeau qu'il avait posé sur la table.

« Je suis désolé, Agnès, murmura-t-il. Absolument désolé... Je ne voulais pas te faire de peine... je te le jure! »

Toujours appuyée à la table, le corps raidi, elle ne répondit pas, ne le regarda pas, n'en ayant même plus la force.

« Bien sûr, ça ne change rien à la situation. Je suis donc bien décidé à rester ici aussi longtemps qu'il le faudra pour ne pas repartir sans le petit. Tu finiras forcément par comprendre que j'ai raison. Penses-y, Agnès... Souhaites-tu que ton fils grandisse comme un garçon des rues ? Ou qu'il devienne un gentleman ? »

Et sur ces mots, il la quitta.

***

Cette nuit-là, Agnès fut incapable de dormir. Étendue dans son lit, immobile, elle écoutait la respiration de Georgie et demeurait le regard perdu dans les ténèbres, comme un animal blessé. Elle entendit sonner minuit. A présent, c'est le jour de Noël, pensa-t-elle. Noël... Les autres années, quel plaisir elle avait pris à préparer le Noël de Georgie, en garnissant le bas traditionnel : au bout, une grosse pièce de deux pence, une orange dans le talon, quelques noix entre les deux, puis une belle pomme rouge qu'elle avait bien frottée pour la rendre luisante, ensuite un petit jouet... une trompette, par exemple. Quelle joie c'était, le lendemain matin, quand il venait la rejoindre dans son lit pour inventorier le bas à côté d'elle, en poussant des exclamations ravies :

« Regarde, M'man, regarde!... Attends, je vais souffler dedans! »

Mais cette année, il n'en serait rien ; les jouets coûteux avaient tué par avance cette joie toute simple.

Elle retint un sanglot, qui demeura dans sa gorge. S'il n'y avait eu encore que cela... *Souhaites-tu que ton fils grandisse comme un garçon des rues ? Ou qu'il devienne un gentleman ?* Les mots tournoyèrent dans sa tête, de plus en plus vite : *garçon des rues... gentleman... garçon des rues... gentleman* et elle porta les mains à ses tempes avec le sentiment qu'elle devenait folle.

Je suis donc bien décidé à rester ici aussi longtemps qu'il le faudra, pour ne pas repartir sans le petit. Il avait dit cela d'un ton résolu, inexorable, et c'est cela qui la terrifiait. Elle était comme une bête aux abois, qui sent sa fin inéluctable, et il lui prenait des envies de hurler son désespoir. Que faire, mon Dieu, que faire? S'enfuir avec Georgie? Mais elle serait sans argent, sans travail, et Georges aurait tôt fait de les retrouver. La police... A quoi bon? Ce n'était pas comme si Georges parlait de recourir à la force pour lui enlever l'enfant. Un avocat? Elle n'en avait pas les moyens. Elle n'avait d'autre secours, d'autre recours qu'elle-même et c'est pourquoi les vagues noires du désespoir déferlaient sur elle, la submergeaient, l'engloutissaient.

Puis, comme un éclair au sein de la tempête déchaînée dans son âme, une pensée lui vint. Quel droit avait-elle de refuser la proposition de Georges? Pour peu qu'on y réfléchisse, c'était une proposition merveilleuse, inespérée. Personne au monde n'aurait pu prétendre le contraire. Pensez donc : son fils élevé comme un gentleman! Ah! si seulement elle avait pu faire davantage pour lui, mieux assurer son avenir... Mais elle en était, en serait toujours incapable. N'était-elle pas à la même place, au même comptoir, depuis tant d'années? Elle n'était bonne à rien... bonne seulement à empêcher Georgie de se faire une place au soleil...

De nouveau, elle dut serrer les dents pour ne pas se laisser aller à sangloter. *Ne sois pas égoïste, Agnès...* Voilà ce que lui avait dit Georges. Et il avait raison. Pour le bien de Georgie, elle devait se garder d'être égoïste. Ce qu'on lui demandait était dur, très dur, mais il fallait qu'elle le fasse. Par la pensée, elle se projeta dans l'avenir, essayant de se représenter son fils grandi, devenu un homme qui a réussi, un gentleman... habillé comme l'était maintenant Georges. Mais elle n'y parvenait pas, l'image restait floue, n'arrivait pas à se préciser... et la tête lui faisait mal, mal!

Quand l'aube filtra doucement dans la pièce, y répandant une vague clarté grisâtre, Agnès ne dormait toujours pas.

A 8 heures, elle se leva sans bruit pour ne pas réveiller son fils, et alla dans la cuisine préparer le petit déjeuner. Tandis qu'elle allumait le gaz et emplissait d'eau la bouilloire, son visage était étrangement dénué d'expression, comme fermé. Les jours de fête, le petit déjeuner comportait un œuf au bacon et elle veilla à ce que le bacon fût bien frit comme Georgie l'aimait. Quand ce fut prêt, elle disposa le tout sur le petit plateau japonais qu'elle emporta dans la chambre.

Georgie était réveillé et assis dans son lit. Il battit des mains à la vue du plateau et embrassa sa mère quand elle s'assit près de lui.

« Joyeux Noël, M'man! Cette année, c'est moi qui l'ai dit le premier! Joyeux Noël! »

Puis il ne s'occupa que de l'appétissant petit déjeuner.

Debout maintenant près du lit, elle le regardait manger, toute contractée, comme retranchée en elle-même. Elle aimait le voir savourer ainsi chaque bouchée de ce qu'il mangeait. C'était un spectacle dont elle n'arrivait pas à se lasser et qu'elle aurait voulu d'ordinaire voir se prolonger indéfiniment. Mais ce matin-là, dès qu'il eut commencé, elle dit :

« Il faut que je sorte une minute. »

La bouche trop pleine pour parler, il hocha gentiment la tête. Les matins où elle ne travaillait pas, sa mère descendait souvent bavarder un instant avec Mrs Treacle ou acheter un journal.

Agnès s'attarda, comme espérant une protestation et qu'il s'écrie : « Oh! non, M'man, pars pas! Reste avec moi! » Mais il n'en fit rien. Dans l'autre pièce, elle enfila lentement son manteau, mit son chapeau comme si les bras lui pesaient. Puis elle quitta l'appartement.

Au rez-de-chaussée, Mrs Treacle, une robuste Irlandaise débordante de cordialité, ouvrait justement sa porte pour prendre la bouteille de lait déposée sur le paillasson.

« Bonjour, ma petite Agnès! Vous êtes bien matinale pour un jour comme aujourd'hui... Mais Bon Noël quand même!

— Bon Noël, madame Treacle.

— Attendez une minute... J'ai un petit cadeau pour vous...

Un calendrier avec une jolie gravure et qui arrive tout droit de Dublin. Ne bougez pas, je vais le chercher! »

Agnès attendit docilement, reçut le calendrier enveloppé dans du papier de soie, remercia Mrs Treacle et sortit de la maison.

La rue était en proie à une sorte d'immobilité grisâtre. Personne sur les trottoirs, pas une auto sur la chaussée, c'était plus tranquille que le plus tranquille des dimanches. Soudain, tandis qu'elle marchait, Agnès entendit les cloches d'une église qui sonnaient loin, très loin, mais dont le bruit lui parvenait avec une étonnante clarté pour s'irradier douloureusement en elle.

Au coin de la rue, elle pénétra dans une cabine téléphonique. Il lui fallut un bon moment pour trouver le numéro dans l'annuaire car sa vue était un peu brouillée, mais enfin elle put appeler l'hôtel et demander Georges. Tandis qu'elle attendait d'être mise en communication, elle regarda fixement une annonce au dos de l'annuaire. *Alfred Rubbin. Pompes funèbres... Convois... Marbrerie.*

Alfred Rubbin... Pompes funèbres... Alfred Rubbin... Marbrerie...

« Allô, allô! »

La voix de Georges parvenait soudain à son oreille, si proche et si forte qu'elle en sursauta.

« C'est moi, Georges... Agnès.

— Agnès!

— Oui, Georges, je suis venue te dire... »

Elle marqua un léger temps, mais finit de réciter, comme une leçon bien apprise :

« ...que je ne voulais pas être une entrave pour Georgie. »

Elle l'entendit s'exclamer, lui prodiguer de bonnes paroles qui coulèrent à travers sa tête sans y laisser de trace. A présent, il abordait le chapitre de l'argent :

« Je veillerai à ce que tu ne manques de rien, Agnès, je te le promets... »

Elle attendit patiemment qu'il se tût, puis elle dit :

« Juste une chose, Georges... »

Un temps.

« Oui, Agnès ?

— Je ne pourrai pas être là quand tu viendras, car j'avais un rendez-vous et il me faut y aller. Mais Georgie sera devant la maison à 11 heures. »

Elle raccrocha, coupant net les flots de gratitude qui se déversaient à l'autre bout du fil, et elle ne sut pas qu'il allait aussitôt télégraphier à Sylvia : *Te rapportes le plus beau des cadeaux de Noël.*

De retour à la maison, elle dit :

« Je vais t'habiller, Georgie. »

Il eut aussitôt une grimace comiquement expressive.

« Laisse-moi t'habiller ce matin, Georgie.

— Oh! M'man, je suis assez grand pour m'habiller tout seul!

— Pour me faire plaisir, Georgie. »

Ils allèrent dans la cuisine, où il faisait bien chaud. Agnès le lava de la tête aux pieds, puis l'habilla avec soin : son pantalon du dimanche et le pull-over tout neuf qu'elle lui avait tricoté comme cadeau de Noël. Ses chaussures commençaient à être assez usagées, mais elle ne ménagea pas le cirage et les fit bien briller.

Peu à peu, l'enfant prit conscience de ce que ces préparatifs avaient d'inhabituel et regarda sa mère d'un air intrigué. Finalement, il s'enquit :

« Dis, M'man... Pourquoi tu fais tout ça?

— J'ai réfléchi que tu pouvais très bien partir en vacances pour quelques jours », répondit-elle posément.

Un sourire vint lentement éclairer le visage semé de taches de rousseur et, s'arrachant à l'étreinte de sa mère, Georgie se mit à gambader gaiement dans la pièce :

« Je vais avoir des vacances! De vraies vacances de Noël! Ça, alors, c'est formidable! Comment qu'ils vont être épatés, les copains! Ah! il me plaît, ce monsieur! Il est drôlement chic!

— Tu te conduiras en petit garçon bien élevé, hein, Georgie? N'oublie pas de dire toujours " s'il vous plaît " et " merci ".

— Sois tranquille, M'man! Oh! on va drôlement s'amuser, lui et moi! »

Elle regarda le réveil, en penchant un peu la tête de côté, n'arrivant pas à bien distinguer les aiguilles. Onze heures moins trois. Moins deux. Moins une minute. Les yeux toujours tournés vers le réveil, elle dit alors d'une voix très calme :

« Descends dans la rue, Georgie, et vois s'il arrive... »

Décrochant sa casquette, il se précipita aussitôt vers la porte.

« Attends! »

Il se retourna, surpris, car la voix de sa mère s'était brusquement fêlée. Elle le regardait, une main plaquée contre son cœur :

« Embrasse-moi, Georgie, avant de descendre.

— Oh! voyons, M'man, j'suis pas encore parti! »

Il lui donna un baiser aussi rapide que machinal, puis se rua sur le palier et dévala l'escalier.

Elle demeura un moment totalement immobile, puis s'approcha de la fenêtre, en ayant soin de rester dissimulée derrière le rideau. Elle vit Georgie sur le trottoir, regardant frébrilement à droite et à gauche. Elle vit l'auto déboucher au coin de la rue et s'approcher en ralentissant, silencieuse comme un fantôme, un phantasme engendré par son imagination. Puis Georges descendit lestement de voiture, en tendant les deux mains à Georgie. Son visage demeura de bois tandis qu'elle les regardait parler, un bref échange de propos enjoués. A une ou deux reprises, ils levèrent les yeux vers la fenêtre mais, à cette distance, ils ne pouvaient l'apercevoir derrière le rideau. Et puis, comme elle l'avait prévu, ils s'installèrent tous deux sur la banquette avant et la voiture démarra en souplesse, s'éloigna, disparut derrière la maison du coin.

La rue fut de nouveau vide.

Elle dut rester un très long moment près de la fenêtre, sans penser à rien car elle était incapable de penser, sans rien regarder car elle n'avait plus rien à voir. Puis elle finit par se détourner de la rue et, tête baissée, traînant les pieds, elle se laissa tomber sur une chaise, près de la table de la cuisine.

Dans le coin de la pièce, le sapin était resté à demi décoré, petit spectre d'arbre de Noël. Le cadeau de Mrs Treacle se trouvait sur la table. Agnès le prit, défit le papier de soie. Oui, l'image était très jolie... Une image de Noël, Bethléem, la Mère et l'Enfant... Un tableau ravissant... Le bébé était tout menu, comme l'avait été Georgie...

Quel silence dans la maison! Un silence presque oppressant...

Agnès se rappela soudain qu'elle n'avait pas pris de petit déjeuner, qu'elle n'avait encore rien mangé de la journée. Elle allait se préparer une tasse de thé... Oui, elle se sentirait mieux après avoir bu une tasse de thé... du thé comme Georgie savait le faire, en ébouillantant d'abord la théière et mettant le lait dans la tasse avant d'y verser le thé...

Alfred Rubbin... Pompes funèbres... Convois... Marbrerie...

Avec des mouvements tranquilles et un air un peu absent, légèrement préoccupée, Agnès quitta sa chaise. Elle alla d'abord pousser le verrou de la porte, puis tira posément les doubles rideaux. Après quoi, elle mit sa tête dans le four du réchaud à gaz et ouvrit le robinet.

En mal de dents

Titre original :
FALSE TEETH

Grand-mère Scott entra en boitillant dans la chambre de grand-père Clegg et s'assit en face de lui. Ils se regardèrent, attirés l'un vers l'autre par un sénile besoin de compagnie mais aussi par le puissant aimant de leur haine réciproque.

« Ce que ça sent le renfermé chez vous! » dit-elle enfin en reniflant.

C'était exact : la chambre empestait le tabac, les relents de cuisine et l'incontinence dont souffrait le vieillard.

« Je m'y trouve très bien comme ça », répondit-il avec dignité, en achevant de garnir une de ses pipes de terre, dont il aimait avoir tout un râtelier à portée de la main pour y puiser lorsque lui prenait l'envie de fumer.

« Moi, je n'ai jamais pu supporter les odeurs, insista-t-elle. Chez moi, c'est toujours aéré.

— Eh bien, restez-y alors! Restez donc dans les courants d'air jusqu'à ce que vous attrapiez une bonne pneumonie. A votre âge, vous ne vous en remettrez pas! »

Elle eut un petit rire dédaigneux :

« Je serai encore là pour danser à votre enterrement.

— Danser? » rétorqua-t-il avec une lente ironie. « Ma pauvre femme! C'est déjà tout juste si vous pouvez marcher! »

Changeant vivement de sujet, elle l'attaqua sur un autre point :

« J'ai eu une belle tranche de jambon avec mon thé... Il était d'un tendre! »

Portant deux doigts à sa bouche, elle leva les yeux au ciel d'un air extasié.

Le coup porta car, sur son plateau, lui n'avait eu que du fromage. Il feignit d'être occupé par sa pipe, puis déclara après un temps :

« Le jambon, ça n'est pas nourrissant.

— Eh bien, j'aurais voulu que vous voyiez cette tranche... Rien que du maigre, et épaisse! Jamais je...

— Hier, j'ai eu deux portions de crème renversée, l'interrompit-il.

— ...n'avais mangé un jambon pareil! continua-t-elle. Fondant littéralement sur la langue... et d'un savoureux! »

Il en eut l'eau à la bouche au point qu'un filet de bave coula dans sa barbe et, sous ses sourcils broussailleux, il darda un regard furibond vers son interlocutrice :

« Vous vous croyez maligne, hein, parce que, derrière mon dos, vous êtes toujours à demander des faveurs et des friandises? Jamais vu quelqu'un d'aussi vorace... Vous vous ruinerez l'estomac!

— Pas de risque! contra-t-elle aussitôt. Moi, mon estomac, il n'a pas été abîmé par le whisky, comme celui de quelqu'un que je connais. Quand j'étais jeune, moi, je savais me tenir... »

Elle gloussa, pour souligner toute la perfidie de cette allusion au passé douteux de grand-père Clegg, et poursuivit :

« Non, non, grâce au Ciel, je me porte à merveille. Je digère très bien et j'ai de bonnes dents, conclut-elle en découvrant largement la blancheur verdâtre de son dentier.

— Moi aussi j'ai de bonnes dents, marmonna-t-il, conscient qu'elle était en train de l'emporter sur lui. Elles ont coûté assez cher!

— Oui, et c'est une chance pour vous, croassa la vieille. Sans elles, avec la constitution que vous avez, vous seriez fini en moins d'un mois! »

Il lui jeta un regard haineux, qu'elle lui rendit avec usure.

Ils passaient des heures à s'asticoter, se dire ainsi des méchancetés, tantôt dans sa chambre à lui, tantôt dans sa chambre à elle. Comme ça, le temps leur paraissait moins long. Ils avaient chacun leur chambre tout en haut de la maison, la maison de Scott, le drapier de Levenford. Grand-mère Scott, qui avait quatre-vingt-un ans, était la mère du petit drapier ; grand-père Clegg, qui en avait quatre-vingt-deux, n'était que le beau-père de celui-ci, le père de sa femme.

Ayant tous deux survécu à leurs conjoints et aux vicissitudes de l'existence qu'ils avaient menée chacun de leur côté, ils se trouvaient maintenant sans ressources. S'ils avaient échappé à l'hospice et habitaient sous le même toit, séparés seulement par l'épaisseur d'un mur, ce n'était pas dû à l'affection filiale, mais uniquement au fait que, vu sa position dans la petite ville, le drapier ne pouvait agir autrement s'il voulait conserver l'estime de ses concitoyens.

Grand-mère Scott était une vieille femme voûtée, qui reniflait toujours d'un air sceptique et avait la langue acérée. Son visage était d'un jaune desséché, comme mort, mais où ses petits yeux noirs brillaient d'une vie intense, et sa bouche aux lèvres minces s'ornait d'une moustache grisonnante. Elle était toujours coiffée d'une capote nouée sous le menton et portait sa jupe noire traînante, par-dessus plusieurs épaisseurs de jupons.

Le vieil homme, lui, était grand, osseux, avec une tête large mais aux joues creuses que garnissait une barbe d'un blanc jauni. Ses vêtements souillés semblaient pendre après lui et, dans ses vieilles pantoufles, il marchait comme s'il était entravé. Ses yeux bleus larmoyaient, ses joues étaient veinées de rouge et son nez enflé, énorme, faisait penser à une fraise géante qui serait demeurée trop longtemps exposée aux intempéries. Ce nez trahissait grand-père Clegg qui, naguère, avait été très porté sur la bouteille ; maintenant, pour toutes sortes de raisons, c'était là un bonheur qui restait hors de son atteinte.

Ces deux êtres, si différents l'un de l'autre, se détestaient. Mais ils se trouvaient unis dans la même crainte, à la fois jalouse et cupide, que l'un pût se trouver favorisé par rapport à l'autre, du fait du drapier, de sa femme ou de la destinée. Vivant uniquement dans leurs chambres, où on leur apportait à manger sur des plateaux et qui constituaient comme un chenil à l'écart du reste de la maison, ils n'étaient gardés là que dans l'attente de la mort. Ils savaient n'avoir plus rien à espérer de l'existence, mais ça ne les empêchait pas de s'y cramponner avec une sorte de voluptueuse avidité, soutenus par le violent désir que chacun avait de survivre à l'autre.

Enfin, après une heure de silence, grand-mère Scott remua.

« Ah! fit-elle en se levant avec autant de lenteur que de difficulté, je ne m'en vais quand même pas rester ici toute la nuit. Y a de quoi avoir la nausée, rien qu'à respirer ce que vous fumez. Je vais me mettre au lit.

— Bon débarras! » grommela-t-il sans retirer la pipe de sa bouche.

Arrivée à la porte — et la tenant entrouverte pour qu'il sentît l'air — elle dit, en s'immobilisant :

« Mon petit-fils sera bientôt de retour. La semaine dernière, son bateau a passé le détroit de Gibraltar. Il va sûrement me rapporter quelque chose.

— A moi aussi... Il est mon petit-fils autant que le vôtre!

— Vous, c'est moins certain...

— Eh bien, moi, j'en suis convaincu. Allez, fichez le camp!

— Je pense que ce sera un beau châle en soie...

— Fermez la porte, bon sang! »

Elle lui décocha un petit sourire oblique et sortit en laissant la porte ouverte.

Elle souriait encore dans sa chambre, d'un air énigmatique mais triomphant, quand elle entreprit de dégrafer son corsage. Une fois au lit, elle ne tarda pas à s'endormir et ronfla bientôt à l'unisson de son voisin de palier.

Le lendemain matin, alors qu'elle venait de se lever et procédait à quelques ablutions, un grand bruit, suivi d'un cri terrifiant, la fit sursauter. Elle s'immobilisa, la serviette mouillée à la main, mais se rassura progressivement en constatant qu'il ne lui était rien arrivé à elle-même. Ce fracas provenait de la chambre voisine et, après un moment, elle vit entrer grand-père Clegg, blême, l'œil hagard :

« J'ai... J'ai cassé mes dents, balbutia-t-il. J'ai fait tomber le verre où je les mets pour la nuit... Elles sont en morceaux! »

Durant quelques secondes elle le considéra avec stupeur, puis un sourire d'ineffable joie détendit lentement son visage pincé. L'infortune de son voisin la faisait exulter, mais elle tenait à avoir une certitude.

« On va pouvoir les réparer... dit-elle hypocritement.

— Non, non, gémit-il. Elles sont tombées sur le marbre devant la cheminée... Tout est en miettes! »

Ainsi assurée que le dommage était irréparable, elle laissa éclater sa joie en un rire grinçant :

« C'est bien fait pour vous! Ça vous servira de leçon!

— Mais comment je vais faire pour manger? marmotta la bouche édentée.

— Vous serez obligé de vous nourrir de bouillies, comme un bébé », gloussa la vieille femme en exhibant triomphalement sa propre denture. « Désormais, les repas ne vous procureront plus aucun plaisir.

— Il va me falloir un dentier neuf », dit-il tout en sachant bien que c'était là un vain espoir.

« N'y comptez pas! Je suis sûre que mon fils ne consentira jamais à faire une telle dépense pour vous. D'ailleurs, je le lui déconseillerais si besoin était! »

Changeant alors brusquement de registre, elle feignit la compassion :

« Oh! mon pauvre homme », murmura-t-elle avec une fausse commisération, « vous n'allez plus avoir le goût de manger et vous

vous sentirez comme à moitié mort... Cette perte de vos dents, ça va être votre fin! »

Il lui jeta un regard mauvais mais où transparaissait sa terreur, et quitta la chambre en traînant les pieds.

Le jour même, au risque de mécontenter gravement le drapier, grand-père Clegg s'aventura vers les régions interdites du rez-de-chaussée et là, tenant le dentier brisé dans sa main comme il eût fait d'une relique, plaida lamentablement sa cause. Mais il essuya aussitôt un refus bref et sans appel. On n'était pas loin de considérer le bris du dentier comme un bienfait du ciel, grand-père Clegg n'ayant déjà vécu que trop longtemps.

Vaincu, le vieil homme remonta péniblement jusqu'à sa tanière et s'effondra dans son fauteuil aux ressorts cassés. Grand-mère Scott guettait son retour :

« Eh bien, demanda-t-elle d'une voix flûtée, vous allez l'avoir, votre beau dentier neuf? Oh! il me suffit de voir votre mine pour comprendre que non. Ma foi, c'est bien fait pour vous... »

Elle ne lui laissa plus de répit, aggravant sa perte, intensifiant sa souffrance et sa misère en le harcelant comme une harpie. Elle le soumettait sans cesse au feu roulant de propos méchants qu'elle enrobait d'une fausse sympathie. Poussant de gros soupirs, elle feignait de le voir se consumer à vue d'œil, se hâtant d'aller prendre ses propres repas pour revenir bien vite assister aux bruyants efforts du vieillard devant son assiettée de bouillie.

Moqueries, sarcasmes ou feinte compassion, tout cela était comme de l'huile jetée sur le feu de la jalousie qu'éprouvait grand-père Clegg. Il lui enviait ses dents! Il ne savourait plus ce qu'il mangeait et finissait lui aussi par avoir le sentiment de dépérir. Que l'autre eût des dents alors qu'il en était privé lui paraissait une injustice si criante qu'elle le poussait à une sorte de désespoir sénile; la possession d'un dentier devenait à ses yeux une question de vie ou de mort. Et, alors que l'amertume, l'exaspération et le désespoir culminaient ainsi en lui, Frank, leur petit-fils, se trouva de retour après être allé jusqu'en Chine.

Mécanicien au long cours, c'était un brave garçon rayonnant d'enjouement désinvolte, mais dont on pouvait être assuré, comme l'avait prédit grand-mère Scott, qu'il n'oublierait pas de rapporter un cadeau aux siens. Il combla l'attente de la vieille femme avec le châle qu'elle désirait, et il avait aussi quelque chose pour grand-père Clegg.

En dépit de son accablement, le vieillard ouvrit des yeux émerveillés quand il vit le cadeau. Seul avec lui, Frank avait commencé par lui décocher un coup de coude complice, puis avait extrait de son pardessus un paquet cylindrique. Une bouteille... une bouteille de whisky!

« Juste un petit peu à la fois, hein, grand-père? Seulement à titre de médication. Tu étais chic avec moi quand j'étais gosse et je ne l'ai pas oublié. Mais vas-y doucement : n'en prends qu'un doigt au moment de te coucher. »

Grand-père Clegg dévorait la bouteille du regard, étendant vers elle une main avide ; tout son corps se mit à trembler et il en bava d'émotion tandis que sa gorge émettait un drôle de bruit.

« Merci, Frank... Oh! merci, mon garçon, balbutia-t-il, n'en croyant pas ses yeux. Je n'abuserai pas, je te le promets... Ça fait cinq ans que je n'en ai pas bu une goutte! »

Traînant ses pantoufles, il alla cacher la bouteille dans le placard de sa chambre.

« C'est bien, grand-père », l'approuva Frank en le gratifiant d'une petite tape affectueuse dans le dos. « Humecte-toi la gorge de temps en temps... Mais surtout pas un mot à personne! »

Il marqua un léger temps, puis dit :

« Sur ce, je descends... A demain! »

Il quitta la pièce en chaloupant et dévala l'escalier avec toute l'agilité qu'on peut attendre d'un marin.

Grand-père Clegg s'assit dans son fauteuil défoncé. Pour la première fois depuis quinze jours, il ne pensait plus à la perte de ses dents et se sentait même heureux. Il aimait le whisky, et voilà qu'il en avait toute une bouteille pour lui seul ! De plaisants souvenirs du temps de sa splendeur affluèrent à son esprit ; le regard de ses yeux larmoyants se fit de plus en plus vague tandis qu'il passait furtivement la langue sur ses lèvres. Pour sûr, qu'il allait ménager cette réserve inespérée ! Il la ferait durer longtemps ! Mais c'était bon de se savoir, en secret et pour soi tout seul, une belle bouteille pleine d'un whisky doré qui réchauffe, réconforte...

Le vieillard se pelotonnait autour de cette revigorante pensée quand il entendit une voix s'enquérir :

« Qu'est-ce qu'il vous a rapporté ? »

Il leva la tête, saisi ; absorbé dans sa songerie, il n'avait pas entendu grand-mère Scott entrer sur ses semelles de feutre. Mais aussitôt il fut sur la défensive, débordant de circonspection et de méfiance rusée. Il ne fallait surtout pas qu'elle ait vent de l'existence du whisky, sans quoi elle voudrait qu'il partage avec elle ou irait peut-être même jusqu'à divulguer le secret, ce qui amènerait grand-père Clegg a être privé de son merveilleux cadeau.

« Rien... Rien du tout », répondit-il tristement. « Personne ne se soucie de moi...

— C'est bien ce que je pensais », dit-elle avec une intonation satisfaite. « Regardez : moi, il m'a rapporté ce beau châle. J'ai toujours été la préférée de Frank. Il ne revient jamais sans me faire un cadeau. »

Il la considéra du coin de l'œil, la détestant comme d'ordinaire mais exultant intérieurement à l'idée qu'il était en train de l'abuser. Arborant un air de profond abattement, il la laissait s'apitoyer hypocritement sur son triste état, tout en savourant secrètement un sentiment de délicieuse supériorité. Elle et son châle ! Lui, il avait une bouteille de ce qu'il y a de meilleur au monde, bien en sûreté dans son placard !

Les heures s'ajoutèrent aux heures, grand-père Clegg prit son thé avec un plaisir qu'il n'éprouvait plus depuis bien des jours. Il fuma une pipe, puis passa la soirée en tête à tête avec grand-mère Scott, se bornant à opiner docilement de temps à autre. Le talisman qu'il possédait l'environnait d'un invisible rempart qui rendait sans effet toutes les méchancetés décochées par la vieille femme. Mais, à la longue, il se mit à éprouver une certaine impatience et remua sur son siège, regardant de plus en plus fréquemment la pendule. Il lui tardait que grand-mère Scott s'en aille et le laisse seul ; mais il savait que s'il manifestait son désir de la voir partir, elle s'incrusterait pendant encore une heure au moins. Enfin, elle se mit debout et lui dit, en guise de bonsoir : « Pas étonnant que Frank ne vous ait rien rapporté. Vous n'êtes qu'un vieux bonhomme désagréable, qui ne sait même pas dire une parole aimable ! » Tandis qu'elle regagnait sa chambre avec des gloussements de vieille poule furibonde, il eut un large sourire. Quelle idiote ! Il attendit que lui parvienne de l'autre chambre le gémissement du sommier annonçant qu'elle se mettait au lit. A présent, il ne risquait plus d'être dérangé.

Grand-père Clegg se leva et se dirigea alors à petits pas pressés vers le placard sur lequel son regard était rivé depuis déjà de longues minutes. Il en ouvrit la porte et y prit la bouteille de whisky, ainsi qu'un petit verre qu'il utilisait pour les gouttes prescrites par le docteur.

De retour dans son fauteuil, il découvrit avec joie que la bouteille était fermée non par un bouchon de liège, mais par une capsule d'étain qu'il suffisait de dévisser. De la sorte, non seulement il n'avait pas besoin d'un tire-bouchon, mais cela supprimait l'habituelle détonation du débouchage, qui aurait pu parvenir jusqu'à la chambre voisine. Il ouvrit la bouteille avec une amoureuse lenteur, se servit précautionneusement un tout petit verre de whisky, puis revissa le bouchon et posa la bouteille sur la table. Il leva alors le verre en direction de la lampe, pour le regarder en transparence. Quel enchantement, quel exquis abandon lui réservait ce bel alcool ambré ! Grand-père Clegg plongea de nouveau dans son passé, en revivant les meilleurs moments. Sous l'effet de la lumière qui jouait dans le liquide, le petit verre semblait décocher un clin d'œil complice au vieillard fasciné.

Lentement, grand-père Clegg abaissa le verre jusqu'à sa bouche et, si sa main tremblait un peu, ses lèvres demeuraient suffisamment souples pour empêcher qu'une seule goutte de liquide se perdît sur le menton. Il avait toujours aimé son whisky nature et, après qu'il l'eut fait rouler sur sa langue, l'alcool coulait en lui, l'emplissant de sa vivifiante chaleur.

Grand-père Clegg se lécha les lèvres. Son intention première était de s'en tenir à cette petite rasade de whisky, comme le lui avait recommandé Frank. Mais ce merveilleux bien-être qu'il éprouvait maintenant lui fit considérer la bouteille avec attendrissement. Il n'en avait vraiment pris qu'un tout petit, petit verre... Aussitôt s'en servit-il un autre, qu'il absorba incontinent. Bon sang, il était un homme, lui, pas une vieille poule comme grand-mère Scott! Et un homme sait tenir l'alcool avec une virile aisance. Oui, il pouvait se permettre un autre verre sans risque aucun. A cette seule idée, il se mit à sourire, son œil brilla, ses joues se gonflèrent, et il redressa les épaules en une pitoyable caricature de l'homme dans la force de l'âge qu'il avait été. Puis, hop! il s'administra un autre verre de whisky.

Dieu, que c'était bon! Ça vous chauffait le cœur, c'était comme un soleil rayonnant dans tout votre corps. Grand-père Clegg se sentait à la fois léger et vigoureux, sa peau flétrie retrouvait souplesse et élasticité, ses rides s'effaçaient, le poids des ans lui tombait des épaules comme un vêtement usé. En proie à un regain de jeunesse, il leva le menton d'un air conquérant ; mais, voulant serrer les dents, il ne parvint qu'à serrer les gencives et, du coup, se rappela son malheur.

Aussitôt, il ne pensa plus qu'à ça ; son regard s'assombrit tandis qu'il se servait un autre verre de whisky et le vidait d'un trait. Jamais comme en cet instant il n'avait mesuré toute l'énorme injustice de sa situation actuelle. Pourquoi un homme aussi viril que lui était-il privé de la faculté de mordre et de mâcher sa viande, alors que la vieille idiote d'à côté pouvait continuer de le faire, en se moquant de lui? Grand-mère Scott n'était pas seulement une vieille femme... elle était bien pis que ça... Il eut un petit rire éméché : oui, demain matin, il lui dirait carrément ce qu'il pensait d'elle, et en usant de tous les qualificatifs nécessaires! Grand-père Clegg se sentit à demi étouffé par la violente bouffée de haine soudain provoquée par tout ce que grand-mère Scott lui faisait endurer depuis une quinzaine de jours. Il but un autre verre de whisky pour en chasser le mauvais goût. Soudain une idée s'imposa à lui, fulgurante et merveilleuse au point de le laisser un instant comme ébloui, incapable de réagir. Puis il eut un rire étouffé, triomphant. Bon sang, qu'il était donc malin d'avoir pensé à ça! Il se laissa aller contre le dossier de son fauteuil, retournant l'idée dans sa tête. Plus il y réfléchissait, plus il en était ravi.

Oui, il allait voler le dentier de grand-mère Scott! Il ferait d'une pierre deux coups : il priverait la vieille d'un trésor précieux tout en remédiant à sa propre déficience. Ils se trouveraient ainsi dans la situation inverse de celle de la quinzaine écoulée : lui serait de nouveau plein d'assurance et de force, tandis qu'il la verrait craintive et édentée. Le dentier devenait un symbole, un trophée, l'enjeu de l'incessant combat qui les opposait, grand-mère Scott et lui. En cet instant, il ne réfléchit même pas aux complications qui s'ensuivraient le lendemain matin et l'obligeraient à rendre son butin. Non, débordant de vigueur, il se croyait invincible et voulait à tout prix ses dents.

Il but encore un verre pour se donner du cœur puis, avec d'excessives précautions, il se leva et gagna la porte sans presque traîner les pieds. Il traversa le petit palier, chancela un bref instant contre l'autre porte, puis en tourna le bouton et pénétra dans la chambre de grand-mère Scott.

Une odeur de camphre et de menthe poivrée assaillit ses narines tandis que le bruit d'un ronflement, aussi sonore que régulier, venait frapper ses oreilles. La vieille femme était profondément endormie ; en venant expirer près du lit, la clarté de l'autre chambre permettait de distinguer le corps maigre étendu sur le dos, moulé par les couvertures, le chef coiffé d'un bonnet blanc. Et à côté du lit, sur la table de nuit dans un petit récipient de porcelaine, le dentier reposait, comme phosphorescent au sein de la pénombre. Pareil aux dents d'une tête de mort, il grimaçait un horrible sourire à l'adresse de grand-père Clegg, mais celui-ci n'en éprouva aucun effroi. D'un geste prompt, l'œil brillant, il accomplit sa mission d'ivrogne. Alors il demeura à considérer le corps endormi, en ayant un sentiment atrophié de sa féminité ; une faible et vague impulsion le traversa, telle une légère brise effleurant des eaux mortes. Mais la mystérieuse attirance du sexe avait depuis longtemps perdu pour lui toute signification et il resta impassible. Tout ce qu'il désirait de grand-mère Scott, c'était ses dents, et maintenant il les avait! Clignant de l'œil avec une malice d'ivrogne, le vieil homme fit demi-tour et, un moment plus tard, se retrouva en sûreté dans sa chambre.

Là, il donna libre cours à sa joie, riant à s'en étouffer, au point que des larmes se mirent à rouler sur ses joues. Puis il regarda le dentier qu'il tenait à la main et, d'un geste hésitant, l'introduisit dans sa bouche. Merveille, le dentier lui allait! Pas à la perfection, bien sûr : il était un peu petit dans sa grande bouche, mais enfin il lui allait. Grand-père Clegg émit un cri de triomphe inarticulé, qui était comme une action de grâces. Il fit claquer les dents avec volupté afin que, au sein de son euphorie d'ivrogne, il eût l'irréfutable certitude de posséder à nouveau une denture.

Il avait récupéré son bien, fait triompher son bon droit. N'ayant plus rien d'autre à accomplir, heureux, satisfait, il sentit alors le sommeil le gagner. Baignant dans une brume radieuse, il rangea la bouteille, arracha ses vêtements, éteignit la lumière, et se laissa tomber sur le lit. Ses nouvelles dents lui semblaient faire tellement partie de lui qu'il ne les retira pas... jamais il ne les retirerait... L'instant d'après, il sombra dans le lourd sommeil de l'ivresse.

Bientôt, il émit des ronflements bruyants qui se renouvelèrent avec régularité. Puis, soudain, un sifflement bref fendit les ténèbres à la façon d'un éclair, et grand-père Clegg cessa aussitôt de ronfler. Le silence et l'obscurité prirent pleinement possession de la chambre.

Le lendemain matin, lorsqu'on lui monta le plateau du petit déjeuner, on s'aperçut qu'il était mort. En ronflant, il avait aspiré jusque dans sa trachée le dentier volé et s'était étouffé.

Grand-mère Scott fut très secouée par cette affaire ; cependant, quand l'homme des pompes funèbres lui eut récupéré son dentier, elle se ressaisit et rit beaucoup de toute l'histoire. Mais, contrairement à ce qu'elle lui avait dit, elle ne dansa pas à l'enterrement de grand-père Clegg.

Olwen Davies

Titre original :
NURSE OLWEN DAVIES

Olwen Davies n'avait que vingt-deux ans et venait tout juste de terminer son stage à l'hôpital, lorsqu'elle fut promue infirmière-visiteuse à Tregenny, petit centre minier situé, en pleine montagne, dans le sud du Pays de Galles. Son logement consistait en une pièce glaciale et peu meublée, donnant sur l'unique rue du village. Les habitants de Tregenny étaient des gens très renfermés, qui se mariaient le plus souvent entre eux, et qui parurent considérer la nouvelle venue comme une intruse.

En dépit de la froideur de l'accueil, Olwen se consacra avec enthousiasme à sa tâche, se lançant par tous les temps sur les abrupts chemins de montagne, visitant les malades et prodiguant ses soins aux rares patients qui venaient au dispensaire, très rudimentaire, aménagé par la Commission d'hygiène rurale. Le seul médecin de l'endroit, le vieux docteur Gallow, paresseux, incompétent et s'adonnant à la boisson, ne lui était d'aucun secours. Aussi la jeune infirmière devait-elle faire de gros efforts pour résister à l'envie qui lui venait de donner sa démission.

Elle était à son poste depuis quelques mois seulement quand, vers la fin de l'été, Tregenny fut la proie d'une épidémie de scarlatine. Lorsque Olwen s'en fut trouver le docteur Gallow pour qu'il lui dise comment lutter contre cette épidémie et la vaincre, le médecin la rembarra, lui disant que, en pareille occurrence, il n'y avait rien d'autre à faire que visiter les malades et leur administrer les médicaments nécessaires.

Alors, la jeune infirmière décida d'agir seule. Elle s'en fut porter aux services de santé de Cardiff des échantillons de lait et d'eau de puits provenant des différentes fermes de la commune. Quarante-huit heures plus tard, arriva un télégramme officiel déclarant qu'on avait découvert des streptocoques hémolytiques dans l'échantillon de lait en provenance de la ferme Morgan, et ordonnant qu'on prenne les mesures nécessaires.

Ce fut aussitôt un tollé général. Idwal Morgan, le fermier en cause, était un homme hautement considéré à Tregenny, président de la caisse des écoles et marguillier de sa paroisse. Quand il rencontra Olwen dans la rue, il ne put contenir son indignation et lui déclara avec colère que, en dépit des ordres, il continuerait à fournir du lait aux gens de Tregenny.

La jeune infirmière se trouva ainsi placée dans une situation des plus délicates et nul ne pourrait dire comment cela se serait terminé si, atteint lui-même par l'épidémie, Morgan n'avait dû s'aliter. Bien qu'âgé d'une quarantaine d'années, il était resté célibataire et n'avait pour s'occuper de lui qu'un vieux domestique à demi aveugle ; or, comme c'est souvent le cas lorsqu'un adulte attrape la scarlatine, il fut très gravement touché.

Olwen le trouva en proie au délire, se retournant sans cesse dans la pénombre de son lit-armoire. Elle se mit aussitôt à l'œuvre, épongeant les tempes du malade, lui nettoyant la bouche et la langue ; puis elle changea les draps, refit le lit, arrangea bien les oreillers. Alors elle prit la température du malade, lui fit avaler le médicament prescrit et aéra la chambre. Après quoi, elle s'en fut dans la cuisine préparer un bon bol de bouillon. Olwen fit ensuite d'ultimes recommandations au vieux valet de ferme, puis elle reprit sa trousse et se rendit chez un autre malade.

Cela n'alla pas sans mal, mais Morgan finit par avoir le dessus. Et, tandis que ses forces lui revenaient, il observait le va-et-vient de la jeune infirmière dans la chambre. D'un naturel taciturne, le fermier parlait peu, mais Olwen avait conscience de sa gratitude. Lorsque, au terme de la dernière visite qu'elle lui fit, il lui étreignit longuement la main en bredouillant des excuses, elle sut qu'il n'était plus son ennemi et en éprouva un petit sentiment de triomphe.

Dès qu'il fut de nouveau en état de sortir, Morgan dit à qui voulait l'entendre tout ce dont il était redevable à l'infirmière et convint sans détour qu'il s'était trompé à son égard. Tout en continuant de faire son travail, Olwen sentait s'affirmer, lentement mais sûrement, le revirement en sa faveur de l'opinion publique. Quand elle arrivait dans une maison, elle n'était plus accueillie par un silence hostile et des regards noirs ; maintenant les gens lui ouvraient volontiers leurs portes, et aussi leurs cœurs. Les enfants couraient au-devant d'elle pour lui dire bonjour, les mineurs revenant de la fosse la gratifiaient d'un large sourire, et les vieilles femmes l'invitaient à s'asseoir un moment au coin de leur feu, lui offrant une tasse de thé avec une tranche de cake.

Et puis, à la fin de l'année, il se produisit un grand événement. Un comité local, présidé par Idwal Morgan, fit présent à Owen d'une bicyclette à dérailleur. Ce cadeau ne représentait pas un mince sacrifice de la part des braves gens du village, car, dans bon nombre de mines de la vallée, on ne travaillait plus qu'à mi-temps. Et pour l'infirmière, astreinte chaque jour à une tournée de quelque quinze kilomètres, il avait une valeur inestimable.

La première fois qu'elle vint m'assister auprès d'un malade, ce fut en pédalant sur cette bicyclette que je vis arriver nurse Davies (1). Elle avait alors une trentaine d'années ; c'était une grande femme, solidement bâtie, plantureuse, mais dont les clairs yeux gris rayonnaient de bonté et de juvénile ardeur. Fraîchement nanti de mon diplôme, je venais de succéder au

(1) Tout comme on donne du Docteur à un médecin, l'infirmière est appelée couramment « Nurse », ce mot n'ayant pas le sens restrictif de « bonne d'enfants » qu'il a acquis en France (N. d. T.).

docteur Gallow. C'est dire que, conscient de mon inexpérience, je manquais d'assurance ; mais la présence d'Olwen Davies me fut alors — comme toujours par la suite — d'un grand réconfort. Cela tenait peut-être à son comportement au chevet des malades, à sa façon de présenter un instrument ou d'effectuer un pansement, de me murmurer un encouragement lorsqu'elle me voyait hésiter, et de me gratifier ensuite d'un regard approbateur.

Souvent, lorsqu'il nous arrivait de passer la nuit dans quelque pauvre chambre en luttant pour sauver une vie humaine, je m'émerveillais de sa patience et de sa force d'âme. Quand un accident survenait dans un puits, elle était toujours avant moi sur le carreau de la mine — grâce à sa bicyclette! — prête à descendre où il faudrait. Ce qui la caractérisait par-dessus tout, c'était un altruisme inlassable et dont elle n'avait même pas conscience. Elle pensait toujours aux autres, jamais trop occupée pour dire un mot aimable, ni trop fatiguée pour répondre à un appel urgent au milieu de la nuit.

Elle ne correspondait pourtant pas à l'image qu'on se fait volontiers d'une sainte. Elle avait plaisir à fumer une cigarette en prenant son café ou à boire un verre de stout. On la voyait rarement à l'église, ce dont elle s'excusait avec un sourire en déclarant avoir trop à faire. Mais, durant tout le temps que j'ai travaillé avec elle, je ne l'ai jamais entendue dire du mal de qui que ce fût. Elle n'était pas particulièrement intelligente, mais elle possédait un grand bon sens et un esprit de ressource qui ne lui faisait jamais défaut. Je me rappellerai toujours la fois où, dans un cottage isolé, une panne d'électricité survint alors que je pratiquais une trachéotomie sur un petit diphtérique. Tandis que je demeurais désemparé au sein de cette obscurité soudaine, Olwen sortit vivement de la maison et revint peu après avec la lampe électrique de sa bicyclette, à la vive clarté de laquelle je pus mener l'opération à bonne fin.

Cette vieille bicyclette noire semblait vraiment faire partie de nurse Davies! Quand une de nos veilles s'achevait, Olwen ne manquait jamais de me préparer une tasse de café bien fort, puis elle me disait au revoir et regagnait en pédalant son domicile, près du dispensaire. Pour la taquiner, je lui disais être persuadé qu'elle resterait toute sa vie montée sur roues.

Trois années s'écoulèrent rapidement ainsi, puis j'eus la possibilité de m'installer à Londres, dans des conditions inespérées. Il m'en coûtait de rompre mon association avec nurse Davies, bien qu'elle m'y poussât fortement. Je me laissai convaincre lorsque je sus que l'infirmière ferait sous peu l'objet d'une intéressante promotion.

Après avoir connu un long marasme, l'industrie charbonnière était de nouveau en pleine expansion, et la direction des mines de Tregenny venait de décider que la petite ville avait besoin d'un hôpital avec un chirurgien à demeure. Je me réjouis à l'idée qu'Olwen serait l'infirmière en chef du nouvel établissement.

La veille de mon départ, comme j'étais allé prendre congé d'elle non sans éprouver un serrement de cœur, je déclarai en m'efforçant à la gaieté :

« Vous allez bientôt pouvoir dire aussi adieu à votre bicyclette. Vous n'en aurez plus besoin lorsque vous serez à la tête de l'hôpital. »

Nurse Davies leva les yeux et me regarda bien en face :

« Si, j'ai bien peur d'avoir encore besoin de ma vieille bécane. Ce n'est pas moi qui serai l'infirmière en chef de cet hôpital.

— Quoi! » m'exclamai-je, sidéré. « Après tout ce que vous avez fait pour la commune? Mais voyons, Morgan, comme tout le monde ici, veut que ce soit vous!

— Peut-être... Mais le nouveau chirurgien souhaite amener l'infirmière-major qu'il connaît à Cardiff. C'est une personne extrêmement qualifiée, beaucoup plus que je ne le suis, et c'est à elle que va le poste.

— Impossible! balbutiai-je.

— Oh! non ; la compagnie minière vient de confirmer sa nomination. »

Nurse Davies eut alors son bon sourire, sans aucune trace de jalousie ni de rancœur :

« C'est probablement beaucoup mieux ainsi, vous savez. Je ne m'y entends guère à commander les gens et, pour ce qui est de la technique chirurgicale, je suis un peu rouillée. »

Son sourire s'accentua :

« Je crois que je serai beaucoup plus heureuse et beaucoup plus utile en continuant à pédaler un peu partout! »

Des années passèrent avant que je ne revienne à Tregenny, mais quand je me retrouvai dans la rue pavée qui m'était si familière, je fus assailli par toutes sortes de souvenirs.

Soudain, je m'immobilisai. Toujours frais et gaillard en dépit des ans, Idwal Morgan se tenait sur le seuil de sa laiterie. Il me reconnut aussitôt et me serra cordialement la main. Je lui demandai alors des nouvelles de nurse Davies.

« Vous n'êtes pas au courant de son accident? » s'enquit-il en fronçant ses sourcils broussailleux.

Saisi, en proie à un affreux pressentiment, je secouai la tête.

« Ça remonte à deux ans maintenant. Par une nuit de tempête, elle était partie sur sa bicyclette pour se rendre auprès d'un malade... Un arbre était tombé en travers de la route, et elle est allée s'écraser contre lui. Avant que nous la retrouvions, elle est restée près de deux heures étendue sous la pluie... avec une fracture de la colonne vertébrale. »

Horrifié, je balbutiai :

« Mais... elle s'en est tirée? »

Il ne répondit pas, visiblement ému par les souvenirs qu'il venait d'évoquer. Un long moment s'écoula ainsi puis, toujours sans parler, Morgan me prit par le bras. Nous partîmes ainsi tandis que, de temps à autre, je lui jetais un regard chargé d'appréhension. Où m'emmenait-il? Ce n'était quand même pas vers l'escarpement qui dominait Tregenny... Là où se trouvait le petit cimetière?

Soudain, gardant les yeux fixés droit devant lui, Morgan dit :

« Vous l'ignorez sans doute, mais je lui avais demandé de m'épouser. Seulement, elle n'a pas voulu. Elle était trop prise par son travail... Tellement, tellement dévouée, la pauvre! »

En entendant cela, je sentis mon cœur se serrer encore davantage. Mais, brusquement, le fermier se détendit et, se tournant vers moi, m'asséna une tape sur l'épaule :

« Ne faites pas cette tête, Docteur! Ce n'est peut-être pas aussi terrible que vous le pensez. »

Il me poussa soudain vers la droite et je m'aperçus que nous étions devant le dispensaire de l'infirmière-visiteuse. Je me laissai guider par lui, presque à l'aveuglette. Puis, à travers la brume qui voilait ma vision, j'aperçus quelque chose qui me bouleversa.

Dans un fauteuil roulant, les cheveux gris, un peu voûtée et beaucoup plus maigre qu'autrefois, une couverture sur ses jambes paralysées mais toujours dans son uniforme d'infirmière, se tenait Olwen Davies. Au milieu de ses malades, pour la plupart des enfants, qu'elle soignait gaiement, elle se déplaçait en manœuvrant son fauteuil avec beaucoup de dextérité.

Je demeurai immobile, dans la pénombre du vestibule. Mais à peine le dernier malade fut-il parti, avant même qu'elle ait eu le temps de se retourner, je me précipitai et pris entre les miennes ses mains flétries qui, depuis un demi-siècle, avaient prodigué tant de soins.

« Nurse Davies... Olwen! m'écriai-je. Dieu merci, vous allez bien! »

Elle me reconnut instantanément :

« Mais oui... pourquoi pas? Vous voyez, je suis toujours au travail... »

Puis, avec son plus rayonnant sourire, elle ajouta :

« ... et toujours montée sur roues! »

Une rose irlandaise

Titre original :
AN IRISH ROSE

L'été dernier je me trouvais en Irlande, ce vert pays bien-aimé, et j'y ai refait un pèlerinage qui ne manque jamais de m'émouvoir.

Il y a bien des années, jeune médecin, j'étais venu à Dublin pour y faire un stage au Rotunda Hospital. Les cas dont j'avais à m'occuper se trouvaient tous dans un des plus pauvres quartiers de la ville, et ce fut lors d'une tournée de visites dans ces tristes parages que je rencontrai pour la première fois Rose Donegan.

Cette rencontre eut lieu dans Loughran Street. Rose était allée chercher de l'eau à la fontaine publique, sans abandonner le bébé, un gros poupon de neuf mois, qu'elle tenait enroulé dans le châle déchiré qui recouvrait sa chétive personne. C'était alors une fillette de quatorze ans, avec des yeux d'un bleu profond qui paraissaient énormes dans son maigre petit visage empreint de gravité. Trois autres enfants l'accompagnaient, dont les âges s'échelonnaient de cinq à neuf ans ; une certaine similitude de traits et la même tignasse rousse indiquaient qu'ils étaient tous des Donegan.

C'est le contraste entre la misère de son environnement et l'intrépide éclat de son regard qui éveilla ma curiosité à l'endroit de cette étrange petite créature. Je me bornai d'abord à lui dire bonjour en passant et, au bout de quelques jours, elle finit par me sourire timidement en retour. Peu à peu — car il n'était pas facile de vaincre sa réserve — une sorte d'amitié s'établit entre nous.

J'appris alors que Rose, les trois autres enfants et Michael, le bébé, avaient perdu leur mère huit mois auparavant. Ils habitaient avec leur père, Danny Donagan, un sous-sol de cette véritable fourmilière humaine qu'est Loughran Street. Danny, qui travaillait occasionnellement sur les docks, était un homme faible, plein de bonnes intentions et dépourvu de toute méchanceté, ayant élu pour second domicile le Shamrock Bar où il dépensait la majeure partie de l'argent qu'il gagnait. C'était donc Rose qui avait charge de la famille, veillait à ce que les deux pièces de leur misérable logement fussent toujours bien propres, s'occupait d'y ramener son père puis se débrouillait, avec l'argent qu'elle pouvait alors récupérer, pour nourrir et vêtir les enfants de son mieux.

Bien qu'elle les aimât tous, son préféré était incontestablement Michael, le bébé. Quand, les après-midi où il faisait soleil, elle le portait jusqu'à Phœnix Park, elle chancelait un peu sous son poids mais ne se décourageait pas pour autant. D'ailleurs, elle ne se laissait jamais décourager par quoi que ce fût. Lorsque je la voyais avancer résolument au milieu de la foule misérable qui encombrait le trottoir, afin d'obtenir du boucher quelques bas morceaux à bon compte ou de persuader le boulanger de lui faire encore crédit pour une miche de pain, je m'émerveillais de son endurance. Ce n'était pas que la sordidité de son environnement lui échappât mais, comme beaucoup d'enfants qui grandissent dans des taudis, elle joignait à la connaissance des dures réalités de l'existence une sorte de sublime innocence. Ses grands yeux pensifs semblaient témoigner d'une sagesse atavique, mais exprimaient surtout un incommensurable amour.

Ma curiosité première s'étant muée graduellement en un intérêt profond, je me dis qu'il me fallait faire quelque chose pour Rose. Ayant appris par hasard la date de son anniversaire, je lui fis livrer des achats que j'effectuai dans un magasin de confection. Je me réjouissais de la voir dans une chaude robe de tweed, avec des chaussures neuves et des bas assortis. Le dimanche, je l'imaginai allant fièrement à la messe ainsi vêtue, accompagnée par le crissement de ses souliers.

Mais quand je la revis, le lundi suivant, je constatai avec stupeur qu'elle avait toujours ses vêtements rapiécés et le vieux châle enveloppant le bébé.

« Où sont tes affaires neuves ? » m'exclamai-je.

Rougissant jusqu'à la racine de ses cheveux, elle dit :

« Ah ! c'était vous... »

Après une longue pause, elle ajouta simplement en évitant de me regarder :

« Je les ai mises au mont-de-piété. On n'avait plus d'argent et il fallait que j'achète son lait à Michael. »

Je la considérai en silence, comprenant qu'elle se sacrifierait toujours pour ce petit frère tant aimé. Et elle paraissait si fragile pour tant de responsabilités qu'elle m'inspira un regain de pitié. Le lendemain, j'allai trouver l'abbé Walsh, à la paroisse dont dépendait Loughran Street.

Le visage du prêtre s'éclaira quand je lui parlai de Rose. Lorsque j'eus formulé ma requête, il demeura un moment pensif, puis exprima son assentiment en hochant lentement la tête.

« Mais vous allez avoir du mal à la convaincre », dit-il avec un demi-sourire tandis qu'il me raccompagnait jusqu'à la porte. « C'est le type même de la petite maman et elle ne vit que pour les siens. »

Une semaine plus tard, après un échange de lettres, je m'en fus d'un pas décidé à Loughran Street. Les enfants étaient assis autour de la table tandis que Rose, le front soucieux, leur coupait des tranches de pain.

« Rose, dis-je, tu vas partir en voyage. »

Elle me regarda sans comprendre, tout en repoussant une mèche de cheveux qui lui tombait sur les yeux.

« Tu vas aller chez des amis à moi qui habitent Galway, continuai-je. Ils ont une ferme et tu y resteras un mois, sans rien d'autre à faire que donner à manger aux poules, courir dans les champs et boire de grands bols de lait. »

Un bref instant son visage exprima la joie, mais aussitôt elle secoua la tête :

« Non... Il faut que je m'occupe des petits... et de papa.

— Tout est arrangé. Les bonnes sœurs en prendront soin. Il faut que tu partes te reposer, Rose, sinon tu vas tomber malade.

— Non, ce n'est pas possible, dit-elle. Je ne peux pas laisser le bébé.

— Eh bien, puisque c'est comme ça, emmène-le avec toi. »

Alors ses yeux ne furent plus que joie. Et ils brillaient encore bien plus quand, le lendemain, nous l'installâmes dans le train avec le bébé. Lorsque le convoi s'ébranla, elle avait assis le bébé sur ses genoux osseux et lui chantonnait :

« Tu vas voir des vaches, Michael! Tu vas voir des vaches! »

J'eus de bonnes nouvelles d'eux par mes amis, les Carroll. Rose prenait du poids et aidait à la ferme. Elle-même m'envoya des cartes postales pleines de fautes d'orthographe, mais qui irradiaient le bonheur et se terminaient invariablement par des précisions touchant les heureux effets que la campagne avait sur Michael.

Le mois s'écoula rapidement et, vers la fin, la nouvelle m'arriva comme une bombe : les Carroll souhaitaient adopter Michael. Riches quinquagénaires sans enfant, ils s'étaient pris d'affection pour le bébé, et étaient en mesure d'assurer son avenir bien au-delà de ce qu'on aurait pu rêver pour lui.

Danny dit aussitôt que c'était « une chance formidable ». Mais Rose avait aussi voix au chapitre et, finalement, c'est à elle que fut laissé le soin de prendre une décision pour ou contre l'adoption.

Ne pouvant préjuger de cette décision, nous ne sûmes combien elle avait dû être douloureuse qu'en voyant Rose revenir seule.

Elle fut heureuse de retrouver les autres enfants et son père mais, pendant tout le trajet de la gare à Loughran Street, elle garda le silence, tristement absorbée dans un rêve intérieur. Arrivée au sous-sol, elle se ressaisit et, graduellement, reprit tout en main. Elle le fit même avec encore plus d'ardeur que précédemment et, sur ses instances, Danny finit par promettre de ne plus boire. Rien ne garantissait qu'il tiendrait longtemps parole, mais il prit un bon départ et se remit à travailler de façon régulière, si bien que Rose put retirer du mont-de-piété tout ce qu'elle avait dû y engager, grâce à quoi le pauvre logement parut plus confortable. Et certains samedis, elle réussissait même à mettre quelques shillings de côté, dans la vieille boîte à thé qui était sur la cheminée.

Pourtant, un après-midi que je venais la féliciter des résultats qu'elle avait obtenus, je la trouvai en larmes. Je ne lui demandai pas la raison de son chagrin. Je me bornai à prendre sa main dans la mienne et restai ainsi un long moment, sans rien dire.

« Je sais que c'est pour son bien », soupira-t-elle enfin et, bravement elle essuya ses yeux en concluant : « Je ne pouvais quand même pas l'empêcher d'être heureux! »

De temps à autre, on recevait des nouvelles du bébé. Les parents adoptifs de Michael n'épargnaient effectivement aucun effort pour le rendre heureux et en parlaient déjà comme s'il était vraiment leur fils.

Mais un matin une lettre arriva, disant que Michael avait une pneumonie. Très pâle, les lèvres serrées, Rose demeura un moment à considérer fixement la triste missive. Puis, d'un pas d'automate, elle se dirigea vers la cheminée et prit dans la boîte à thé de quoi payer son billet de chemin de fer.

« Je vais auprès de lui. »

Elle repoussa violemment toute opposition, arguant que le bébé était habitué à elle, qu'elle savait comment s'y prendre pour le faire manger quand il était fiévreux et avaler les médicaments quand il était agité. Voyons, elle arrivait même à le faire s'endormir rien qu'en lui caressant le front! Elle se prépara donc rapidement, s'entendit avec une voisine qui s'occuperait des enfants, et prit le premier train en partance pour Galway.

Le soir même, dès son arrivée à la ferme des Carroll, elle s'installa au chevet du bébé.

Michael était gravement atteint et lorsqu'elle voyait comme il avait peine à respirer, le visage de Rose exprimait une terrible angoisse. Le pire, c'était la toux. Un bras glissé sous la nuque du bébé, sans se soucier de la contagion, elle le soutenait jusqu'à ce que la quinte fût passée. Elle ne le quittait pratiquement pas, restant jour et nuit près de lui.

Enfin le médecin assura que le plus grave était passé, que Michael était en voie de rétablissement. Alors seulement Rose se leva et quitta le chevet du bébé.

« Maintenant, je vais pouvoir me reposer », dit-elle en ajoutant avec un pâle sourire : « J'ai terriblement mal à la tête. »

Michael lui avait passé le microbe, mais celui-ci ne s'attaqua pas à ses poumons. Ce fut pire : Rose avait contracté une méningite purulente et ne reprit jamais conscience. Je crois vous l'avoir dit... elle n'avait que quatorze ans.

L'été dernier, dans le petit cimetière campagnard, un doux vent d'ouest soufflait de la baie de Galway, apportant avec lui l'odeur de la tourbe que l'on brûlait dans les maisonnettes proches, aux murs blanchis à la chaux. C'était comme le souffle même de l'Irlande.

Il n'y avait pas de couronnes sur l'étroite tombe mais, à demi caché dans l'herbe qui la recouvrait, je vis un petit rosier sauvage dont la tige épineuse portait une seule fleur blanche. Et soudain, surgissant d'entre les nuages gris, le soleil apparut, unissant dans une même radieuse clarté la rose sauvage et la petite plaque de marbre blanc où était gravé son nom.

Le dégel de Martha Lang

Titre original :
THE PROVOST'S TALE

C'était le soir d'Hogmanay — la Saint-Sylvestre — et, à la veille de la plus grande fête que connaisse l'Écosse, le Club Philosophique de Levenford s'était réuni au grand complet pour accueillir la nouvelle année. Comme ils avaient des invités, les membres se sentaient dans une ambiance détendue et, abandonnant toute pensée de graves débats, consentaient à passer le temps d'aimable façon. On avait chanté beaucoup, raconté des tas d'histoires, et les conversations allaient bon train. Puis, vers le milieu de la soirée, il y eut comme un trou dans la gaieté générale : le vieux John Lockie venait de parler.

Lockie, qui avait été maire de la commune une trentaine d'années auparavant, était maintenant un octogénaire taciturne ne venant au club que dans de grandes occasions, pour l'honorer de sa présence, car il en était le doyen. Il s'asseyait alors dans son coin habituel, silencieux, très digne, et apparemment absorbé dans ses pensées.

Puis, tout d'un coup, il prenait la parole, comme il venait précisément de le faire en intervenant dans une conversation où l'on déplorait un récent changement de temps dont Levenford avait eu à souffrir.

« Puisque vous parlez de dégel, dit-il, je vais vous raconter l'histoire d'un inoubliable dégel qui se produisit voici bien des années... »

L'assemblée émit un murmure d'encouragement poli. Retirant alors la pipe de sa bouche, Lockie marqua un temps, puis fixant sur ses auditeurs un regard humide et lointain, il leur raconta ce qui suit.

***

Il n'y en a pas beaucoup ici ce soir qui se souviennent de Martha Lang mais, en son temps, tout Levenford la connaissait. Vers la fin du siècle dernier, elle tenait un petit bureau de tabac au coin de Church Street et de Dobbie's Loan. La maison a disparu quand, voici une vingtaine d'années, ils ont élargi la route, pour permettre aux grands cars de l'emprunter. Mais c'était là qu'habitait Martha.

Certains l'appelaient « Martha la dure » et d'autres, « Martha la Bible », mais seulement derrière son dos, car personne n'aurait osé se permettre une liberté devant Martha Lang.

Pas grande, et même plutôt petite, ses cheveux bruns tirés en arrière d'une façon très stricte, elle était toujours vêtue d'une robe de serge noire... Bref, le genre de femme qu'on croirait incapable de retenir l'attention.

Dans la pénombre de sa petite boutique, elle était comme une ombre, mais son visage étroit et pâle avait quelque chose qui vous frappait, vous intimidait... on n'osait soutenir son regard pénétrant, qui semblait vous brûler. Quelques-uns avaient peur d'elle et beaucoup la détestaient, mais tous s'accordaient à dire que c'était une femme juste et droite. Oui, rien qu'à voir son œil, on comprenait que Martha était une femme assurée de son salut et qui en tirait fierté.

Sa boutique ne présentait guère. La vitrine était petite, avec des rectangles glauques de verre soufflé ; surmontée d'un Peau-rouge, elle ne contenait que trois pots à tabac jaunâtres, alignés comme à la parade. La porte était un peu dure et faisait « ping! » quand on l'ouvrait.

A l'intérieur, tout était sombre et vous vous seriez cru chez un vieil apothicaire : un comptoir, une petite balance de cuivre, une rangée de pots en Delft bleu et blanc. Tout ça baignait dans le silence et vous avait un air sévère ; il y faisait trop froid en hiver et trop chaud en été pour qu'on eût la moindre envie de s'y attarder.

Contiguë à la boutique, se trouvait la cuisine dont la fenêtre donnait sur Dobbie's Loan, et dans le mur mitoyen, il y avait une sorte d'œil-de-bœuf qui permettait de voir ce qui se passait dans la boutique ou dans la cuisine, suivant le cas.

C'était une cuisine très ordinaire. Un grand buffet avec un vaisselier garni d'assiettes bleues ; sur un des murs, trois plats d'étain dans lesquels le feu de l'âtre faisait courir des reflets, contre un autre une horloge à balancier flanquée de deux citations bibliques encadrées ; une table en bois naturel dont le dessus était devenu blanc à force d'être frotté, quelques chaises à dossier droit, plus un long sofa recouvert d'un tissu de crin noir et luisant, tel était l'ameublement de cette cuisine d'où une volée de marches, raide comme une échelle, conduisait aux deux chambres qui occupaient l'étage.

A l'époque dont je vous parle, le mari de Martha était mort et enterré depuis quinze ans. Elle était restée avec un petit garçon, Geordie, âgé de trois ans lorsqu'il avait perdu son père, et qu'elle avait dû élever toute seule. Elle n'avait pas failli à sa tâche, ça non, mais le gosse avait été élevé de la façon la plus stricte qui soit, sans que l'œil de sa mère lui témoignât jamais la moindre affection. A ceux qui osaient lui en faire le reproche, elle avait tôt fait de répliquer par une citation de l'Ecclésiaste : *Mieux vaut le chagrin que le rire et l'extérieur sévère fait du bien* ou bien encore : *Le rire rend sot le sage et la joie perd le cœur.* Ah ! oui, avec son fils, Martha était en tout amère et dure.

Enfin, c'était comme ça, et lorsque se produisit la terrible chose dont je vais vous parler, Geordie venait d'avoir dix-huit ans. C'était un jeune gaillard, avec des épaules larges, des bras costauds, de grandes mains et un visage ouvert, sympathique, mais où le regard paraissait un peu terne, comme si durant son enfance on s'était employé à éteindre soigneusement toute flamme en lui. Il était apprenti mécanicien au chantier naval.

C'était durant l'hiver de 1895. Il faisait un froid terrible, les routes étaient comme des patinoires et l'on pouvait traverser l'étang en marchant sur la glace.

Deux jours avant Noël, vers 6 h 30 du soir, je me trouvais dans la boutique de Martha pour refaire ma provision de tabac, quand Geordie sortit de la cuisine. Dès qu'elle le vit, Martha lui demanda avec sa dureté habituelle :

« Où tu vas?

— Jusqu'à l'étang », lui répondit-il en montrant les patins qu'il tenait à la main.

« N'es-tu pas déjà sorti hier soir? riposta-t-elle. Ne peux-tu t'occuper plus utilement? »

Il dit que ça lui faisait du bien de prendre un peu d'exercice, mais elle continua à le regarder de travers. Puis, détournant brusquement les yeux comme si elle ne pouvait plus endurer sa vue, elle lui lança :

« Sois de retour à 9 heures alors... et ne fraye pas avec n'importe qui. »

Geordie sortit donc et, comme il allait dans la même direction que moi, nous fîmes route ensemble. Faisait drôlement froid, mais c'était une belle soirée. La lune en était à son premier quartier qui, très haut dans le ciel, avait l'air d'une broche sur le velours de la nuit. Le tintement des patins de Geordie accompagnait notre marche ; c'étaient des patins qui avaient appartenu à son père et dont, pour ainsi dire, il avait hérité.

Geordie aimait beaucoup patiner et, sur la glace, il n'y en avait pas un dans tout Levenford qui pût rivaliser avec lui. Nous nous quittâmes à l'angle du pré communal et il s'en fut vers l'étang pendant que moi je me hâtais de regagner le coin de mon feu.

Après ça, je fus deux ou trois jours sans revoir Geordie. Noël était passé, mais la rigueur du froid n'avait pas faibli. Les gens disaient que ça ne pouvait pas durer, néanmoins ça durait quand même. Vers le milieu de la semaine, la nouvelle nous arriva de Larroch que le loch était gelé, ce qui ne s'était pas produit depuis sept ans.

Ce même jour, je me trouvai de nouveau dans la boutique de Martha. Plus tôt qu'à mon habitude, car la sirène du chantier venait d'annoncer qu'il était 5 h 30. Ayant regarni ma blague, j'échangeais quelques paroles avec Martha après l'avoir payée. Ce n'était pas que j'y prenais plaisir mais, comme j'étais alors maire, j'avais encore plus que tout autre intérêt à être bien vu de Martha.

Assise derrière le comptoir, elle s'était remise à son éternel tricot, quand la porte fit soudain « ping! », livrant passage à Geordie. A l'autre bout du comptoir, je me trouvais plus ou moins dans l'ombre et Geordie était si plein de ce qu'il avait à dire qu'il ne me vit même pas.

« Maman, le loch est gelé! » annonça-t-il tout de go. « Y a de la glace jusqu'à l'île d'Ardmurren!

— Et quel bien ça peut-y nous faire à toi ou à moi? » grinça Martha sans interrompre le manège de ses aiguilles.

Geordie regarda le bout de ses bottes.

« Va y avoir la course...

— La course! » répéta-t-elle comme si elle doutait d'avoir bien entendu.

Et posant son tricot, elle darda sur son fils un regard noir.

« Tu sais bien, M'man : les Andouillers de Winton, bredouilla-t-il. Ils m'ont demandé d'y participer. Tu veux bien, dis? »

Je compris alors de quoi Geordie voulait parler. Il s'agissait d'une course sur la glace où, partant de Markinch, on faisait le tour de l'île d'Ardmurren pour revenir à son point de départ. C'était une épreuve traditionnelle, ouverte à tous les gens de la région et qui avait été instituée par le quatrième comte de Winton, il y a si longtemps de ça que certains disent que ça date de la jeunesse de Rob Roy (1). En guise de trophée, le comte avait donné une tête de cerf montée sur un panneau de chêne orné d'une plaque d'argent. Bien que le temps permît rarement que cette épreuve fût disputée, la vieille coutume persistait toujours et gardait son prestige.

« C'est-y que tu as perdu tout bon sens ? » s'exclama Martha en regardant son fils avec colère.

« Mais tout le monde dit que je suis un des meilleurs patineurs de la région, M'man. Comme la course a lieu le samedi d'Hogmanay, ça ne me fera pas manquer mon travail et c'est... c'est un honneur.

— Un honneur ! explosa Martha. En vérité, j'appellerais plutôt ça un déshonneur. Es-tu encore enfant au point de ne pas te rendre compte que cette course est le rendez-vous de tous les mécréants du pays ? Des hommes corrompus, qui jurent et qui boivent ! Sans compter qu'il y a des paris engagés sur qui gagnera. Oh ! je me souviens bien de cette course pour l'avoir vue dans ma jeunesse, avant que je sois touchée par la grâce du Seigneur ! »

Faisant effort pour se dominer, elle poursuivit :

« Non, non ! Tu n'auras aucune part à ces iniquités !

— Mais, Maman, implora Geordie, tu sais bien que je ne boirai pas et que je n'engagerai aucun pari ! Je veux juste concourir pour Levenford.

— Peut-on toucher le charbon sans se salir ? » lui rétorqua Martha.

Geordie eut une moue d'enfant boudeur :

« Pourquoi es-tu si dure avec moi ? Tu me traites comme si j'étais un chien. »

Un spasme parcourut le visage de Martha.

« File ! » cria-t-elle en pointant l'index vers la cuisine. « Tu n'iras pas à cette course ! Et honte à toi pour oser pareillement tenir tête à ta mère ! »

(1) Héros écossais, chef du clan MacGregor, mort en 1734 (N. d. T.).

Il la regarda d'un air triste, puis gagna la cuisine comme elle le lui avait ordonné. Quand il fut parti, Martha exhala un long soupir entre ses dents serrées. Son visage était terreux mais triomphant, comme celui d'une femme qui s'inflige des mortifications corporelles et en tire une sorte d'amère volupté.

La semaine s'écoula sans que le gel faiblisse ; on aurait dit, au contraire, qu'il durcissait son étreinte, à l'instar d'un agonisant en proie aux derniers spasmes. La veille d'Hogmanay, on vit voltiger quelques flocons de neige dans le ciel engourdi par le froid et il y eut des gens pour prophétiser que la vieille année aurait un enterrement blanc ; mais, son dernier jour arrivé, il ne subsistait de neige que dans les coins de murs et les lézardes. Le soleil se leva, rouge et rond, comme honteux d'être resté si longtemps caché. Et plus il montait dans le ciel, plus il brillait.

Vous vous rappelez sans doute que c'était le jour de la fameuse course. Cette manifestation ne m'intéressait nullement, mais il faisait beau et puis c'était Hogmanay ; alors quand le premier adjoint, Weir, me demanda d'aller avec lui à Markinch dans son nouveau cabriolet, j'acceptai. Nous partîmes dès que nous eûmes déjeuné, si bien que nous arrivâmes trop tôt à Markinch. L'unique rue du village, d'ordinaire si tranquille qu'un chien pourrait s'y coucher au beau milieu sans risque d'être dérangé, était noire de gens qui allaient et venaient en causant gaiement. Aux abords du loch gelé, on avait installé quelques petites baraques vers lesquelles on se dirigeait pour engager des paris.

Sur la glace même, près de deux cents personnes étaient rassemblées, ce qui était considérable, surtout que l'on comptait nombre de notabilités parmi elles.

Quand l'heure de la course approcha, la gaieté et l'excitation générales s'accrurent encore. A 3 heures, les concurrents sortirent de la tente qu'on avait dressée pour eux, près de la ligne de départ. Ils étaient six, six garçons comptant parmi les meilleurs patineurs de la région, qui se mirent à décrire des cercles pour se dégourdir les jambes.

Autant vous dire tout de suite que lorsque je les vis, les yeux faillirent me sortir de la tête, car Geordie était parmi eux. Ça me paraissait incroyable, mais c'était pourtant vrai : Geordie Lang était présent. Il manifestait une étrange nervosité, comme s'il s'en réjouissait et le regrettait tout à la fois. Ça faisait drôle de voir ce grand gars, l'air penaud, paraissant se demander comment il se trouvait là. Mon compagnon et moi allâmes lui parler.

« Comment tu te sens, Geordie? » lui demanda Weir.

Il n'était pas client de Martha et je ne lui avais rien dit de ce que je savais.

« Pas trop mal, merci, m'sieur Weir », répondit mollement le garçon.

« Tu es bien préparé? En tout cas, tu ne pouvais rêver d'une plus belle journée pour la course.

— Oh! qu'il fasse beau ou pas, c'est pas moi qui gagnerai », répondit Geordie toujours sur le même ton.

Weir éclata de rire et le gratifia d'une tape dans le dos.

« C'est déjà un succès que d'avoir obtenu l'autorisation de ta mère, intervins-je. J'avais peur qu'elle ne veuille pas te laisser venir. »

Cette fois, Geordie fit mine de n'avoir pas entendu, mais je fus convaincu du contraire car ses sourcils blonds eurent une sorte de tressautement. Je compris alors qu'il avait dû sortir son équipement en cachette, pour participer à la course contre la volonté de sa mère. Et c'était bien ça. Il était venu directement de son travail à Markinch sans rentrer déjeuner chez lui. C'est vous dire s'il était fou de patinage, notre Geordie. J'eus le cœur serré à l'idée de la réception l'attendant chez lui, qu'il rapportât ou pas le trophée.

Pendant ce temps, Weir lui donnait quelques conseils :

« Fais bien attention quand tu contourneras l'île. Ne prends pas le virage trop large ou tu perdras du terrain. »

Nous regardâmes tous trois l'île d'Ardmurren, qui ressemblait ainsi à un mamelon se dressant dans une grande plaine désertique. Elle était à quelque cinq kilomètres de nous, au milieu du loch, mais on la voyait si nettement dans l'éblouissante clarté de cette journée qu'on pouvait distinguer les grappes rouges des houx dont elle était plantée.

« Et reste vers le milieu », continua Weir comme si le parcours n'avait pas de secrets pour lui. « C'est là que tu trouveras la meilleure glace. »

Geordie hochait la tête d'un air apathique, semblant penser : « De toute façon, ça ne changera rien pour moi », mais il dit : « Je vais faire de mon mieux.

— Bonne chance, mon gars! » cria Weir quand Geordie s'éloigna et je ne pus faire autrement que l'imiter.

A présent, le départ était imminent. Les six concurrents s'étaient alignés, après avoir tiré leurs places à la courte paille. L'attente rendait la foule silencieuse.

Geordie était le plus proche de moi ; il avait les lèvres serrées, et je voyais une sueur froide mouiller son front. A tort ou à raison, j'avais la chair de poule en le regardant, mais je ne pouvais le quitter des yeux.

Je connaissais de nom deux des autres patineurs. D'abord, Big Callum, un athlète qui avait gagné des médailles en balançant le caber (1) aux Jeux de Luss et semblait parfaitement détendu. A côté de lui, se trouvait Dewar, un grand maigre qui chiquait du tabac pour calmer sa nervosité. Les trois autres concurrents passaient pour n'avoir aucune chance de gagner la course, mais paraissaient néanmoins décidés à tout faire pour y parvenir.

Maintenant, le signal du départ allait être donné. Colquhoun,

(1) Le *caber* est le tronc d'un jeune mélèze, abattu et taillé juste avant les jeux. Ce sport écossais consiste à le lancer en le tenant verticalement par sa plus petite extrémité pour qu'il retombe, le plus loin possible et sur son autre extrémité, après avoir accompli trois quarts de tour (N. d. T.).

le garde-chasse, épaula son fusil et le pointa vers le ciel. La foule retint son souffle. « Prêts, les gars ? » cria-t-il. Je vis Geordie serrer les dents et crisper ses grandes mains rougeaudes. « Bang! » fit le fusil. Les patins mordirent dans la glace. Ils étaient partis.

L'assistance exhala une clameur de joie. Les six garçons avaient pris un bon départ et se maintenaient tous à la même hauteur. Lancés à travers le loch, on eut dit un vol d'oiseaux au-dessus de la mer et le sifflement des patins évoquait un bruit d'ailes.

« Ah! le beau départ! s'exclama quelqu'un. Y en a pas un qui est resté à la traîne! »

Non, en effet, et il en fut ainsi pendant près de deux kilomètres ; puis, peu à peu, Callum se détacha du peloton. Pas très bon patineur, mais extrêmement costaud, il se propulsait en faisant donner leur maximum à ses jambes musclées.

« Callum en tête! Il a dix mètres d'avance! » clama Colquhoun, qui suivait la course avec des jumelles.

Et la foule se mit à crier : « Callum! Callum!

— Dewar second! » annonça encore Colquhoun. « Les autres sont toujours en peloton! »

Ils continuèrent ainsi pendant encore deux kilomètres environ, se rapprochant d'Ardmurren comme une flèche vers la cible. Ils s'échelonnèrent alors en une longue colonne, prenant le virage l'un après l'autre. Quand ils eurent ainsi tous disparu à la vue de la foule, une sorte de soupir parcourut cette dernière, exprimant un regret qui fut de courte durée. En effet, très vite, Colquhoun cria dès qu'une silhouette apparut de l'autre côté de l'île :

« Callum en vue! Callum toujours en tête! »

Près de moi, Weir se haussait sur la pointe des pieds. Lui qui, même au calme, était toujours un peu congestionné, virait à l'écarlate.

« Vous avez vu? me cria-t-il. Lang a mis à profit le tour de l'île, comme je le lui avais recommandé! »

Loin, très loin, je reconnaissais effectivement Geordie en troisième position, derrière Dewar et Callum. Et il continuait à distancer le reste des concurrents, dans la souple détente de ses longues jambes maigres. C'était sans aucun doute un bon, un très bon patineur.

La foule était en effervescence, mais je n'arrivais pas à partager son exaltation. Quelque chose m'en empêchait, je n'aurais su dire quoi au juste, une sorte de pressentiment.

Maintenant, les concurrents revenaient vers nous et, même de loin, on pouvait se rendre compte que Callum se fatiguait. Dewar l'avait presque rejoint, dans le style court et rapide qui le caractérisait. Callum avait beau faire, il n'arrivait plus à le semer et bientôt ils furent côte à côte. Puis le train de Callum parut se ralentir. Dans la foule, l'excitation atteignait son paroxysme, la moitié des gens criant le nom de Callum, l'autre celui de Dewar. Ils étaient tous tellement pris par ces deux-là qu'ils en oubliaient de prêter attention à Geordie. Mais Weir, lui, ne le quittait pas des yeux.

« Regardez-le ! hurlait-il. Non mais regardez comme il remonte ! »

Et, de fait, semblant allonger toujours davantage ses longues jambes, Geordie allait comme le vent.

Du coup, les gens de Levenford ne se tinrent plus de joie.

« Geordie ! braillaient-ils. Vas-y, Geordie ! »

Geordie ne pouvait les entendre, mais il y « allait » quand même, se donnant à fond ; tout d'un coup, on le vit dépasser Callum et Dewar, si vite qu'il les distança bientôt de deux mètres, puis de cinq, de dix. A moins de deux kilomètres de l'arrivée, il avait près de vingt mètres d'avance.

« Geordie ! Geordie Lang ! » hurlait les gens, en se donnant de grandes tapes et jetant leurs chapeaux en l'air.

Mais moi, comme je vous l'ai déjà dit, au milieu de cette joie, je me sentais oppressé. Et plus ils déliraient d'enthousiasme, plus mon cœur se serrait. Était-ce parce que je pensais à Martha ou à cause de ce drôle d'air que j'avais vu à Geordie ? Je ne saurais le dire mais, Dieu m'est témoin que c'est la pure vérité, j'étais étreint par une peur glacée, la crainte qu'il arrive quelque chose de terrible. Et c'est bien ce qui se produisit.

A moins d'un kilomètre de l'arrivée, alors que Geordie était bien en avant des autres, brusquement, sans avertissement aucun, on entendit un craquement sinistre, qui réduisit instantanément la foule au silence.

Dieu sait si sont nombreuses les histoires de glace qui se brise et de patineurs qui se noient, mais celle-ci diffère autant des autres que le ciel de l'enfer.

J'ai vu comme je vous vois — et j'en frissonne rien que de me le rappeler — la glace avaler littéralement Geordie. L'instant d'avant, il volait comme un oiseau ; l'instant d'après, il avait disparu dans le trou, d'où l'eau noire jaillissait comme d'une plaie gangreneuse. Les autres patineurs se lancèrent de côté, telles des mécaniques brusquement détraquées. Geordie fut le seul à s'engloutir sous la glace.

Tout s'était passé si vite, que nous en avions eu le souffle coupé. Puis une sorte de halètement parcourut la foule, qui se mua en un long cri d'horreur. Le visage congestionné de Weir était devenu blanc comme un linge.

« Dieu du Ciel ! » cria Colquhoun et, jetant son fusil derrière lui, il se mit à courir sur la glace. La peur poussait la plupart des gens à refluer vers le rivage, mais nous fûmes quand même quelques-uns à suivre Colquhoun.

Oh ! ce fut atroce, absolument atroce... Quand nous arrivâmes à proximité du trou, il y eut de nouveau un craquement ayant de quoi faire reculer les plus braves. D'autres accouraient du village avec des cordes et une échelle, mais il n'y avait pas trace de Geordie. Alors Callum retira ses patins en un tournemain. Il connaissait bien Geordie, et était fou de douleur :

« Je vais le ramener ! hurla-t-il. Vite, aidez-moi ! »

Alors on lui attacha une corde autour de la taille et il se coucha sur l'échelle, qu'on fit glisser vers le trou. L'instant d'après, il avait plongé dans l'eau glacée. Je n'ai jamais rien vu qui égale son courage! Il remonta une fois, deux fois à la surface, plongea encore... Et quand il reparut pour la troisième fois, livide, claquant des dents, les cheveux plaqués sur son front, il tenait Geordie contre lui.

***

Vous ne pouvez imaginer le cri de soulagement que nous poussâmes mais, hélas, l'héroïsme de Calloun avait été vain. Geordie était mort. Quand nous l'eûmes amené jusqu'au rivage, nous tentâmes sur lui tout ce qui était humainement possible de faire, relayant nos efforts pendant plus d'une heure, avant de nous convaincre que nous ne pouvions plus rien pour Geordie. En tombant, il avait dû donner de la tête contre la glace... Bref, qu'elle qu'en fût la cause, il gisait maintenant froid et sans vie sur le rivage du loch.

Ce fut une bien triste, bien pénible affaire. Les uns disaient une chose, les autres en disaient une autre ; on s'en prenait à Colquhoun qui, chargé d'organiser la course, avait dit que la glace était bonne. Bouleversé, le pauvre homme me jurait que, le matin même, il avait fait — et par deux fois! — le parcours aller-retour. Et c'était vrai. Mais il n'avait pas fait le tour de l'île pour s'en revenir par le milieu du loch. C'était là, au milieu, que la glace était le plus mince, et la chaleur du soleil en avait eu raison.

Mais ce qui était fait était fait, et ce n'était ni le moment ni l'endroit de se lancer des accusations à la figure. En tant que maire, j'avais voix au chapitre. Je les fis taire et, en conclusion, il fut décidé que le corps du pauvre Geordie serait mis sur une charrette et recouvert. Puis, le cabriolet de Weir en tête, nous prîmes le chemin de Levenford.

Seigneur! Dire que nous étions partis si joyeux sous le soleil! En rentrant, Weir et moi n'échangeâmes pas une seule parole de tout le trajet. Vous comprenez, nous n'arrêtions pas de penser à Martha, à qui nous allions devoir annoncer le drame. Ce n'était pas son chagrin que j'appréhendais, non. Je suis maintenant un vieil homme et je peux dire les choses carrément : ce que je redoutais, c'étaient les paroles dures qu'elle était capable de prononcer.

Comme nous approchions de Levenford, le ciel se couvrit et une pluie fine se mit à tomber. Vous pouvez vous douter que la perspective de me trouver en présence de Martha ne me souriait pas. Or, juste comme nous tournions dans la rue de l'Église, j'aperçus le pasteur marchant lentement en avant de nous. C'était l'heure où, le samedi, il s'en allait précisément chez Martha. Je l'appelai aussitôt, et il s'arrêta. C'était un petit homme à lunettes et aux épaules voûtées ; un homme qui aimait beaucoup les livres, mais surtout un homme de bien, tant à l'intérieur du temple qu'au-dehors. Lorsqu'il comprit que son devoir était d'aller chez Martha pour lui annoncer le drame, il serra les dents et marcha avec moi vers le bureau de tabac.

Je ne me ferai pas plus brave que je ne le suis. J'avais été très secoué par ce que j'avais vu sur le loch et il ne me restait plus beaucoup de courage. Aussi, lorsque le pasteur et moi entrâmes dans la boutique, mon cœur battait-il contre mes côtes aussi fort qu'un marteau.

⁂

Martha était là, debout derrière le comptoir, attendant le retour du fils qui lui avait désobéi. Rien qu'à voir son regard, il était clair qu'elle était prête à le châtier... non pas avec un martinet, mais avec les scorpions qui allaient jaillir de sa bouche. D'ailleurs, elle ne nous laissa même pas le temps de parler car, nous voyant ensemble, elle s'imagina que nous venions plaider la cause de Geordie.

« Inutile, monsieur le pasteur ! Inutile de me demander de passer l'éponge. Il doit payer pour ce qu'il a fait. »

En l'entendant parler ainsi, je sentis un frisson me parcourir l'échine.

« Martha, Martha, lui dit le pasteur d'une voix douce, vous devez pardonner à votre fils.

— Pas avant qu'il soit venu à genoux me demander pardon ! déclara-t-elle en jetant sur le pasteur un regard courroucé. »

Mais il ne se découragea pas :

« Martha Lang, je vous adjure de pardonner à votre fils. Et faites-le tout de suite, sans quoi vous pourriez en avoir remords jusqu'à votre dernier jour. »

Le visage de Martha se crispa et, tel un jet de venin entre ses lèvres pincées, elle lança :

« Pas avant que je l'aie puni pour ce qu'il a fait !

— Vous ne le punirez pas », lui dit le pasteur avec beaucoup de tristesse dans la voix. Vous ne pourrez jamais plus le punir, Martha. »

Et il lui apprit alors le drame.

Un spasme parcourut le visage de Martha, mais elle cria :

« Je ne vous crois pas ! C'est un mensonge que vous me racontez, pour le tirer d'affaire en m'effrayant ! J'ai dit et je répète que je le punirai ! »

A peine avait-elle achevé de prononcer ces mots que la porte s'ouvrit. A cause de la foule toujours plus nombreuse, de la pluie et d'autres choses encore, les hommes venus avec la charrette avaient estimé préférable de ne pas attendre davantage pour mettre le corps à l'abri.

Quand je les vis entrer, chancelant un peu parce que Geordie pesait un bon poids et aussi parce que les marches d'accès s'étaient creusées au fil des ans, je me tournai vers Martha et mon regard demeura rivé sur elle. En l'espace d'une seconde, elle avait embrassé tout le tableau, compris ce qu'il signifiait. Son visage s'était pétrifié et avait blêmi, au point que ses yeux faisaient maintenant penser à deux blessures. On eut dit une possédée, mais elle ne broncha pas. Non, même lorsqu'ils passèrent près d'elle pour pénétrer dans la cuisine, elle demeura absolument immobile, comme si elle avait cessé de respirer. Les porteurs voulaient mettre le pauvre Geordie dans sa chambre, mais ils ne purent arriver à le hisser décemment dans cet escalier qui avait tout d'une échelle. Martha dit, pointant l'index vers le sofa de la cuisine :

« Mettez-le là. »

Ils firent comme elle le leur commandait.

« Maintenant laissez-moi seule ! » cria-t-elle alors d'une voix terrible. « Laissez-moi seule ! »

Seigneur ! J'étais bien aise de m'en aller ! Le pasteur, lui, fut le dernier à quitter la boutique. Il demeura un long moment à considérer Martha, leva un bras, le laissa retomber, parut vouloir dire quelque chose, mais garda le silence et finit par ressortir sous la pluie.

Ceux qui ont vécu ce Hogmanay à Levenford ne pourront sûrement jamais plus l'oublier. Dans les rues, les gens marchaient comme s'ils avaient été à l'église, ne se parlaient qu'à mi-voix et lorsqu'ils passaient devant le bureau de tabac, ils n'osaient même plus parler du tout.

***

Ah ! nous n'étions pas gais ce soir-là, au Club. Pourtant l'usage était déjà que les membres fêtent le Nouvel An de royale façon, comme nous le faisons ce soir. Mais cette année-là, la coutume ne fut pas respectée. Et il en alla de même dans toute la ville. Lorsque le clocher de l'église égrena les douze coups de minuit, chassant la vieille année pour accueillir la nouvelle, il n'y eut aucun des bruits traditionnels dans Levenford : pas de souhaits joyeusement clamés, pas de klaxons, ni même de chants. Un silence de mort. Et lorsque se turent les résonances du dernier des douze coups, nous enfilâmes nos ulsters pour rentrer chez nous.

Dehors, dans le noir et l'humidité, on se sentait encore plus triste. Oui, c'était bien le dégel ; nous pataugions à qui mieux mieux et entendions pleurer les gouttières.

Nous étions quatre ou cinq à suivre le même chemin et en arrivant au coin de Dobbie's Loan, nous vîmes un mince rayon lumineux qui tranchait dans les ténèbres du petit chemin. Ce n'était pas une de ces clartés dorées, qui réchauffent le cœur du passant, mais une lumière pâle et ténue qui, parce que nous la savions provenir de la cuisine de Martha, nous parut presque effrayante.

John Grierson se trouvait parmi nous ; c'était un homme connu pour n'avoir peur de rien et qui, de surcroît, se gaussait volontiers de la frayeur des autres. Rien ne put le retenir d'aller coller son nez à la fenêtre de la cuisine pour voir ce qui se passait à l'intérieur. Et, tout en désapprouvant sa conduite, nous fîmes comme lui, pour ne pas donner prise à ses sarcasmes.

Eh bien, vous ne me croirez peut-être pas quand je vous aurai dit ce que nous avons vu, mais je vous jure que c'est la vérité du Bon Dieu. La pièce était pleine d'ombres mais, à la frêle clarté de la bougie, nous pûmes voir Martha aller et venir comme une femme ayant perdu la raison. Oui, c'était bien elle mais, pour un peu, je ne l'aurais pas reconnue. On eût dit qu'elle s'était recroquevillée à l'intérieur de sa peau, et ses cheveux étaient devenus tout blancs. Elle se tordait les mains, comme si elle luttait contre quelque chose, et on l'entendait gémir sans cesse le nom de Geordie.

La Bible était ouverte sur la table de la cuisine ; deux ou trois fois, Martha étendit le bras, comme pour la prendre et la lire, mais parut dans l'impossibilité d'achever son geste.

« Geordie! Geordie! » continuait-elle à se lamenter.

Puis, tout d'un coup, elle fit volte-face et s'agenouilla près du sofa. Elle glissa un bras sous la nuque de son fils mort, dont la tête vint ainsi s'appuyer contre sa poitrine plate, comme lorsqu'il était enfant. De l'autre main, elle se mit à caresser le visage pétrifié, ramenant en arrière et lissant les cheveux mouillés.

A la clarté de la bougie, le mort semblait la regarder en esquissant un atroce sourire. Il y avait de quoi vous faire tourner de l'œil, vous pouvez m'en croire, mais Martha, Martha la dure, folle de chagrin, se mit comme à le bercer, gémissant d'une voix désespérée :

« Geordie! Geordie! Je ne m'en étais pas rendu compte avant maintenant, mais je t'aimais, mon fils! Oh, oui, je t'aimais! »

Nous n'osions plus faire le moindre geste, comme cloués au sol par l'émotion et le chagrin. Alors, à travers le flic-floc de la pluie, nous parvint un bruit nouveau et bouleversant dont je me souviendrai jusqu'à mon dernier jour : c'était Martha Lang qui sanglotait.

Sauter le pas

Titre original :
WHEN YOU DREAD FAILURE

Durant que je faisais mes études de médecine en Écosse, je travaillais comme interne (1) à l'hôpital, sous les ordres d'un chirurgien célèbre. C'était un homme d'un certain âge, grand, maigre, l'air sévère et qui se montrait volontiers caustique, car la perfection avec laquelle il exerçait son métier lui faisait juger de façon méprisante les faiblesses des autres. J'étais jeune, pauvre, et je souhaitais désespérément réussir ; mon désir de plaire était si grand qu'il m'amenait parfois à commettre des erreurs, ce qui me valait aussitôt un cinglant reproche du grand patron. Une telle attitude finit par me rendre de plus en plus nerveux, surtout quand je l'assistais en salle d'opération. Lorsque j'étais en retard d'une seconde pour lui passer l'instrument dont il avait besoin ou pour ajuster le rétracteur comme il le souhaitait, bref, quand je ne devançais pas ses moindres désirs, il me lançait sèchement : « Vous ne serez jamais un chirurgien! »

Je demeurai tellement hanté par ces paroles que, lorsque j'eus mon diplôme de médecine, je ne pus m'affranchir de la malédiction qu'elles semblaient faire peser sur moi. Je me débrouillerais sans doute comme médecin pratiquant la médecine générale, je saurais faire face au travail de routine, peut-être

(1) Dans les pays anglo-saxons, on appelle *interne* un étudiant qui, venant d'achever ses études théoriques de médecine, effectue un stage d'un an à plein temps dans un hôpital, pour acquérir l'expérience qui lui manque (N. d. T.).

même serais-je capable de tenir le scalpel pour quelque chose de superficiel, mais jamais pour entreprendre une de ces grandes opérations qui constituent le sommet et le couronnement de ma profession.

Je repris le cabinet d'un confrère, dans une région perdue des Highlands où j'étais le seul médecin à des kilomètres à la ronde. Les naturels du pays étaient des gens renfermés et peu loquaces. Toutefois, lorsqu'ils se rendirent compte que j'étais actif et plein de bonne volonté, lorsqu'ils virent que j'avais réussi à juguler une épidémie de diphtérie qui sévissait parmi les enfants fréquentant l'école, je sentis que j'étais en train de gagner leur confiance. Mais les quelques fois où une intervention chirurgicale se révélait nécessaire, j'étais contraint de faire appel à un confrère de Perth, ville dont nous étions séparés par deux heures de trajet en empruntant train et voiture.

Un après-midi de décembre, alors que le rude hiver des hautes terres atteignait son paroxysme, on me demanda d'urgence dans une exploitation située à quelque trois kilomètres du village. Un jeune homme, Robin Blair, s'était blessé en « faisant du bois ». Le messager, un garçon de ferme qui avait fait tout le chemin à pied, ne put me donner aucune précision, mais il craignait que ce fût grave.

Je connaissais bien le jeune Blair et, trois mois auparavant, j'avais même assisté à son mariage avec la fille du pasteur. C'était un garçon jouissant d'une grande popularité dans la région, car il excellait à ce sport écossais qu'on appelle « balancer le caber » et avait gagné plusieurs prix aux Jeux des Highlands qui se déroulaient à Perth.

Je partis à pied, aucun véhicule ne pouvant rouler sur les chemins enneigés. La nuit précédente, le blizzard avait fait rage et le froid était on ne peut plus rigoureux. Après avoir lutté contre le vent une heure durant, le commissionnaire et moi arrivâmes à la ferme des Blair. Dans la cuisine dallée, aux poutres apparentes, le blessé était étendu sur un matelas, devant la cheminée.

Il me suffit d'un seul regard à ce corps inanimé pour comprendre qu'il s'agissait d'un cas désespéré. La jeune femme de Rob, bouleversée, pleurait à chaudes larmes près du blessé et était incapable de parler, mais son père me dit ce qui s'était passé.

Rob et lui étaient partis abattre un sapin de quinze mètres de haut, dont ils avaient besoin pour construire une nouvelle bergerie. Les coups de hache sonnaient clair dans l'air glacé. Une soudaine rafale de vent avait fait tomber le grand sapin à la renverse, engloutissant Rob sous ses branches. Seule l'épaisseur de la neige avait empêché le jeune homme d'être tué sur le coup.

Plongé maintenant dans une inconscience profonde, il respirait de façon irrégulière. La partie inférieure de son corps était privée de toute action réflexe, ce qui indiquait la paralysie totale des jambes. Et sous la grande enflure de son dos, je perçus des crépitations osseuses. Trois vertèbres dorsales, peut-être même quatre, étaient fracturées.

A cette époque de mes débuts, je n'avais pas encore appris à me cuirasser de réserve professionnelle et, lorsque je me relevai, l'expression de mon visage révéla aux autres toute la gravité de l'état de Rob. Mais avant qu'ils aient pu me demander de formuler un diagnostic, je les pressai de m'aider. Enveloppé dans des couvertures, le corps inerte de Rob fut transféré sur un traîneau improvisé et conduit ainsi avec précaution jusqu'au minuscule hôpital du village, où je me ruai aussitôt vers le téléphone. C'était un cas requérant un chirurgien aussi habile qu'expérimenté et j'avais décidé d'appeler un spécialiste du Victoria Hospital de Glasgow.

Je reçus alors, comme un coup en pleine poitrine, la nouvelle que la tempête avait abattu toutes les lignes téléphoniques en direction du sud.

Affolé, j'expliquai à la postière la gravité des circonstances et elle me dit avoir peut-être une chance de joindre la gare de Stinchar, à une vingtaine de kilomètres de l'autre côté des moors, où le chef de gare serait sans doute en mesure de transmettre un message télégraphique. Après une attente qui me parut interminable, je fus enfin en communication avec Stinchar... pour apprendre de la bouche même du chef de gare que non seulement le télégraphe ne fonctionnait pas, mais que la ligne de chemin de fer était bloquée par la neige. Nous étions coupés du reste du monde.

Je retournai auprès des Blair et leur expliquai la situation. Il y eut un silence, puis le père de Rob dit posément, sans l'ombre d'une hésitation :

« Alors, Docteur, faites vous-même le nécessaire. »

Je le regardai, consterné. Ne se rendait-il pas compte de ce qu'il me demandait? Attendre de moi que j'exécute une opération aussi délicate qu'une laminectomie thoracique confinait à la démence!

En silence, je regardai le fermier, la mère de Rob et sa jeune femme éplorée. J'étais le seul médecin à pied d'œuvre. Comment refuser à ces gens simples ce qu'ils considéraient comme l'unique chance de survie de leur bien-aimé? Je détournai la tête pour qu'ils ne pussent voir dans mon regard l'angoisse qui m'habitait et je gagnai la salle d'opération. Petite pièce d'une irréprochable propreté mais sans éclairage adéquat, il s'y trouvait juste le strict nécessaire en fait d'équipement. Respirant à peine, Rob était étendu à plat ventre sur une table de bois recouverte d'un drap blanc. L'infirmière, petite femme des Highlands qui n'était plus de la première jeunesse, versait goutte à goutte de l'éther sur la gaze du masque. Alors, comme dans un état second, je me mis à badigeonner de teinture d'iode la région qui devait être opérée et je pris un scalpel. Mais, tandis que je faisais appel à tout mon sang-froid pour pratiquer ma première incision, il me semblait entendre encore la voix méprisante de mon ancien patron : « Vous ne serez jamais un chirurgien. »

Alors, une chose étrange se produisit. Je ne saurais dire ni comment ni pourquoi... Peut-être subsistait-il en moi une étincelle pas encore tout à fait éteinte, qui reprit soudainement vie?

En tout cas, j'éprouvai une brusque flambée de colère contre moi-même et la lâcheté avec laquelle je m'avouais vaincu par avance. La vision torturante de mon ex-mentor s'effaça pour faire place aux visages de ces braves fermiers qui mettaient toute leur confiance en moi.

A ma paralysante hésitation succéda une sorte d'assurance, laquelle était peut-être le courage du désespoir. Je respirai à fond puis, me penchant en avant, je réséquai les muscles endommagés, étanchai le sang extravasé, ligaturai les artères déchirées. Si je marquai un recul en découvrant toute l'étendue de la blessure — fracture ouverte de quatre vertèbres dorsales, avec des fragments d'os encastrés dans le cordon médullaire — je ne flanchai pas pour autant. Conscient qu'un seul mauvais coup de scie pouvait entraîner une issue fatale, je m'employai à faire cesser cette mortelle pression en sectionnant les arcades vertébrales. Alors, travaillant au toucher, je me mis à raccorder ensemble les fragments d'os, comme l'on pourrait essayer de reconstituer un puzzle dans l'obscurité.

Après une heure de tension épuisante, la reconstruction fut complète. La respiration du patient semblait un peu plus forte. Et puis se produisit ce que j'osais à peine espérer : Rob remua faiblement sur la table et bougea un peu ses membres inférieurs. Pour exténué que je fusse, j'aurais hurlé de joie devant cette preuve que la paralysie avait disparu. Vingt minutes plus tard, le jeune homme était dans un plâtre et dans son lit. Alors, d'un pas un peu vacillant mais avec une grande chaleur au cœur, je rejoignis le petit groupe qui attendait dans le hall. Que c'est merveilleux d'être en mesure de dire : « J'espère qu'il va s'en tirer ! » Et il s'en tira : trois mois plus tard Robin Blair sortait de cet hôpital, pas encore très assuré sur ses jambes mais complètement guéri.

Par la suite, au long de ma carrière, j'éprouvai bien des joies et des satisfactions. Mais, quand j'y repense, cet horrible moment où je me suis trouvé près du corps brisé de Robin Blair, avec le sentiment d'être incapable de le guérir, est certainement celui qui m'est le plus cher. Car il m'a appris à vaincre la peur, à surmonter le découragement et la crainte de l'échec. Jamais plus je n'ai dit : « Ça m'est impossible », mais seulement : « Je vais faire tout mon possible. » Ce moment m'a appris aussi une chose primordiale : si l'on ne se laisse pas décourager et si l'on continue de tout tenter même lorsque la partie semble perdue, la défaite peut se muer en victoire.

Le portrait

Titre original :
THE PORTRAIT

Ce fut par hasard que les Earnshaw firent la connaissance, à Naples, de Félix Liseta. Durant tout le mois de juin ils avaient joué aux romanichels à travers l'Italie, à bord d'une vieille Ford de location où s'entassaient leurs bagages disparates et l'attirail de peintre d'Earnshaw. S'ils voyageaient dans cet équipage, c'était par plaisir et non par nécessité. Bien qu'il ne fût pas encore au maximum de sa célébrité, Rankin Earnshaw avait déjà acquis une réputation internationale et les connaisseurs collectionnaient ses pointes-sèches ; en outre, Katrine, sa femme — née Katrine Tessier, de New York — avait hérité d'une très grosse fortune.

Cela faisait quatre ou cinq ans qu'ils étaient mariés. Au début, les gens avaient ri et assuré qu'un tel mariage ne pouvait durer. Katrine était si jolie, fantasque et gaie ; Rankin, si quelconque, prosaïque et froid ! On pouvait même dire que Earnshaw était laid, avec un corps massif et trapu, d'énormes mains et une tête disproportionnée. Il avait vraiment toutes les caractéristiques de son Yorkshire natal avec ses traits épais, sa peau rugueuse et sa crinière toujours dépeignée. Lorsqu'il lui arrivait de sourire — ce qui était rare — on ne voyait presque plus ses yeux.

C'est lors de sa première visite à New York qu'il avait rencontré Katrine. Le sculpteur Van Heger, séduit tout à la fois par le physique du graveur et par son absence de prétention, avait fait de lui un buste en bronze qui se trouvait exposé dans la vitrine d'Arnhem, Park Avenue. Lorsqu'elle vit cette tête,

Katrine éprouva un choc et fut profondément impressionnée. Ayant la possibilité de se passer toutes ses fantaisies, et toujours très impulsive, Katrine acheta le bronze qu'elle plaça bien en évidence dans son appartement. Elle était comme fascinée par la force émanant du menton au ferme dessin, du front large, aussi bien que par la bonté qui se devinait dans les yeux enfouis au fond des orbites. Elle demeurait en contemplation devant le buste, avec une sorte de révérence qui eût été comique chez toute autre personne. Elle aimait à en caresser les contours, d'un geste curieusement possessif. Katrine n'eut de cesse qu'elle fît la connaissance d'Earnshaw et, six semaines plus tard, elle l'épousa.

En entrant dans le hall du *Splendide*, l'imposant hôtel qui, à Naples, fait face au Palazzo Reale, elle étreignit gaiement le bras de son mari :

« Ah! le plaisant changement, Rankin! Je commençais à en avoir assez de jouer aux hippies le long des routes. J'ai envie d'une boisson bien glacée et d'un bain avec beaucoup de sels parfumés, les sels les plus chers qui soient! Je veux faire une petite cure de sophistication!

— A Naples, tu trouveras des *tutti frutti*, des crèmes glacées, des faux Canalettos, des vues du Vésuve en éruption et des odeurs en quantité, mais pas une once de sophistication », rétorqua Earnshaw.

Il avait à peine fini de parler qu'il s'entendit appeler par son nom, sur un ton de joyeuse surprise. Faisant volte-face, il vit, assis à une table en compagnie de trois autres personnes, un sexagénaire dont le visage bilieux était barré par une moustache blanche comme seuls savent en arborer les officiers en retraite.

« Je me trompais, Katrine », dit alors Earnshaw en souriant, « car voici le vieux Brand, et très entouré comme à son habitude. »

Ils s'approchèrent de la table, savourant l'absurde plaisir que l'on éprouve à l'étranger lorsqu'on rencontre des gens de connaissance, même si on les juge d'ordinaire ennuyeux. Le colonel

Brand était un New-Yorkais qui partageait le plus clair de son temps entre le *Lido* et la Riviera. Snob mais assez sympathique, il s'intéressait aux arts et possédait dans sa maison de Madison Avenue une merveilleuse collection de Renoirs. Nul ne savait où ni comment il avait acquis son grade — une bonne langue avait dit que c'était sans doute en tricotant des chaussettes pour les combattants — mais on ne manquait jamais de lui donner du colonel gros comme le bras et lorsque des Américains se trouvant à l'étranger offraient une réception, le summum du chic était d'avoir le Colonel au nombre des invités.

Il fit les présentations : la marquise Ginori, Charley Masters et, souligna-t-il avec une légère emphase, leur hôte à tous trois, Félix Liseta.

En entendant prononcer le nom de Liseta, les Earnshaw marquèrent une légère et bien compréhensible surprise. Katrine se tourna avec émerveillement vers l'homme splendidement bronzé qui s'était levé en même temps que Brand et Masters. Il soutint son regard avec une souriante aisance nuancée d'admiration.

« Vous êtes Félix Liseta? » s'exclama-t-elle avec l'intonation appropriée.

Il esquissa un haussement d'épaules, en affectant le détachement :

« Hé oui, madame : je ne puis le nier. »

Il parlait l'anglais avec un accent qu'il semblait exagérer, roulant les « r » de façon très romantique, et il était merveilleusement beau, portant ses vêtements avec une provocante élégance.

« Oh! Rankin », gémit Katrine en se laissant tomber sur une chaise, « moi qui n'ai même pas eu le temps de me poudrer le nez! »

Tout le monde rit sauf Liseta qui assura, en jouant de la prunelle :

« Vous n'avez pas lieu de le regretter, madame, car votre nez ne pourrait, même poudré, être plus ravissant. »

Tandis que les serveurs s'affairaient autour de la table, on parla des récentes pérégrinations des Earnshaw. Rankin n'ouvrit guère la bouche mais, émoustillée par l'intérêt que lui témoignait Liseta, Katrine se lança dans un récit plein de verve de leur randonnée le long des Apennins pour conclure que, lassés de cette bohème tout autant que des ravioli et des spaghetti, ils aspiraient maintenant à retrouver le confort et le luxe.

« Alors, il faut absolument vous joindre à nous ! » s'exclama Liseta. Avec un sourire étincelant, il se tourna vers Earnshaw : « Puisque nous avons eu la chance de nous rencontrer, je tiens à ce que vous soyez mes invités... Venez donc à Capri avec votre charmante femme ; nous partons à 5 heures. »

Earnshaw jeta un regard interrogateur à sa femme. Liseta étant une des célébrités internationales du moment, il hésitait d'instinct à accepter une invitation aussi flatteuse qu'inattendue.

« C'est vraiment très aimable à vous, monsieur Liseta...

— Allons, Rankin, le pressa Brand, laissez-vous faire !

— Oh ! avec le plus grand plaisir ! » se hâta de dire Katrine.

Earnshaw aurait eu mauvaise grâce à décliner l'invitation et, comme on approchait de 5 heures, il se hâta de prendre les dispositions nécessaires concernant les bagages. Après quoi, le petit groupe quitta l'hôtel, se dirigeant vers le front de mer par la courte via Santa Lucia. La rue était brûlante et poussiéreuse, charriant mollement un flot de touristes aux prises avec des rabatteurs de toutes sortes. Même les pigeons qui se trouvaient devant la statue de San Francesco di Paola semblaient souffrir de la chaleur, et demeuraient perchés au bord de la fontaine d'un air apathique. Ce fut un soulagement d'atteindre la jetée où le yacht de Liseta, *La Conchita*, les attendait. La baie s'offrit alors à leurs yeux, avec les falaises bleutées de Castellamare et, dans un lointain brumeux, Capri aux luisances d'opale.

A bord de *La Conchita*, un yacht petit mais luxueux, Earnshaw fut retenu par Brand sur le pont, tandis que les autres descendaient au salon. Tout en fumant un excellent cigare, le Colonel entreprit de faire le point sur leurs compagnons de voyage. La marchesa Ginori était la « petite amie » de Liseta — si tant était, souligna-t-il d'un air entendu, qu'on pût employer une telle expression à propos de cette représentante d'une des plus anciennes familles de la noblesse romaine. Son mari, le marchese, était quelque part dans le monde et Liseta en profitait pour témoigner à la dame des sentiments dont la chaleur était concrétisée par le collier de perles qu'elle portait et qui n'était pas un bijou de famille. Earnshaw se borna à hocher la tête, sans émettre le moindre commentaire, car il avait su jauger très vite l'élégante marquise. Quant au jeune Charley Masters, poursuivit le Colonel, c'était un écrivain qui paraissait bien engagé sur la voie du succès car, après avoir travaillé au découpage de *Don Alvarez*, il était en train d'écrire le scénario du prochain film de Liseta.

Parvenu à ce point, il ne restait plus au Colonel qu'à parler de leur hôte. Bien entendu, Earnshaw n'ignorait pas l'extraordinaire succès remporté par Liseta dans *Don Alvarez ?* Non, bien sûr, puisque les journaux à sensation du monde entier — ou presque — en avaient fait leurs choux gras. Obscur chanteur d'opéra, Liseta s'était vu offrir sa chance dans un film de série B dont l'intrigue très romanesque avait une Espagne d'opérette pour décor. Jusqu'à sa sortie, ce film n'avait pas suscité de bien grands espoirs. Or, du jour au lendemain, il avait connu à travers tous les États-Unis un succès délirant qui avait vite gagné l'Angleterre, la France, l'Allemagne, l'Italie et le Japon. On ne parla plus que de l'extraordinaire séduction de Liseta, de sa façon de chanter, de danser, et des ravages qu'il faisait parmi les spectatrices. Sa photo s'étala sur la couverture de tous les magazines, assortie d'articles où l'on se faisait un devoir de préciser jusqu'à la marque de son dentifrice. Duchesses et barmaids rêvaient en contemplant ses photos, cependant que la vente du disque où Liseta avait enregistré *Lumière de mon cœur*, le leitmotiv de *Don Alvarez*, dépassait le million.

Tandis que Brand parlait ainsi, le yacht avait pris de la vitesse et ils atteignirent bientôt le ravissant petit port de Capri. Tout le monde se retrouva alors sur le pont et Liseta sourit à Earnshaw en étendant le bras de façon théâtrale :

« Vous voici à Capri, résidence des empereurs et de Félix Liseta! »

Ils se partagèrent entre deux voitures, qui se lancèrent à l'assaut de la route blanche serpentant au flanc vert de la colline. Ils dépassèrent ainsi San Michele et ne s'arrêtèrent qu'en atteignant les hauteurs d'Anacapri, où se trouvait la villa de Liseta. La Villa Paradiso était une ravissante propriété avec de très beaux jardins d'où l'on avait une vue à vous couper le souffle sur la côte frangée d'écume, quelque trois cents mètres plus bas. « C'est la plus belle villa de l'île. Je suis bien placé pour le savoir, car on me l'a fait payer en conséquence! » fit remarquer Liseta avec une visible satisfaction, en introduisant ses invités dans le patio.

Les Earnshaw avaient deux chambres à l'ouest. Comme il était déjà assez tard et que le dîner était servi à 8 heures, ils se changèrent aussitôt, puis redescendirent attendre leur hôte dans la salle de musique, une vaste pièce du rez-de-chaussée où trônait un piano à queue en bois des Indes. Tout le monde était là, sauf Liseta. A 8 h 05, il fit son apparition, descendant lentement l'escalier et franchissant les doubles portes en arborant son plus éblouissant sourire. Vêtu d'un smoking blanc d'une rare élégance, ses cheveux étaient parfaitement lustrés, sa peau aussi veloutée que celle d'une femme et ses ongles fraîchement recouverts d'un vernis incolore. A l'auriculaire de la main gauche, il avait une topaze brésilienne exactement de la même couleur que ses yeux, et un léger parfum le précédait. Parvenu au centre de la pièce, il s'immobilisa et, sans cesser de sourire, s'inclina avec grâce en disant :

« Pardonnez-moi de vous avoir fait attendre. »

Le dîner fut excellent et un très bon champagne y coula en abondance.

« Je ne bois que du champagne, expliqua Liseta. Pourquoi pas, puisque j'en ai les moyens ? Et puis cela enchante mes " fans " de savoir que j'ai une prédilection pour le roi des vins ! »

Il rit avec complaisance, en se tournant vers Katrine qui était assise à sa droite.

« Vous devez recevoir un énorme courrier de vos admirateurs, n'est-ce pas, Félix ? » intervint le colonel.

Liseta acquiesça :

« Environ trente mille lettres par semaine. Nous en avons de pleines malles.

— Vous voulez dire que vous les transportez avec vous ?

— Pourquoi pas ? » fit Liseta en regardant gravement Earnshaw qui avait posé la question. « Comme tous les grands artistes, je suis d'une extrême sensibilité, et ces lettres me sont d'un grand secours. Des femmes m'écrivent des quatre coins du monde.

— La fortune et la célébrité attirent les femmes », cita Earnshaw avec humour. C'est un vieux proverbe chinois.

Liseta fronça les sourcils, car l'humour lui était absolument étranger. Il se leva, une main sur la hanche, avec un air de dignité offensée.

« Vous vous trompez, signore. Ma fortune et ma célébrité ne font aucune différence. Les femmes m'ont toujours aimé pour moi-même. »

Ce soir-là, lorsqu'ils regagnèrent leurs chambres, Rankin se tourna vers sa femme en esquissant une moue souriante :

« Quel bellâtre prétentieux que notre hôte !

— Oh !

— Ce n'est pas ton avis ?

— Non ; tout au contraire, je le trouve charmant. »

Les yeux de Rankin pétillèrent :

« Tu le trouve charmant... parce qu'il t'a fait du charme durant toute la soirée ! »

Elle rougit :

« Ne sois pas ridicule! Tu serais mal venu de te montrer jaloux d'un homme aussi divinement beau. »

Déconcerté mais plutôt amusé, Rankin suivit sa femme du regard tandis qu'elle entrait dans sa chambre et en refermait la porte.

Le lendemain matin, il faisait un temps splendide, et à Capri l'air était doux, parfumé; les amandiers du jardin découpaient leur frémissante translucidité sur un ciel d'un bleu éclatant. Lorsqu'il descendit tard, après avoir passé une excellente nuit, Earnshaw apprit que Katrine était partie se baigner en compagnie de Liseta. Se rappelant l'attitude de sa femme la veille au soir, il en éprouva une certaine contrariété mais qui fut de courte durée. Depuis quatre ans qu'ils étaient mariés, si Katrine avait fait perdre la tête à bien des hommes, elle avait toujours su garder toute la sienne. Avant leur mariage, la famille de Katrine avait prévenu Rankin qu'elle était égoïste et très volontaire, mais il ne s'en était encore jamais aperçu et leur union était parfaite.

Les deux baigneurs rentrèrent vers midi, emplissant de leur exubérance volubile le patio où Earnshaw s'efforçait de prendre quelque intérêt à un roman plutôt ennuyeux. Mêlant leurs rires, rayonnant de jeunesse et de beauté, les deux arrivants témoignaient d'une telle joie de vivre que, les regardant par-dessus ses lunettes, Earnshaw se sentit soudain de beaucoup leur aîné. C'était absurde, car il n'avait que trente-six ans, mais il n'en eut pas moins le cœur serré au point de devoir faire un effort pour sourire.

« Vous avez passé une matinée agréable?

— Oh! merveilleuse, Rankin! s'exclama Katrine, les yeux brillants. La mer était tiède et comme phosphorescente. Nous avons nagé jusqu'à une petite crique, non loin de la Grotte bleue, où il faisait délicieusement bon... Et j'aurais voulu que tu voies Félix plonger! »

Elle l'appelait déjà Félix. Rankin parvint néanmoins à continuer de sourire.

« C'est un bon plongeur ? »

Liseta intervint avec un rire satisfait :

« Oh! beaucoup mieux que bon, mon cher! Je sais unir la force à la grâce, et je nage comme un poisson. Si je n'étais pas le plus grand ténor du monde, j'aurais certainement pu devenir champion olympique. »

Il bomba le torse puis, s'asseyant au bord d'une des petites tables de métal, drapa autour de lui son peignoir de bain rose et jaune tout en allumant une cigarette. La pose était tellement parfaite, tellement « dans la note » que, chez Earnshaw, l'artiste l'emporta sur l'homme et lui fit oublier son ressentiment.

« Oh! j'aimerais vous peindre ainsi, Liseta! » s'écria-t-il.

Katrine battit des mains!

« Oui, oui, Rankin, quelle bonne idée! Comme cela, avec cet éclairage et les couleurs du peignoir, ce sera splendide!

— Eh bien, soit, mon ami! » acquiesça Liseta en portant d'un geste royal la cigarette à ses lèvres. « Je ne consentirais pas à poser pour n'importe qui, mais vous m'êtes sympathique et je veux bien vous faire ce plaisir. Il faudra toutefois que les séances de pose soient courtes car, comme tous les grands artistes, je ne puis rester longtemps inactif. »

Earnshaw n'en revenait pas de voir l'autre lui témoigner tant d'affable condescendance et il faillit mettre les choses au point en précisant quelles étaient leurs positions respectives dans le monde des arts, mais quelque chose — il n'aurait su dire quoi — le retint de le faire. En silence, il alla chercher une toile dans la maison, puis se mit à esquisser le portrait d'une main sûre. En dépit de ce qu'il prétendait avoir de commun avec les grands artistes, Liseta garda la pose, tel un paon se chauffant au soleil, jusqu'à ce que retentisse le gong du déjeuner, près d'une heure plus tard. Il déclara alors, avec un regard à l'adresse de Katrine :

« Assez pour aujourd'hui, mon ami! Je poserai de nouveau pour vous demain, après avoir nagé avec votre si charmante femme. »

Le lendemain matin, Katrine et Félix retournèrent à la petite crique et cela devint une habitude, une sorte de prélude à la séance de pose. Earnshaw eût certes préféré que sa femme s'abstînt de ces baignades, mais il ne s'en formalisait cependant pas, n'y attachant que peu d'importance. Toutefois, le mercredi matin vers 11 heures, comme il installait son chevalet dans le patio, la marchesa Ginori s'approcha de lui. Elle demeura un moment silencieuse, détaillant d'un air boudeur l'ébauche du portrait. Le peintre n'eut pas besoin de lever les yeux pour deviner quelle était l'humeur de la dame car, la veille au soir, elle avait failli faire une scène à Liseta.

Elle parlait mal l'anglais et avec une intonation rauque.

« Pourquoi le laissez-vous faire la cour à votre femme? » lança-t-elle soudain.

Prenant sa palette, Earnshaw se mit à y presser les tubes de peinture l'un après l'autre.

« Vous aimeriez mieux, je présume, qu'il vous fasse la cour à vous?

— Exactement, oui... Comme avant que vous n'arriviez avec votre femme! » riposta-t-elle.

Impassible, Earnshaw garda le silence, mais la marchesa était trop furieuse et surexcitée pour en rester là.

« Mais il fait la cour à n'importe quelle femme, vous savez? C'est sa vanité qui l'y pousse. Car s'il se prétend de bonne famille, c'est faux, absolument faux. Il n'est d'ailleurs qu'à demi Italien, et Liseta est un nom de théâtre. Vous allez pouvoir renseigner votre femme, ça lui fera certainement plaisir! La mère de Félix était une paysanne de Salerne et son père faisait partie d'un cirque ambulant. Amusant, non? Et voilà le résultat que cela a donné! »

Emportée par la passion et oubliant que sa famille à elle

relevait du Saint Empire romain germanique, l'effervescente marchesa faillit cracher sur la toile où s'esquissaient les traits de Liseta.

Évitant de la regarder, Earnshaw dit avec raideur :

« Je suis désolé... J'imagine ce que vous pouvez ressentir, mais, sincèrement, vous vous trompez. Je connais ma femme. Elle ne risque pas de s'éprendre d'un homme comme Liseta.

— Ah! vous croyez ça? Il n'y a vraiment qu'un Anglais pour être aussi aveugle! »

Et, dans un élan furieux, la marchesa repartit comme elle était venue.

Liseta et Katrine rentrèrent peu après de la plage. Liseta prit la pose dans son exotique peignoir de bain, tandis que Katrine s'étendait paresseusement sur une chaise-longue. Rongé par le soupçon, Earnshaw travailla en silence, la mine sombre.

Lorsque le gong du déjeuner retentit, Liseta se remit debout et s'approcha de la toile humide, qu'il détailla d'un air condescendant en penchant la tête de côté.

« Ça commence déjà à me ressembler un peu », dit-il en posant amicalement sa main sur l'épaule d'Earnshaw. « Vous ne pouvez évidemment pas arriver du premier coup à la perfection... Aussi, mon cher, n'hésitez point à prendre tout le temps qu'il vous faudra.

— Oui, je travaille lentement, car je suis avant tout un graveur et non un peintre, mais je n'aurai plus besoin que de deux séances de pose. Je terminerai ça de mémoire lorsque nous serons repartis.

— Mais, mon cher ami, il n'en est pas question! s'exclama Liseta. Vous pouvez rester ici aussi longtemps qu'il vous plaira. D'ailleurs, je l'ai déjà dit à votre femme.

— C'est très aimable à vous », rétorqua Earnshaw en se dominant avec peine. « Mais nous vous quitterons à la fin de la semaine.

— Pourquoi donc? »

C'était Katrine qui intervenait, d'un ton à la fois plaintif et incrédule.

Incapable de parler, Earnshaw les regarda en silence. Il se sentait mortifié et comme pris dans un piège. Finalement, il laissa Liseta glisser son bras sous le sien et l'entraîner gaiement à l'intérieur de la maison.

Durant tout le reste de la semaine, Earnshaw ne cessa de remâcher sa colère et ses soupçons. Mais une sorte de masochisme le retenait d'avoir une franche explication avec sa femme. Et puis, il était sincèrement amoureux de Katrine et, pour rien au monde, n'aurait voulu compromettre la joyeuse camaraderie qui n'avait cessé de régner entre eux depuis quatre ans. Il se répétait que, sa femme n'étant ni folle ni dévergondée, ça ne pouvait être qu'un flirt sans importance.

Au début de la semaine suivante, Earnshaw crut déceler un changement subtil dans l'attitude des autres invités à son égard. Lorsqu'il se trouvait avec lui, le colonel se montrait plus loquace que jamais mais Earnshaw avait l'impression que, tout en parlant, Brand l'observait avec un secret amusement. Charley Masters, lui, était visiblement soucieux car ce grand garçon, aux yeux vifs et au visage constellé de taches de rousseur, avait une vive sensibilité qui le mettait dans l'impossibilité de donner le change.

Le mardi soir, après le dîner, le jeune homme vint s'asseoir dans le patio à côté d'Earnshaw. Brand avait voulu organiser un bridge mais avait dû y renoncer car la marchesa avait prétexté une migraine pour monter se coucher et Liseta avait déclaré préférer danser. Par les fenêtres ouvertes de la salle de musique, un tango, que diffusait la radio, venait mourir dans la pénombre extérieure.

« Vous ne dansez pas ? » s'enquit Masters d'un air désœuvré tout en allumant une cigarette.

« Pas en présence d'un spécialiste », répondit le peintre avec une légère amertume. « Je me sens gêné.

— Oui, Liseta est incontestablement un spécialiste.

— En ça comme en bien d'autres choses. »

Un bref silence suivit, durant lequel Masters contempla pensivement l'extrémité incandescente de sa cigarette.

« Oui, c'est juste... Liseta est un splendide athlète. Excellent nageur, c'est aussi un escrimeur de première force et un homme de cheval. En outre, alors qu'il venait d'être engagé pour tourner *Don Alvarez*, je l'ai vu envoyer au tapis Joe Calman qui l'avait traité de " réclame pour dentifrice ". Pourtant, avant de faire du cinéma, Calman avait été champion d'Oklahoma des welters.

— Malheureusement, je partage tout à fait le point de vue de Calman », déclara Earnshaw d'une voix glacée. « Je trouve Liseta absolument imbuvable. C'est le type qui finira par se teindre les cheveux et porter un corset !

— Oui, soupira Masters, vous avez peut-être bien raison. »

Comme l'orchestre invisible attaquait un nouveau morceau, les regards des deux hommes se portèrent instinctivement vers la fenêtre éclairée, dans l'encadrement de laquelle Liseta et Katrine apparurent étroitement serrés l'un contre l'autre, ne semblant plus former qu'un seul corps. Félix était incontestablement un excellent danseur. Tout en ayant beaucoup de grâce et de légèreté, il donnait une impression de force sauvage, infiniment troublante.

Quand les danseurs disparurent de la fenêtre, il y eut un long silence. Puis, cédant à une soudaine impulsion, Charley Masters posa sa main sur le genou de son compagnon.

« J'ai beaucoup de sympathie pour vous, Earnshaw », dit-il en proie à une visible émotion. « Et Katrine est une chic fille. Alors, emmenez-la dès demain. *Presto!*

— Pourquoi ne me suggérez-vous pas de lui flanquer une correction, tant que vous y êtes ? riposta Rankin. Si vous écrivez des romans, vous devez quand même connaître un peu la vie et savoir que, avec une femme comme Katrine, on n'arrive à rien par la coercition. »

De nouveau, il se fit un silence, au cours duquel ils entendirent sonner à la porte de la villa. Ni l'un ni l'autre n'y prêtèrent attention, encore que la chose fût inhabituelle à pareille heure ; quelques instants plus tard, Liseta les appela par la fenêtre, en brandissant un télégramme qu'il tenait à la main.

« Venez vite apprendre la grande nouvelle, mes amis ! » leur cria-t-il avec une joyeuse effervescence. « Venez tous ! Vite, vite ! »

Masters et Rankin rallièrent aussitôt le salon où Brand avait déjà rejoint Katrine. Les domestiques eux-mêmes s'étaient groupés dans le hall, curieux et attentifs.

Liseta se campa, une main sur la hanche, dans une pose avantageuse et leur dit avec un large sourire :

« Mes amis, il est juste que je vous donne l'occasion de me féliciter... Écoutez, je vous prie, en quelle haute estime on tient Félix Liseta ! »

Lentement, en savourant bien chaque mot, il lut à haute voix le télégramme qu'il venait de recevoir. On lui demandait de chanter, au cours de la saison d'hiver, au Metropolitan Opera de New York, ce qui représente le pinacle pour n'importe quel chanteur d'opéra. Mais Liseta affichait sa joie d'une façon outrancière, qui lui avait quelque chose d'odieux. Earnshaw regarda sa femme à la dérobée. Comme transfigurée, rayonnante, elle ne quittait pas le ténor des yeux.

« Je les ai enfin amenés à reconnaître ma suprématie ! » exultait-il en agitant le télégramme. « Il leur a bien fallu convenir de mon génie ! Quand j'irai à New York, je les aurai tous à mes pieds ! »

Frappant dans ses mains, il dit à l'adresse des domestiques :

« Apportez du champagne ! Vite ! Il nous faut boire à mon triomphe ! Et ensuite, mes amis, je vais vous laisser un souvenir inoubliable... Je vais chanter pour vous ! » conclut-il en regardant tendrement Katrine.

Pour lui le geste était royal et il avait pleinement conscience de sa munificence car, soucieux de ménager sa voix d'or, il s'était fait une règle de ne jamais chanter que pour le grand public. Ce soir-là, toutefois, après que tout le monde eut porté un toast à son succès, il s'assit au piano et, avec une virtuosité désinvolte, plaqua les premiers accords du *Frühlingslaube* de Schubert, puis rejetant la tête en arrière, il se mit à chanter.

Sa voix était magnifique, une voix de ténor claire et pure, sans aucun tremblement. Elle ne se signalait ni par sa portée ni par son volume, mais se révélait extrêmement belle et colorée, surtout dans l'aigu. Lorsqu'il fermait les yeux, Earnshaw ne pouvait s'empêcher d'en goûter toute la qualité, mais lorsqu'il les rouvrait, il lui venait des envies de tuer le chanteur.

Car, maintenant, il ne pouvait plus douter que Katrine fût éprise du ténor. Tandis que Liseta se balançait légèrement au rythme de la mélodie, elle l'écoutait, comme fascinée, semblant fondre sous la caresse de sa voix.

Quand il égrena les dernières notes, le chanteur leva la main :

« Inutile d'applaudir ! Vous n'avez pas besoin de me dire que j'ai chanté divinement : je le sais. C'est toujours ainsi quand je suis heureux. Et voici maintenant ce que vous brûlez tous de me demander. »

Il attaqua le leitmotiv de son film, *Lumière de mon cœur*, en jouant les troubadours à l'adresse de Katrine. Les yeux mi-clos, la bouche entrouverte, elle semblait littéralement boire chaque note sirupeuse que Liseta distillait avec complaisance. Earnshaw ne put endurer plus longtemps de la voir ainsi et quitta brusquement la salle de musique. Lorsqu'il fut dans sa chambre, il laissa entrouverte la porte de communication car, maintenant, c'était plus fort que lui. Que ce fût sage ou non, il lui fallait avoir le soir même une explication avec sa femme.

Il était tard quand Katrine regagna enfin l'étage. Elle s'immobilisa dans l'encadrement de la porte, l'air un peu absent et comme encore sous le charme, puis dit :

« Je croyais que tu étais monté pour te coucher ?

— Non.

— Qu'y a-t-il?

— Tu me le demandes? »

Le visage de Katrine s'empourpra lentement, mais sans qu'elle parût pour autant éprouver la moindre honte. Jamais Rankin ne l'avait trouvée plus belle et cela accrut encore sa colère. Il lui dit brutalement :

« Je commence à être un peu las de ton flirt avec ce clown.

— Clown? » répéta-t-elle tandis que sa rougeur s'accentuait.

« Oui, clown. Un saltimbanque vaniteux, qui danse comme un gigolo et empeste le parfum.

— Comment oses-tu parler ainsi de lui? »

Soudain très pâle, elle serrait les poings. Parce qu'il connaissait ces symptômes, il s'efforça de la raisonner :

« Katrine, enfin! Ne le vois-tu pas comme il est vraiment? Pour l'amour du ciel, arrache-toi à cette fascination que tu sembles éprouver!

— Et pourquoi donc? »

Du coup, il devint aussi pâle qu'elle et la regarda fixement.

« Tu es amoureuse de lui? » balbutia-t-il d'une voix rauque.

Il y eut un silence, puis Rankin respira à fond et dit :

« Très bien, alors... Je vois qu'il me faut te sauver de toi-même. Nous partirons demain par le premier bateau. »

Elle ne répondit rien et demeura à le regarder d'un air rêveur, avant de se détourner, presque tristement. Il l'entendit fermer à clef la porte de communication.

Rankin dormit mal, d'un sommeil traversé de cauchemars. Mais lorsqu'il s'éveilla, sa résolution n'avait pas faibli, bien au contraire. Il se leva aussitôt, s'habilla rapidement et dit au domestique qui lui apportait le café de réveiller sa femme, car ils partaient le matin même. Un moment plus tard, alors qu'il buvait son café près de la fenêtre, son attention se porta sur un petit yacht blanc qui traversait la baie et il reconnut *La Conchita*.

Étouffant une exclamation, il se précipita dans la chambre de

Katrine et la trouva déserte. En un clin d'œil, il s'aperçut que les bagages avaient disparu et ce fut comme s'il recevait un coup de poignard dans la poitrine. Il dévala l'escalier. Katrine n'était pas non plus au rez-de-chaussée mais, sur la table du salon, il vit une lettre posée bien en évidence et qui lui était adressée. Il décacheta fébrilement l'enveloppe.

Katrine l'avait quitté. Elle était partie pour New York avec Liseta, dont elle était éperdument amoureuse. Elle demandait qu'il veuille bien lui rendre sa liberté, afin que Félix et elle puissent se marier au plus vite.

Rankin se laissa tomber dans un fauteuil et enfouit son visage dans ses mains. Il n'arrivait pas à y croire et se rendait cependant bien compte qu'il ne rêvait pas. L'idée de se lancer à leur poursuite lui traversa l'esprit, mais il la repoussa tristement. Katrine était sous le charme et rien ne pourrait l'arracher à cet envoûtement. Rien!

Relevant la tête, Earnshaw vit en face de lui le portrait inachevé de Liseta, posé sur le chevalet qu'on avait rangé dans un coin du salon. Ses yeux s'embuèrent. Mais soudain son regard s'éclaircit sous le coup d'une brusque inspiration qui l'emplit d'un miraculeux espoir. Se levant, Earnshaw s'approcha lentement du chevalet.

***

Le paquet arriva à New York un matin de novembre, froid et pluvieux ; mais eût-il fait dix fois plus mauvais temps, Katrine n'en aurait pas moins continué à se sentir follement heureuse. Elle était allée à Reno où elle avait obtenu rapidement le divorce car Rankin, toujours en Europe, n'y avait mis aucun obstacle. Mariée maintenant à Félix elle habitait un appartement donnant sur Central Park. Elle y avait transporté ses affaires et éprouvait ainsi un plaisir accru à se rappeler le passé au sein de sa nouvelle existence. La « saison » de Félix au Metropolitan connaissait un succès sans précédent, et jamais encore Katrine n'avait trouvé la vie aussi merveilleuse.

« Oh! Félix, un paquet très excitant! cria-t-elle. Dans un sac d'emballage et avec un tas de ficelles... Je crois qu'il est passé par la douane... Il est adressé à nous deux... Viens vite, mon chéri, que nous l'ouvrions ensemble! »

Le chanteur accourut aussitôt, déjà soigneusement peigné, vêtu d'un costume croisé bleu, avec des souliers vernis et une large cravate ornée d'une opale.

« Mon amour! » murmura-t-il en l'embrassant tendrement et lui caressant les épaules. « Tu m'adores toujours?

— Bien sûr, Félix! » fit-elle avec un rire léger. « Mais voyons vite ce que contient ce paquet! »

Heureux comme des enfants, ils jonchèrent de ficelles et de toile d'emballage le somptueux tapis kirman. Puis Katrine eut un petit cri d'étonnement avant de s'exclamer :

« Oh! regarde... Que c'est beau!

— J'avais complètement oublié que je le lui avais commandé, dit Liseta avec autant de vanité que de ravissement. C'est splendide... absolument splendide! »

C'était son portrait, complètement terminé, que leur envoyait Earnshaw. Et c'était indiscutablement un chef-d'œuvre témoignant d'autant de maîtrise dans le trait que dans la couleur. Liseta y apparaissait superbe et assuré, magnifiquement drapé dans l'éclatant peignoir de bain. Au comble de la joie, le chanteur étreignit sa femme et l'embrassa en demandant :

« Ça te plaît, mon amour?

— Oh! oui, Félix... C'est tellement beau... tellement toi! »

Ronronnant de plaisir, Liseta se mit à parcourir le luxueux appartement jusqu'à ce que, avec un brusque sourire de contentement, il avise un emplacement libre sur le mur.

« Là! Nous allons l'accrocher là! C'est sa place!

— Oh! vraiment, Félix... »

Elle lui souriait avec indulgence, mais d'un air de doute, car l'emplacement choisi se trouvait juste au-dessus du bronze immortalisant la tête d'Earnshaw. Toutefois Liseta n'eut de cesse qu'il ait accroché lui-même la toile à l'endroit choisi.

« Là, c'est parfait! » apprécia-t-il ensuite avec un sourire tout en prenant son feutre et ses gants. « Comme ça, ayant là ta petite collection de maris, tu pourras mieux voir quel est celui que tu préfères! »

Elle rit en lui rendant son baiser, car la bonne humeur de Félix était contagieuse. Tout au long de la journée, elle fut heureuse de pouvoir caresser le portrait du regard. Brûlant d'exhiber ce nouveau trésor, elle téléphona à Grace Woolley et l'invita à venir prendre le thé. Grace Woolley était sa plus vieille et sa meilleure amie; brune, petite mais très décidée, avec autant d'entregent que de vivacité d'esprit, elle était mariée à un agent de change extrêmement prospère.

Lorsque Grace arriva, les deux femmes s'embrassèrent avec effusion puis, tout en retirant son manteau de vison, la visiteuse s'enquit aussitôt :

« Où est-il? Montre-le moi. Je brûle de le voir!

— Là, derrière toi... » dit Katrine avec une tranquille fierté.

Grace Woolley se retourna et regarda le tableau. Elle demeura un long moment à le considérer en silence puis, sans le moindre avertissement, elle éclata de rire. C'était tellement imprévu que Katrine en resta stupéfaite.

« Mais qu'y a-t-il? s'exclama-t-elle. Tu ne l'aimes pas? »

Grace Woolley s'était rapidement ressaisie :

« Oh! si... C'est merveilleux... Quel sens de la couleur!

— Alors, pourquoi...? »

Il y eut un silence contraint. Grace regarda Katrine, puis détourna les yeux et s'efforça d'expliquer :

« Eh bien, ce portrait a quelque chose de... Comment te dire? Tu ne le trouves pas un peu... un peu *voyant?* »

Après ça, une certaine contrainte pesa sur le thé. Katrine était blessée au vif et elle éprouva un sentiment de soulagement lorsqu'on sonna à la porte de l'appartement. Peu après, la bonne introduisait Charley Masters. Katrine avait beaucoup vu le jeune homme depuis son mariage avec Liseta et, en la circonstance, sa visite lui était doublement agréable.

« Je venais voir Félix », dit-il après l'habituel échange de poignées de main, « mais je suppose qu'il doit être au Metropolitan ?

— Ne me racontez pas d'histoire, Charley, lança Grace, en s'efforçant de retrouver son aisance habituelle. « C'est Katrine que vous venez voir. Nous savons tous que vous êtes follement épris d'elle.

— Grace, ne dis donc pas de sottise ! »

Masters rit en prenant la tasse que Katrine venait de lui servir. Comme il allait s'asseoir, il vit le portrait et s'arrêta pile pour le détailler. Les deux femmes l'observèrent avec attention. Finalement, il dit :

« Ah ! Rankin a quand même terminé le portrait...

— Oui », fit Katrine en s'efforçant de prendre un air détaché, « c'est son cadeau de mariage, pour Félix et moi. Un joli geste, n'est-ce pas ?

— Très ! » acquiesça Masters, mais il avait une intonation bizarre et ses yeux, évitant de regarder Katrine, continuèrent à détailler le portrait avec une sorte de curiosité étonnée.

« Vous ne le trouvez pas ressemblant ? s'enquit gauchement Katrine.

— Oh ! si, se hâta d'affirmer Masters. Terriblement ressemblant ! »

Mais son embarras était manifeste et, lorsqu'il fut reparti avec Grace, Katrine considéra le portrait attentivement. Qu'est-ce qui n'allait pas ? Qu'est-ce qu'ils trouvaient à lui reprocher ? Pour sa part, elle ne voyait rien, rien que son cher Félix.

Lorsqu'il rentra vers 6 heures, Liseta la trouva allongée sur le sofa, pâle et abattue. Aussitôt, il tomba à genoux près d'elle en s'écriant :

« Qu'y a-t-il, ma chérie? »

Elle tendit tristement les bras vers lui :

« Oh! Félix, je suis bien contente que tu sois de retour... J'ai passé un après-midi atroce, avec une horrible migraine... J'ai grand peur de n'être pas en état d'aller ce soir à l'Opéra avec toi.

— Tu ne veux pas venir? »

Il s'était machinalement reculé, laissant paraître sa déception.

« Mais pense à ce que tu vas perdre! Ce soir, c'est *Rigoletto* et dans *Rigoletto*, je suis toujours superbe. »

Elle se sentit trop fatiguée pour répondre. Alors, se remettant debout, il sonna afin qu'on lui serve le léger repas qu'il prenait toujours avant une représentation. Elle le regarda boire une tasse de consommé, un verre de vieil amontillado, et mordre en silence dans le pain de gruau. Elle se rendit compte qu'elle l'avait terriblement blessé.

Mais lorsqu'il revint lui dire au revoir après s'être changé, Liseta avait recouvré sa belle humeur. Il étendit une légère couverture sur les jambes de Katrine et l'embrassa en lui disant :

« Tu perds beaucoup à ne pas voir mon *Rigoletto*. Mais il n'y a que demi-mal : maintenant, tu as toujours mon portrait pour te tenir compagnie. »

Katrine se répétait que c'était certainement une réaction nerveuse due à la stupidité de Grace et la gaucherie de Charley. Mais, à mesure que s'avançait la soirée, elle éprouvait une impression extraordinaire : le portrait paraissait la lorgner, d'un air vulgaire et affecté. Accroché au-dessus de la virile laideur du buste de Rankin, il devenait par contraste baroque et minaudier, semblant procéder tout à la fois du paon et du cacatoès. Katrine finit par ne plus pouvoir endurer sa vue et ce fut d'une façon presque hystérique qu'elle courut se mettre au lit.

Le lendemain matin, le soleil était de retour et Katrine se moqua d'elle-même, consciente de s'être ridiculement comportée.

Elle prit son petit déjeuner au lit puis, sa toilette faite, passant sur la pointe des pieds devant la porte de Félix pour ne pas risquer de le réveiller, elle s'en fut, au volant de sa voiture sport, faire une grisante randonnée dont elle revint, heureuse et rayonnante, vers une heure de l'après-midi.

Mais comme elle entrait en fredonnant dans l'appartement, elle y fut accueillie par le regard languide du portrait. Elle s'immobilisa, portant une main à sa gorge, se sentant brusquement si désemparée qu'elle en eût pleuré.

Félix la rejoignit presque aussitôt, débordant de joyeuse satisfaction et de contentement de soi :

« J'ai de plus en plus de succès, ma chérie ! Hier soir, j'ai été *magnifico*. Douze rappels ! On m'a ovationné, on ne voulait pas me laisser partir ! Ce matin, j'ai reçu un coup de fil d'Hollywood. Ils me demandent de profiter du prochain week-end pour y aller, par avion, refaire une scène du film. Je ne peux pas leur refuser ça, mais j'ai exigé qu'ils me versent le triple du défraiement habituel. »

Sans paraître avoir prêté attention à ce qu'il disait, elle se mit à parler d'une voix sourde, contenue :

« Félix... Je voudrais que tu fasses quelque chose pour moi... Décroche ce tableau. »

Il la regarda bouche bée, sidéré, puis bégaya :

« Comment ? Mon... mon portrait ?

— Je t'en prie, Félix. Jusqu'à présent, je ne t'ai jamais demandé grand-chose, mais je n'aime pas ce portrait. Laisse-moi l'enlever de là. »

Il s'empourpra sous son hâle soigneusement entretenu.

« Tu ne l'aimes pas ? Tu ne le trouves peut-être pas digne de toi ? Alors sache que, ce matin, j'ai fait venir Arnhem pour qu'il le voie. Tu ne nieras pas que Arnhem soit un connaisseur ? Eh bien, il m'a dit que c'était un chef-d'œuvre, que, de toute sa vie, Earnshaw n'avait rien peint qui lui soit comparable.

— C'est plus fort que moi, Félix : je n'aime pas ce portrait.

Il me cause un malaise... J'en viens à le détester. Je t'en prie, enlève-le de là...

— Il n'en est absolument pas question.

— Je t'en supplie, Félix!

— Non! »

C'était leur première dispute. Katrine se mit à trembler de la tête aux pieds. Elle vit le regard que Liseta attachait sur elle, un regard où elle crut discerner l'arrogance qui lui déplaisait tant dans le portrait. En proie à une sorte de panique, elle se jeta dans les bras du ténor et sanglota :

« Oh! ne nous querellons pas à cause de ça! Nous nous aimons, dis, Félix? »

Et jamais comme en cet instant où elle était blottie contre sa poitrine, Katrine n'avait senti aussi intensément le parfum dont Félix usait avec complaisance.

Ce soir-là, les Liseta reçurent quelques intimes à souper — la chose avait été arrangée la semaine précédente — et notamment Grace Woolley avec son mari, Charley Masters, le directeur du Metropolitan, ainsi que le colonel Brand qui effectuait un de ses séjours périodiques à New York. Tout se passa apparemment le mieux du monde. Comme à son habitude, Félix parla d'abondance, but beaucoup de champagne et s'amusa énormément, tandis que Katrine riait aux éclats de ses moindres saillies. Toutefois, la réception se termina d'assez bonne heure. Comme c'était leur chemin, les Woolley prirent Brand et Masters dans leur voiture pour les déposer dans Madison Avenue.

Durant une minute ou deux, le silence régna à l'intérieur de la Bentley, puis Woolley lança délibérément :

« Qu'est-il donc arrivé aux tourtereaux? »

Grace eut un petit rire :

« Ça me paraît assez évident, non? Du moins, en ce qui concerne Katrine. »

Le colonel Brand s'éclaircit la gorge, avec l'air important de l'homme ayant une déclaration à faire.

« A ce qu'on m'a rapporté, certaines gens considèrent ici que, dans cette affaire, Earnshaw a agi de façon stupide. Eh bien, mes amis, laissez-moi vous dire que ces gens se trompent du tout au tout. Earnshaw vient de réussir un coup d'une habileté diabolique, qui va lui faire reconquérir sa femme, je vous en fiche mon billet! »

Conscient de l'intérêt qu'il avait suscité, le colonel se renversa contre le dossier capitonné, en tortillant sa petite moustache blanche.

« Vous voulez parler du portrait? » demanda Woolley qui, étant dans les affaires, aimait qu'on se montrât précis.

« Exactement, oui, confirma Brand. Cela tient du miracle! Rankin a arraché le masque de Félix Liseta, dont il a peint non seulement le visage mais aussi l'âme. Il l'a mis à nu sur cette toile, pour que Katrine le voie tel qu'il est. Et quand elle s'en rendra compte, Katrine prendra le premier avion en partance pour Madrid, où Rankin se trouve et l'attend. »

Il y eut de nouveau un silence, puis Masters dit à mi-voix :

« Pauvre Katrine! Ce soir, je la regardais face à ce portrait et au bronze... Elle était aussi désemparée qu'une enfant.

— Katrine n'est plus une enfant », intervint sèchement Grace Woolley. « C'est une femme qui a toujours parfaitement su arriver à ses fins et n'a besoin de l'aide de personne. Il n'y a vraiment pas lieu de s'attendrir sur son sort. »

Mais Charley Masters n'était pas de cet avis. Après avoir hésité durant plusieurs jours, en se répétant qu'il n'avait pas à se mêler de cette affaire, il se présenta le samedi soir à l'appartement des Liseta. Il y trouva Katrine seule, vêtue d'une robe blanche très simple qui la faisait paraître encore plus fragile. Regardant, comme fascinée, le bronze et la toile qui le surmontait, elle dit avec un sourire triste :

« Vous m'êtes d'un grand réconfort, Charley. Avant que vous n'arriviez, je me sentais partir à la dérive..

— Vous avez préféré ne pas accompagner Félix?

— Oui... C'était vraiment trop précipité. Et puis je déteste Hollywood. Par ailleurs, j'éprouvais le besoin d'être seule, afin de pouvoir réfléchir. »

Il se borna à lui exprimer sa sympathie d'un hochement de tête, et elle ne s'expliqua pas tout de suite, certaine d'avoir été comprise. Quelques instants s'écoulèrent ainsi dans un total silence, puis Katrine murmura :

« Voyez-vous, Charley, je commence à me demander si je n'ai pas très mal agi à l'égard de Rankin, qui s'est montré extrêmement chic en l'occurrence. Mais Félix m'avait tourné la tête... Et maintenant, je... Oh! Charley, tout cela m'est vraiment très pénible! »

Ils conversèrent longuement, en toute amitié, et lorsqu'il fut sur le point de partir, Charley dit :

« Je ferais n'importe quoi pour vous, Katrine, vous le savez... Alors, si je puis vous être de quelque secours, n'hésitez surtout pas à m'appeler. »

Le dimanche s'écoula avec une lenteur morose. Katrine se sentait à bout de nerfs. Ce qu'elle avait dit à Charley était l'exacte vérité : elle avait préféré laisser Félix partir seul, afin de pouvoir le dissocier dans sa pensée du portrait qu'elle avait sous les yeux, ce portrait qui était devenu pour elle un cauchemar permanent. Il lui était odieux, elle le trouvait horrible, repoussant. Parfois, il lui venait une violente envie de prendre un couteau et de lacérer la toile. Mais elle s'efforçait de conserver le contrôle de soi, d'être logique. Ce portrait n'était qu'un portrait. Ce n'était pas Félix. Félix était aussi beau que digne de son amour ; lorsqu'il reviendrait, elle serait de nouveau capable de faire la différence.

Le lundi, Katrine se sentit de plus en plus agitée à mesure qu'approchait l'heure du retour. Lorsqu'elle entendit Félix entrer avec sa clef, elle se mit debout et eut l'impression que son cœur s'arrêtait de battre. La porte s'ouvrit, et il entra en bombant le torse, les bras tendus, l'œil brillant, comme il eût fait en scène.

Katrine étouffa un gémissement. Elle ne pouvait plus douter de ses yeux. Félix était absolument comme son portrait. Elle se sentit submerger par une telle vague de dégoût que, lorsqu'il la prit dans ses bras, elle faillit s'évanouir.

***

Quatre jours plus tard, Grace Woolley sonnait chez Brand et, d'une voix haletante, demandait à le voir. Elle fut aussitôt introduite dans la bibliothèque où il était en train de lire.

« Colonel... »

Les joues en feu, le chapeau de travers, elle semblait violemment émue.

« Ça y est, Colonel! Katrine s'est enfuie! »

Brand se leva avec lenteur pour l'accueillir :

« Ma chère amie, gloussa-t-il, pourquoi êtes-vous si bouleversée? Ne vous avais-je pas prédit, voici plusieurs jours déjà, qu'elle quitterait Liseta? Et ne vous avais-je pas dit que ce serait dû au portrait? Quoi que vous puissiez penser, Katrine est une femme très sensée. J'ai toujours été convaincu qu'elle reviendrait tôt ou tard à Earnshaw. Alors, il n'y a vraiment pas lieu de vous émouvoir à ce point parce que j'ai été bon prophète...

Renversant la tête, Grace éclata alors d'un rire quelque peu hystérique :

« Pauvre vieil imbécile! Katrine vient de s'enfuir, mais avec Charley Masters! »

L'Autrichienne

Titre original :
THE ONE CHANCE

Je n'avais pas revu le docteur Squirnes depuis avant la guerre et, lorsque je le rencontrai de nouveau, je le trouvai changé au point que j'en restai stupéfait.

Frederick Bamford Squirnes était le médecin numéro un de Dymchester. En fait, il était même le seul praticien de cette petite ville du Wessex, à l'esprit très conservateur, car aucun autre ne tenait longtemps en face de lui. Il arrivait, certes, qu'un médecin vînt s'installer à Dymchester, mais il ne pouvait guère concurrencer son confrère en place ; aussi le voyait-on invariablement repartir après quelques mois.

C'est que le docteur Squirnes avait tout pour lui. Issu de la bonne bourgeoisie de Dymchester, il avait fait ses études à Winchester et Cambridge, avant de s'allier à l'une des meilleures familles du comté en épousant la fille cadette de Lord Sedgefield. Socialement comme sur le plan professionnel, ce mariage lui ouvrit les portes des grandes propriétés de la région. Il chassa le renard, siégea à la Justice de Paix de Dymchester, mena grand train dans sa belle maison de brique rouge qui donnait sur le square. Il avait un domestique en tenue pour ouvrir la porte et l'incomparable Banks pour conduire sa Rolls Royce dont la luisante splendeur savait rester discrète.

Lorsque j'avais fait sa connaissance, il n'avait pas encore la cinquantaine et était veuf depuis trois ans. La silhouette bien droite, comme celle d'un militaire, il avait un menton carré, des yeux bleus, le teint coloré que donne la vie au grand air surtout lorsqu'on y joint un porto de grand cru, bu après le dîner. Toujours vêtu avec une sobre élégance, il portait une courte moustache dont il frisait les extrémités d'un geste familier, ce qui achevait de lui donner l'air d'un colonel de hussards.

La position exclusive qui était la sienne, s'ajoutant à un caractère orgueilleux et plutôt colérique, avait fait de lui une manière de despote. Pour reprendre son expression « il ne tolérait aucun enfantillage de la part de ses clients ». Même parmi la noblesse des environs, sa parole faisait loi ; quant aux fermiers et aux commerçants locaux, ils tremblaient souvent devant lui. Il avait une façon de vous rabrouer parce que vous veniez le consulter tard ou ne veniez pas le consulter du tout, qui confinait presque aux voies de fait ! En dépit de son arrogance hautaine, il était très estimé comme médecin. Ses méthodes, adéquates et énergiques, convenaient parfaitement à la mentalité rurale. Il croyait avant tout en quelques remèdes fondamentaux comme le polygala de Virginie, le soufre, la noix vomique, les cataplasmes à la farine de moutarde et le grand air. Il purgeait, cautérisait, réduisait une fracture, coupait la fièvre ou guérissait les fluxions. Grâce à sa longue expérience, il était quasi capable de déceler une maladie grave dès qu'il entrait dans la chambre d'un patient.

Rien ne lui plaisait davantage que d'entendre dire qu'il était un « médecin plein de bon sens ». Eh oui ! il n'était pas homme à prescrire des remèdes à la mode, des spécialités coûteuses. Si quelqu'un avait osé insinuer qu'il pratiquait une médecine rétrograde, il se serait borné à rappeler les résultats qu'il obtenait ainsi que l'importance de sa clientèle et, j'en suis sûr, aurait envoyé paître l'audacieux !

***

Le docteur Squirnes n'avait qu'un enfant, une fille prénommée Elizabeth qui, lorsqu'elle eut vingt et un ans, épousa le fils d'un avoué londonien. Ce mariage n'était pas exactement celui que souhaitait Squirnes, lequel eût préféré voir sa fille s'unir à quelque aristocrate de la région. Le jeune homme, toutefois, ne suscita pas longtemps le déplaisir de son beau-père car, moins de cinq ans plus tard, la guerre éclatait et, officier de réserve aussitôt mobilisé, il était tué à Dunkerque.

Le docteur Squirnes invita aussitôt Elizabeth à s'installer chez lui avec sa fille, Mary. L'arrangement semblait parfait à tous égards, car le médecin était très attaché à sa petite-fille, âgée de quatre ans, et pouvait lui assurer toutes sortes d'avantages. Mais, bien que d'un naturel paisible et réservé, Elizabeth était une femme de tête ne partageant pas toujours les idées autoritaires de son père. Elle tint à avoir un domicile indépendant et vainquit les objections paternelles en louant *Les Lierres*, charmant cottage Tudor situé à deux pas de la propriété du médecin.

Dès lors, le docteur Squirnes connut un nouvel et grand intérêt dans l'existence. Du fait de la guerre, il avait plus de travail que jamais, ce qui contribuait à le rendre encore plus cassant et irascible ; en dépit de quoi, il n'était pratiquement pas de jour qu'il n'allât passer une demi-heure avec la petite fille blonde aux yeux bleus qui habitait *Les Lierres*. Comme beaucoup de pète-sec, Squirnes était un sentimental refoulé. Il se montrait aux petits soins pour Mary, lui avait acheté un poney, et le dimanche, quand le temps était beau, il se faisait une joie de l'emmener promener. Aussi fut-il comblé lorsque Lady Sedgefield lui dit que la petite fille « avait visiblement une préférence pour lui ».

***

Un jour, il se produisit à Dymchester un événement qui, tout d'abord, ne parut pas devoir retenir longtemps l'attention : un autre médecin ouvrit un cabinet dans la Grand-Rue. La chose avait toutefois ceci de nouveau que ce médecin était une femme, et non seulement une femme mais une étrangère, une réfugiée autrichienne.

Squirnes apprit la nouvelle par Banks, lequel conclut avec un sourire ironique :

« Si j'en juge par ses prédécesseurs, monsieur, elle ne tiendra pas plus d'un mois. »

Assis sur la banquette arrière de sa Rolls et préoccupé par la longue liste de visites qu'il devait faire, Squirnes se borna à émettre un grognement, ayant à peine écouté ce que lui disait son chauffeur. Mais le dimanche suivant, lorsqu'une jeune femme vint dans l'après-midi se présenter comme étant le docteur Frieda Hahn, en déclarant effectuer « une visite de courtoisie », il se rappela la remarque de son chauffeur et son front s'empourpra. Une visite de courtoisie! Cette étrangère ne doutait vraiment de rien! Il avait toujours détesté que des femmes pussent être médecins, estimant qu'elles n'avaient ni la tête ni les mains qu'il fallait pour cela. Et celle-ci avait interrompu la sieste sacro-sainte qu'il faisait toujours après le déjeuner! Si elle avait été jolie, cela eût pu encore constituer une circonstance atténuante, mais elle était quelconque, avec un visage blafard, des cheveux noirs coiffés sans grâce, des lunettes. Et fagotée! Une jupe noire et un corsage gris foncé, le tout sentant la confection à plein nez. Glacial, il lui déclara être occupé et sonna pour qu'on la reconduisît.

Lorsque la bonne entra, la jeune femme se leva en disant :

« Docteur, je suis désolée si je vous ai dérangé, mais j'espère que nous coopérerons pour notre travail. »

Il la toisa avec hauteur :

« De quoi voulez-vous parler, madame?

— Mais de nos clientèles... » fit-elle d'un ton surpris.

« Madame, » lui rétorqua-t-il d'un ton cassant, « à Dymchester, il n'y a qu'une seule clientèle. »

Elle le considéra avec une sorte de stupeur, ne semblant pas comprendre, puis la porte se referma derrière elle.

Plusieurs semaines s'écoulèrent sans que le docteur Squirnes entendît parler de l'intruse. Et, bien qu'il jugeât indigne de s'y intéresser, il attendait le moment où Banks lui annoncerait, sur un ton de déférence enjouée :

« Nous avions vu juste, Monsieur, en ce qui concerne cette dame étrangère. Elle a plié bagages et est partie hier soir. »

Or, lorsqu'il eut des nouvelles de Frieda Hahn, ce ne fut pas du tout celles qu'il escomptait. Comme il était entouré d'un personnel dévoué, les informations susceptibles de le mécontenter ne filtraient pas aisément jusqu'à lui. Ce fut cependant le cas de rumeurs troublantes s'accordant à reconnaître que le docteur Hahn connaissait une indiscutable popularité dans la région.

Tout d'abord, Squirnes se dit qu'il s'agissait simplement de commérages. Mais des précisions lui parvinrent, qui ne pouvaient avoir été inventées. Ainsi, la femme de Digby, le fermier, aurait été guérie d'une douloureuse dermite grâce à un régime prescrit par le docteur Hahn, alors que les pommades du docteur Squirnes étaient restées sans effet. Puis ce fut l'asthme d'Henry Drake ; il en souffrait depuis des années et ses crises nocturnes, où il paraissait chaque fois sur le point d'étouffer, étaient particulièrement pénibles ; or elles semblaient avoir complètement cessé à la suite de piqûres faites par le docteur Hahn. De même, à l'aide d'un appareil électrique, elle avait réussi à vaincre la paralysie faciale dont était atteint le jeune Pratt, le fils du marchand de grains, depuis qu'il avait été opéré d'une mastoïdite. Le docteur Squirnes était tout spécialement ulcéré par ce dernier fait, car c'était lui qui, en pratiquant l'opération, avait touché le nerf. Et lorsque la paralysie avait été constatée, il l'avait dite incurable.

De plus en plus mortifié, il sentit croître son ressentiment. Qui était donc cette réfugiée ? De quel droit exerçait-elle la médecine en Grande-Bretagne ? Aiguillonné par la colère, il envoya un télégramme bien senti au secrétariat de l'Ordre des

Médecins, demandant quels étaient les antécédents du docteur Frieda Hahn.

La réponse lui arriva par retour, et le consterna, réduisant à néant tous ses espoirs. Très aimablement, le secrétaire de l'Ordre lui expliquait que le docteur Hahn était un médecin viennois réputé, non seulement titulaire de plusieurs diplômes sur le continent mais aussi, à la suite d'un examen passé brillamment dès son arrivée à Londres, de celui permettant d'exercer en Grande-Bretagne.

Les dents serrées, le docteur Squirnes déchira rageusement cette lettre et la jeta au panier. Puis il reprit du poil de la bête en réfléchissant qu'il avait une position assise, une belle maison, d'innombrables avantages. La lèvre dédaigneuse, il souhaita bonne chance à sa consœur avec cette clientèle de troisième ordre, toujours prête à se porter vers n'importe quoi de nouveau. Elle ne tarderait pas à boire un bouillon.

Mais les mois passèrent sans que la situation parût mal tourner pour le docteur Hahn. Tout au contraire, calmement et sans avoir l'air de le chercher, elle entamait de plus en plus la clientèle de Squirnes. Ses connaissances médicales et ses méthodes étaient à présent louées par tout le monde, ainsi que sa simplicité et son extrême gentillesse. Les habitants de Dymchester étaient maintenant surpris d'avoir pu endurer si longtemps les façons dictatoriales « du vieux docteur ». Et il en allait de même, hélas, parmi la noblesse. Devant ces belles demeures où naguère était fièrement garée la discrète élégance de la Rolls Royce, on voyait maintenant très souvent la bicyclette du docteur Hahn.

Pour Frederick Bamford Squirnes, cette croissante humiliation tourna bientôt à l'obsession. Il avait le sentiment que les gens parlaient de lui derrière son dos et lui jetaient des regards empreints de commisération. Même ses domestiques semblaient maintenant craindre de rencontrer son regard. Le soir, assis dans son cabinet à remâcher d'amères pensées, il se disait qu'il eût volontiers accepté la rivalité d'un égal, de quelque jeune médecin débordant d'ardeur, issu de la même faculté que lui. Mais il ne pouvait endurer, il ne supporterait pas, d'être ainsi éclipsé par une étrangère. Il lui venait aux lèvres des paroles qu'il n'aurait jamais osé répéter en public et, sentant augmenter sans cesse sa haine pour « l'Autrichienne », il jurait d'avoir sa revanche.

***

Un après-midi de fin novembre, comme il rentrait de sa tournée de visites, il trouva un message émanant des *Lierres* : sa fille avait téléphoné que la petite Mary avait mal à la tête et souffrait d'une légère indisposition. Squirnes décida d'aller chez sa fille dès qu'il aurait pris une tasse de thé. Mais, comme il gagnait son cabinet, le téléphone sonna. C'était de nouveau Elizabeth, lui demandant de venir tout de suite, car Mary avait eu une sorte de convulsion.

Moins de quatre minutes plus tard, le médecin était chez sa fille. Angoissée, Elizabeth le conduisit aussitôt dans la nursery. Et là, dès que le regard de Squirnes se posa sur l'enfant, gisant à demi inconsciente au milieu de ses jouets, la peur envahit son cœur. Son instinct et son expérience lui disaient déjà que c'était grave.

Il se livra à un examen attentif de l'enfant ; lorsqu'il l'eut terminé, son visage était d'une pâleur inhabituelle. Mais, faisant appel à cette maîtrise de soi et cette faculté de dissimulation qu'acquièrent les médecins, il rassura la mère inquiète, rédigea plusieurs ordonnances et promit de repasser sans faute dans la soirée. Il revint une heure plus tard, puis vers minuit, et deux fois dans la matinée du lendemain. Il amena aussi au chevet de la fillette sa vieille amie l'infirmière en chef de l'hôpital, ainsi que l'infirmière de son propre dispensaire.

A ce stade, il n'était plus possible de dissimuler à Elizabeth que la situation était grave. Désemparée, se tordant les mains, elle supplia son père de lui dire la vérité. Il dut s'y résoudre et jamais devoir ne lui fut plus pénible : Mary avait une méningite cérébro-spinale.

Sans bien comprendre, les lèvres tremblantes, Elizabeth le regarda en balbutiant :

« Il faut faire quelque chose...

— Nous faisons tout ce qui est possible... tout! » lui assura-t-il en s'efforçant de la réconforter dans le même temps qu'il luttait pour dominer sa propre détresse « Tu sais combien je l'aime, moi aussi... »

Durant la journée, l'état de Mary empira, car elle n'était pas bien robuste pour résister à cette infection particulièrement virulente. Déjà sa tête ne semblait pas plus grosse que le poing et son front, couronné par la vessie de glace, faisait comme une bosse au-dessus des yeux qui louchaient. Les convulsions l'avaient épuisée. Le docteur Squirnes passa la nuit aux *Lierres*, prenant de courts repos sur le divan du salon. Quand pointa l'aube grise d'une nouvelle journée de novembre, il se trouva face à Elizabeth qui se tenait de l'autre côté du lit de l'enfant et, d'une voix brisée, dut lui avouer qu'il n'y avait plus d'espoir.

Il s'attendait à ce qu'elle éclate en sanglots, mais Elizabeth resta parfaitement silencieuse ; puis, levant les yeux vers lui, elle dit d'un ton résolu :

« Père, je veux que le docteur Hahn voie Mary! »

Ce fut comme s'il recevait un coup de poignard dans la poitrine, et il regarda sa fille d'un air presque implorant :

« Non, Elizabeth... Ce serait inutile et...

— Je veux que le docteur Hahn la voie!

— Mais, ma chérie, tu connais ma situation... Si toi, ma propre fille, tu fais appeler cette femme... alors qu'il n'en peut rien résulter... »

Pour la troisième fois, Elizabeth dit :

« Je veux que le docteur Hahn vienne la voir. »

Squirnes baissa la tête. Ses épaules se voûtèrent tandis qu'il faisait demi-tour et descendait l'escalier. Seule son affection pour Mary le retint de quitter la maison. Il entra dans le salon et se laissa tomber dans un fauteuil.

Un moment plus tard, il entendit sonner et on ouvrit aussitôt la porte de la maison. C'était sûrement *elle*. Il demeura sur place, s'obstinant à ne pas vouloir consulter avec sa rivale. Il prêta l'oreille aux bruits de pas et de voix à l'étage. Puis, après un temps, la porte du salon s'ouvrit, livrant passage au docteur Hahn.

Squirnes se leva aussitôt, les nerfs tendus à craquer. Mais il se contraignit à regarder cette femme abhorrée. Pour Elizabeth comme pour lui-même, il devait rester digne. Très raide, il l'écouta lui exprimer d'abord sa sympathie, puis se déclarer en complet accord avec son diagnostic. En dépit de son tourment, il en éprouva quand même un vague réconfort.

Un silence suivit, puis le docteur Hahn dit :

« Je pense qu'il reste une seule chance de la sauver. »

Il la regarda avec stupeur, mais avant qu'il ait pu rétorquer quoi que ce fût, elle mentionna un remède qui, à cette époque, était quasi inconnu.

De la pénicilline. Squirnes ne savait même pas à quoi elle faisait allusion. S'agissait-il encore d'une de ces spécialités, comme il en naissait chaque année et qui disparaissaient après une vogue de quelques mois ? Il n'en avait jamais entendu parler. Complètement désemparé, il l'écouta lui expliquer qu'il s'agissait d'une moisissure extrêmement active contre certains germes.La pénicilline avait à peine dépassé le stade de l'expérimentation ; mais celui qui l'avait découverte venait de l'administrer avec succès à un patient atteint du même mal que Mary. Bien que ce remède ne fût pas encore sur le marché, le docteur Hahn pensait pouvoir se le procurer en moins de quatre heures. L'autorisait-il à en faire alors usage... si ça n'était pas trop tard ?

En proie à des sentiments contraires, il esquissa un geste aveugle qui pouvait passer pour un acquiescement. Alors, le quittant aussitôt, le docteur Hahn alla téléphoner.

D'un pas lourd, Squirnes gravit l'escalier et, gagnant la chambre de l'enfant, se planta au pied du lit. Seigneur! Rien qu'à la voir, il se rendait compte que c'était presque fini. Mary était déjà dans le coma qui précède la mort.

Alors, mesurant la futilité de ce que tentait le docteur Hahn, il en conçut une sourde fureur. Pourquoi avait-elle ainsi éveillé de vains espoirs chez la pauvre mère? Lui, il savait reconnaître la mort imminente, pour en avoir déjà vu une centaine de fois les signes inexorables. Il fallait être un charlatan pour oser profaner la solennité de cette dernière heure.

Sa grande affection pour Mary venait encore accroître la sainte colère qu'il éprouvait. Lorsque le docteur Hahn reparut enfin avec un paquet, le visage de Squirnes était gris, comme pétrifié, à l'exception d'un tressautement dans la joue. Immobile, il la regarda préparer la drogue pour l'injecter. Quand l'aiguille pénétra dans le petit corps, il aurait pu jurer que Mary avait cessé de vivre. La colère et le désespoir lui montèrent à la gorge; ne pouvant endurer de rester plus longtemps ainsi, il quitta brusquement la chambre.

L'instant d'après, il sortit de la maison et marcha au hasard jusque dans la campagne, nu-tête, serrant les poings. Il partit à travers champs, se couvrant de boue, déchirant ses vêtements après les haies. Il dut parcourir ainsi bon nombre de kilomètres et l'heure était très avancée quand il rentra enfin chez lui. Épuisé, il monta directement dans sa chambre et se jeta sur son lit, où il sombra aussitôt dans un pesant sommeil.

Quand Squirnes se réveilla le lendemain matin, il était plus de neuf heures. En lui apportant son thé, la bonne lui jeta un regard effrayé et lui dit qu'Elizabeth avait déjà téléphoné deux fois. Oui, elle voulait sans doute qu'il fasse le nécessaire pour l'enterrement... Après, quand ce serait fini, se promit-il en serrant les dents, il aurait un entretien avec le docteur Hahn et un entretien qui resterait mémorable!

Squirnes fit sa toilette et s'habilla avec le même soin que d'ordinaire, puis descendit l'escalier. Comme il sortait de chez lui, il vit sa fille qui accourait, radieuse.

« Oh! père, lui cria-t-elle. Mary va mieux! »

Il la considéra avec stupeur, pensant qu'elle avait perdu l'esprit.

« Oui », confirma joyeusement Elizabeth, « elle a repris conscience. Et sa température a baissé de deux degrés!

— Quoi? » s'exclama-t-il malgré lui.

« C'est la vérité, père! Le docteur Hahn dit qu'elle est hors de danger! »

Sans un mot, il la prit par le bras pour la ramener aux *Lierres*. Il ne la croyait pas. L'enfant était moribonde lorsqu'il avait quitté sa chambre et personne ici-bas ne pouvait plus la sauver.

Squirnes était à bout de souffle lorsqu'il atteignit la nursery. Et là, il s'immobilisa sur le seuil, pétrifié. Très faible mais parfaitement consciente, Mary était en train de boire du bouillon avec l'aide de l'infirmière. D'une main, elle serrait contre sa poitrine sa poupée préférée; de l'autre, elle esquissa un petit geste affectueux en direction de son grand-père.

Un sanglot s'échappa des lèvres du docteur Squirnes. Quelque chose venait de craquer en lui et ce fut comme si croulait soudain toute sa personnalité. Il porta une main à sa tête puis, d'un pas mal assuré, s'approcha du lit, à côté duquel il tomba à genoux sans même avoir conscience des larmes qui ruisselaient sur son visage.

***

Les jours et les semaines qui suivirent eurent pour Frederick Bamford Squirnes un caractère bien étrange. Apparemment impassible, il continuait à remplir sa tâche, mais se sentait agir comme dans un rêve. Mary était partie, en compagnie de sa mère, pour une longue convalescence dans le Devon. Aussi Squirnes se trouvait-il très seul et, dans cette solitude inhabituelle, il lui venait de violentes envies de revoir le docteur Hahn. Mais toujours il y résistait.

Et puis, un matin de janvier, alors qu'il sortait pour sa tournée de visites, Banks lui dit d'une voix contenue :

« Il paraît que le docteur Hahn nous quitte, monsieur. »

Squirnes sentit son cœur bondir dans sa poitrine et se pencha vers le chauffeur :

« Pourquoi ?

— Je l'ignore, monsieur », répondit Banks avec concision, « mais nous en sommes tous désolés. »

Du coup, il n'y put tenir plus longtemps. Le jour même, après la tombée de la nuit, le docteur Squirnes marcha jusqu'à la petite maison de la Grand-Rue où habitait Frieda Hahn. Ce fut elle-même qui lui ouvrit la porte et elle parut tellement étonnée de le voir qu'il se sentit rougir jusqu'à la racine des cheveux.

« J'aurais dû venir plus tôt », dit-il d'une voix sourde, « vous exprimer mes plus sincères remerciements...

— Ah ! » fit-elle avec un léger sourire. « C'est une visite de courtoisie... »

Squirnes rougit encore davantage, mais ce fut d'un ton très assuré qu'il reprit :

« Aujourd'hui, je viens aussi vous demander de ne pas quitter Dymchester.

— Vraiment ? Mais n'était-ce pas vous qui m'aviez engagée à repartir ?

— Si, et c'est pourquoi je vous supplie encore plus de rester. »

Son interlocutrice étant visiblement surprise, il continua d'un ton pressé, nerveux :

« On a besoin de vous ici. Alors si cela pouvait vous inciter à revenir sur votre décision... si vous vouliez travailler avec moi... je suis prêt à vous proposer une association...

— Ah, vous pensez qu'il y aurait avantage à réunir nos clientèles ? Mais », continua-t-elle avec un haussement de sourcils ironique, « ne m'aviez-vous pas dit qu'il n'y avait qu'une seule clientèle à Dymchester ? »

Il garda le silence. Alors, le considérant avec plus d'attention, elle vit combien il avait changé, comme ses traits étaient tirés et ses rides plus profondes.

« Je suis désolée », dit-elle impulsivement. « Votre proposition est très généreuse, mais je ne peux l'accepter. Il me faut partir... retourner en Autriche... dans une clinique que nous ouvrons à Vienne pour les enfants.

— Vous reviendrez... »

Elle secoua la tête :

« Ma place est là-bas. »

Il y eut une longue pause, puis Squirnes émit un soupir : « Alors, je vais vous dire au revoir... Et encore merci !

— Attendez », fit-elle en le retenant par un bras. « Je crois que vous avez raison et qu'il vous serait profitable de vous associer avec un jeune médecin... quelqu'un dont les idées neuves s'allieraient ainsi à votre longue expérience... Et j'aurais la personne qu'il vous faut... un jeune médecin, très intelligent, très capable... Mais il est à demi mort de faim et atteint d'un début de tuberculose, car il a passé quatre ans dans un camp de concentration dont on vient de le sortir presque à l'état de cadavre. »

Elle prit de nouveau un temps et regarda son interlocuteur droit dans les yeux :

« Mais je réfléchis que vous n'en voudriez sans doute pas... Il est Polonais. »

Soutenant le regard, il sourit :

« Vous m'avez appris bien des choses. Notamment à mesurer tout ce que j'ignore en fait de médecine. Et aussi à me rendre compte combien je connais peu les gens. Quand pouvez-vous m'envoyer ce jeune homme ? »

***

Le docteur Squirnes n'est plus maintenant le seul médecin de Dymchester. Il a un associé... un jeune Polonais d'une extrême maigreur, avec de grands yeux noirs et un nom imprononçable, qui lit toutes les publications médicales et dont la toux s'atténue rapidement au bon air du Wessex.

Certaines personnes se demandent pourquoi le vieux docteur a choisi pour associé quelqu'un d'aussi singulier. Ces gens-là disent qu'il a changé, en ce sens que chez lui l'orgueil a fait place à une certaine bizarrerie. Mais il lui arrive quand même encore de s'emporter contre des clients et, de loin en loin, il se laisse aller à rabrouer son jeune confrère. Il se montre toutefois plus tolérant, manifestant une gentillesse et une compréhension qui lui étaient autrefois complètement étrangères. Il utilise beaucoup moins sa belle Royce et parle même de s'acheter une bicyclette. Le dimanche venu, au lieu de faire sa sieste quotidienne, il écrit une lettre à destination de Vienne. Se tenant un peu moins droit maintenant et souriant à ses pensées, il va ensuite jusqu'aux *Lierres*, prendre le thé avec Elizabeth et Mary.

On entend dire couramment de lui : « Ce n'est plus l'homme qu'il était », et il inspire moins de respect craintif. Mais, chose inimaginable auparavant, voilà qu'on se met à l'aimer !

L'Auberge de la Belle Étoile

Titre original :
THE INNKEEPER'S WIFE

A l'aube, Seraia s'éveilla et, dès le premier regard, vit que Elah, son mari, n'était pas à côté d'elle. La femme de l'aubergiste soupira et demeura encore quelques instants étendue, se préparant à affronter une nouvelle journée avec ce poids de tristesse qu'elle sentait maintenant lui accabler le cœur. Elle pensa aux troubles en Judée, au dernier vestige de liberté maintenant disparu, à la dure loi que le procurateur romain imposait au peuple, l'obligeant à vénérer comme une idole l'image de l'empereur déifié qu'il avait fait ériger dans le temple. A travers tout le pays en proie à l'apathie et l'indifférence, le vol et le brigandage sévissaient ; la corruption, le sacrilège, la malveillance gagnaient de proche en proche, comme un miasme. Fallait-il désespérer que quelque chose vienne remédier à tout cela ? se demandait Seraia. Mais ce qui lui causait une anxiété chaque jour plus grande, c'étaient ses difficultés personnelles et le douloureux problème auquel elle était en proie sous son propre toit.

La matinée était grise et triste, rudement balayée par le vent qui soufflait par-dessus le mont Hermon. Mais, poussée par son sens du devoir, Seraia s'étira, se leva et entreprit de se vêtir, frissonnant un peu car Bethléem était haut perché sur cet éperon exposé aux vents et, en cette saison, l'air y était glacé, coupant. En dépit de ses quarante ans, Seraia était encore fraîche, avenante, avec une silhouette menue et un visage où se lisait la bonté.

Endormie, elle respirait la quiétude. Mais, tandis qu'elle se drapait dans une robe du même gris qu'eux, ses yeux laissaient paraître dans leur profondeur que Seraia savait voir au-delà des apparences et que, peut-être par nécessité, elle s'était créé une vie intérieure.

Elle avait achevé de s'habiller et, après avoir promené un dernier regard autour de la pièce pour s'assurer que tout y était en ordre, elle allait quitter la chambre lorsque la porte s'ouvrit doucement, avec une précaution extrême. C'était son mari. Visiblement déconfit de la trouver debout, il demeura sur le seuil d'un air hésitant, puis, avec beaucoup trop de volubilité, entreprit d'expliquer son absence : il était descendu de très bonne heure afin de tout préparer pour la foule de clients qui ne manqueraient pas d'affluer à l'auberge ce jour-là. Après quoi, dans un brusque accès de cette irritabilité hargneuse à laquelle il était en proie depuis quelque temps, il se mit à pester contre le surcroît de travail qu'allait leur valoir le grand mouvement de gens dû au recensement ordonné par Hérode Antipas. Lorsqu'il se tut, paraissant attendre un commentaire de sa femme, elle dit calmement :

« Cela ne te ressemble pas de te plaindre d'avoir du travail.

— Si c'était du bon travail, je ne m'en plaindrais pas. Mais aujourd'hui, il risque d'y avoir de tout, y compris la racaille!

— Alors pourquoi avoir pris la peine de te lever ainsi, bien avant l'aube? »

Comme elle le regardait fixement, il se sentit rougir.

« Il faut bien que quelqu'un s'occupe de tout préparer... Et qui est mieux à même de le faire que moi... le maître? Alors, je suis descendu... »

A travers ses explications de plus en plus confuses, Seraia se rendait compte qu'il éprouvait de la honte et elle le plaignit, d'autant que les regards interrogateurs qu'il lui jetait à la dérobée montraient qu'elle ne lui était pas devenue totalement indifférente. C'était toujours une consolation!

Lorsqu'elle descendit au rez-de-chaussée, le jour avait fini de se lever. Dans la cuisine, Rachel et Athalea, deux bonnes servantes qui lui étaient toutes dévouées, s'activaient fébrilement en vue de cette journée qui promettait d'être chargée. Les pots de lentilles étaient déjà sur le feu, on avait tiré de l'eau du puits, et un chevreau rôtissait à la broche selon les préceptes de la loi mosaïque. Seraia dit à Rachel, occupée à pétrir la farine brune provenant de l'orge qu'elle avait écrasé sous la meule de pierre :

« Aujourd'hui, il nous faut faire une fournée supplémentaire... Pensons aussi à préparer une sauce spéciale, avec du beurre et du lait, pour accompagner la viande... N'oublions pas non plus d'avoir des pots d'olives prêts à être servis. »

Petite et brune, ayant toujours le mot pour rire, Rachel objecta sans interrompre son travail :

« Mais, si tout le monde doit payer l'impôt, maîtresse, nos clients risquent de manquer d'appétit !

— Au contraire », rétorqua Seraia avec un léger sourire. « Bien manger sera un dérivatif à leurs soucis. Athalea, lorsque le pain cuira, monte t'assurer que les chambres du haut sont prêtes. »

Seraia avait remarqué avec soulagement que Malthace n'était pas encore là. Comme elle était d'un naturel indolent et passait facilement plus d'une heure à sa toilette, Malthace était toujours en retard. Mais son frère Zadoc se trouvait déjà dans la cour, où Seraia l'entendait houspiller les valets, criant qu'on apporte des jarres de vin. Il se comportait comme s'il était le propriétaire de l'auberge, alors qu'il était connu pour être un vaurien avec de lourds antécédents ; quelques années auparavant, en Lydie d'où il était natif, il avait été flagellé pour vol, sur la place publique.

Entendant la voix rude de Zadoc et imaginant Malthace occupée à se faire belle, Seraia sentit son cœur se serrer douloureusement. Mais elle fit effort pour réagir et se lança dans ses occupations habituelles. Ce faisant, elle s'employait à remédier de son mieux au relâchement qui, par le fait de son mari, s'était instauré dans la maison depuis l'arrivée de Malthace et de Zadoc. C'était d'abord comme serviteurs qu'ils étaient venus à l'auberge; mais, très vite, ils avaient pris de l'assurance et de l'autorité parce que Elah s'était épris de la femme.

Ce fut seulement après la dixième heure que Malthace se manifesta, précédée par son rire sonore et vêtue de la belle robe brodée que Seraia savait être un présent d'Elah. En entrant dans la cuisine, avec ce regard effronté et cet air de propriétaire qui blessaient si cruellement Seraia, elle s'exclama :

« La journée promet d'être fructueuse et nous allons faire une bonne recette. Il y a déjà beaucoup de voyageurs sur la route.

— Certes », dit Seraia en se redressant après avoir arrosé le chevreau qui rôtissait, « mais ils ne seront pas tous aussi riches ou portés à dépenser qu'on pourrait le souhaiter.

— Je t'assure qu'Elah saura faire le tri! » rétorqua l'autre en riant.

« Tu crois pouvoir parler en son nom? » questionna Seraia, se contraignant au calme bien qu'elle fût toute frémissante.

« Pourquoi pas? » riposta Malthace.

Puis se campant les mains sur les hanches à la façon d'une danseuse, elle demanda :

« Est-ce que ma robe te plaît? »

Seraia eut conscience que les deux servantes l'observaient avec une muette sympathie et elle en ressentit encore davantage l'insulte, mais elle parvint cependant à conserver son sang-froid!

« Oui, elle est très belle... et très coûteuse aussi, sans aucun doute.

— C'est bien pour cela qu'il m'a paru indiqué de la mettre aujourd'hui. Quelle journée ça va être! »

Effectivement, comme Malthace l'avait prévu, les clients affluèrent. Située parmi les oliviers sur la principale route menant à Bethléem — qui se retranchait derrière le grand mur de Jéroboam, un quart de lieue plus loin — l'auberge voyait passer tout ce qui allait vers la ville ou en venait. Elle avait été fondée par le grand-père d'Elah, homme très intègre et appartenant à la secte des Zélotes, dont on disait qu'il eût préféré perdre dix talents plutôt que faire tort d'un sicle à quelqu'un. A cette époque, l'auberge jouissait d'une grande réputation, laquelle s'était amoindrie depuis qu'Elah en avait hérité. Par contre, il avait procédé à des agrandissements, ajoutant un vaste atrium à la romaine, c'est-à-dire éclairé par le haut. Ces modernisations continuaient de lui valoir une grosse clientèle, mais moins choisie qu'autrefois.

Aussi la journée n'était-elle encore guère avancée quand l'auberge fut pleine, avec toutes ses chambres occupées ou retenues. Les gens s'entassaient dans le grand atrium pour y boire et y manger, les uns discutant violemment, les autres oubliant devant un bon plat les désagréments de leur voyage forcé et la sombre perspective des nouveaux impôts que les Romains s'apprêtaient à lever. Elah s'affairait au milieu des clients, harcelant les filles de cuisine, donnant un coup de main aux servantes, mais ne perdant surtout pas de vue son intérêt. Il semblait à Seraia que jamais l'esprit de lucre ne s'était manifesté chez son mari avec autant d'évidence que depuis quelques mois. Jamais non plus Malthace et Zadoc n'avaient paru plus proches de lui, toujours à ses côtés, lui souriant, l'aidant, l'approuvant, mais échangeant entre eux des regards de connivence dont Seraia n'augurait rien de bon.

Quand l'effervescence du déjeuner fut passée, durant le long et bruyant après-midi qui suivit, la femme de l'aubergiste sentit un état de crise se développer en elle. Comment tout cela allait-il finir? Seraia croyait compter encore aux yeux d'Elah mais, de plus en plus, il était sous la domination de Malthace. Après vingt ans de mariage, Seraia connaissait bien son mari et savait qu'il avait ses bons côtés. Bien qu'absorbé par son commerce, il lui avait toujours témoigné de l'attention, se montrant beaucoup plus souvent doux que sévère. Mais ces derniers temps, il avait changé et, obsédé par ces choses matérielles auxquelles Seraia attachait peu d'importance, il s'était laissé aller à mener une vie relâchée, selon l'exemple donné par les Romains.

Ce dont Seraia était sûre, c'est que cela ne serait pas arrivé si leur enfant avait vécu... Oui, un enfant les aurait plus étroitement liés l'un à l'autre. Mais la volonté du Tout-Puissant avait été de leur reprendre ce fils... Maintenant que ce nœud était défait, maintenant qu'Elah n'avait plus rien pour le retenir, de quoi n'était-il pas capable? Peut-être irait-il même jusqu'à la répudier? Elle tremblait à cette idée, qui depuis longtemps la torturait. Elah ne serait pas le premier à rejeter son épouse légitime pour ouvrir sa couche à une autre femme. Elle priait pour que cela n'arrive pas, mais c'était malheureusement devenu chose assez courante en ces jours où l'immoralité allait de pair avec le paganisme.

Ce fut vers la cinquième heure, comme elle pensait à tout cela en aidant les servantes à laver les piles de plats apportés de la salle, que Seraia entendit la voix de son mari s'élever avec colère dans la cour. Regardant au-dehors, elle vit qu'un homme d'un certain âge et une jeune femme, tout couverts de poussière, s'étaient présentés à la porte située derrière l'auberge.

« Je vous répète que je n'ai pas de place, dit Elah en élevant le ton. Allez voir ailleurs!

— Mais, monsieur », implora le vieil homme, « nous avons déjà été partout dans Bethléem sans y trouver un seul endroit où nous loger. »

Tout en s'essuyant machinalement les mains à son tablier, Seraia s'approcha de la fenêtre, remarquant les traits tirés de la jeune femme et la fatigue de l'homme qui s'appuyait lourdement sur son bâton. Humblement, d'une voix profondément émue, il suppliait à nouveau Elah de reconsidérer la question, soulignant qu'ils venaient de très loin. Avec une touchante simplicité, il dit se nommer Joseph et que Marie, sa jeune épouse, était sur le point d'accoucher de leur premier enfant. Seul l'édit de recensement l'avait contraint à se mettre en route à un tel moment... C'est pourquoi il leur importait tant de trouver un abri.

« Dans votre grande bonté, ne pourriez-vous nous accorder un coin sous votre toit?

— Je n'ai rien, rien! » s'emporta Elah. « Ne comprenez-vous pas que mon auberge est pleine? D'ailleurs, même si j'avais encore une chambre libre, je ne la donnerais pas à des gens comme vous! »

Tandis que l'aubergiste leur tournait le dos, les voyageurs demeurèrent figés sur place et silencieux, Marie les yeux baissés, Joseph ne sachant visiblement plus que faire. Zadoc et l'un des domestiques, qui se trouvaient à proximité, ne voulurent pas laisser passer une si bonne occasion de montrer leur esprit :

« Oh! » fit Zadoc en feignant la compassion, « quel dommage que nous n'ayons pas été avertis de votre venue! Sans cela, nous vous aurions certainement réservé notre plus belle chambre... toute tendue de brocart de Damas, avec de somptueux tapis de Perse et des meubles en bois de santal incrustés d'ivoire et de nacre... »

Encouragé par les ricanements de son compagnon, il continua de moquer les voyageurs en s'accotant au mur.

Joseph ne répondit rien à ces cruelles railleries et, prenant le bras de Marie, se prépara lentement à repartir. Seraia avait le cœur trop généreux pour endurer plus longtemps un tel spectacle. Elle ne pouvait pas, ne les laisserait pas s'en aller ainsi! Impulsivement, elle se précipita hors de la cuisine et retint Marie par sa manche couverte de poussière. A cause d'Elah, qui peut-être observait la scène et était prêt à la rabrouer, elle n'osa pas les faire entrer dans la maison. Traversant vivement la cour, elle les conduisit vers les dépendances et, ouvrant une porte, elle les attira dans l'ombre protectrice de l'étable. Ce n'était guère qu'une sorte de profonde encoche dans l'escarpement de terre rouge et volcanique bornant la cour; mais elle était fermée devant par des briques séchées au soleil et avait un toit fait de solides roseaux. Au fond, dans la pénombre d'une stalle, on distinguait vaguement un bœuf et un âne.

« C'est bien pauvre, mais le Seigneur m'est témoin que je n'ai rien d'autre à vous offrir », dit Seraia d'une voix rendue un peu haletante par la nervosité et la précipitation. Enfin, c'est quand même un abri contre le vent froid, et vous avez là de la paille propre pour vous étendre.

— Nous vous sommes reconnaissants... très reconnaissants », lui dit Joseph en la regardant avec gravité. « Le ciel vous bénira pour votre bonté.

— Les animaux ne vous gêneront pas ? » s'inquiéta Seraia avec sollicitude. « Ce sont des bêtes très tranquilles...

— Nous sommes des gens de la campagne et nous nous sentirons parfaitement à l'aise en leur compagnie », répondit Joseph. Puis, se tournant vers Marie, il lui étreignit la main, en disant d'un ton rassurant : « Courage! Cela va se passer exactement comme dans mon rêve. »

Bien qu'elles eussent été dites à mi-voix, la femme de l'aubergiste entendit ces paroles étranges qui la surprirent grandement, tout comme le calme avec lequel les voyageurs acceptaient le havre de misère qu'elle leur offrait. Très vite, presque avec gêne, elle dit :

« Je vais vous apporter de quoi vous rafraîchir! »

Elle partit en hâte, avant même que Joseph ait eu le temps de la remercier. Ce n'était pas facile de se ravitailler sous l'œil vigilant de son mari, mais Seraia y parvint néanmoins et, au bout de quelques minutes seulement, elle revint avec du pain d'orge, des tranches de fromage de chèvre, ainsi qu'un grand bol de lait. Et il était temps : non seulement les voyageurs étaient à deux doigts de tomber d'épuisement, mais Seraia put voir que Marie commençait déjà d'endurer en silence les douleurs de l'enfantement. Alors, débordante de compassion, la femme de l'aubergiste s'employa à lui venir en aide.

Quand le soir approcha, tout nuage disparut du ciel qui baigna dans un crépuscule étrange, comme translucide. Tout en remplissant son office à l'auberge, Seraia traversait souvent la cour. Parce qu'elle avait mis sa bonne servante Rachel dans la confidence, la femme de l'aubergiste avait jusqu'à présent réussi à ce que ses allées et venues passent inaperçues, ce qui lui paraissait de bon augure, car elle redoutait qu'Elah s'avisât de quelque chose. Mais, de toute façon, elle était résolue à poursuivre ce qu'elle avait entrepris. Ce qui n'avait d'abord été qu'un mouvement charitable, un geste purement humanitaire, revêtait insensiblement un caractère mystérieux, presque intimidant. Ces gens n'étaient pas des vagabonds. Interrogé par elle, Joseph lui avait dit être issu de la maison de David, un royal lignage. Beaucoup plus âgé que sa jeune épouse, à laquelle il témoignait tant de gentillesse, il semblait davantage être son tuteur que son mari. Et, outre sa beauté, son extrême modestie, Marie avait une dignité assez surprenante chez quelqu'un d'aussi jeune. C'est sans plainte aucune, avec sérénité, qu'elle se résignait à accoucher dans un si pauvre décor, presque comme si elle avait su qu'il devait en être ainsi. Ce qui ajoutait encore à la stupeur émerveillée de Seraia, c'était ce ciel soudain sans vent et d'une pureté irréelle, où venait de surgir une grande étoile, lointaine mais très brillante. La femme de l'aubergiste se demanda si elle ne participait pas à quelque grand événement, mais elle n'aurait su dire lequel. Il lui vint alors une pensée généreuse et une impulsion l'incita à donner ce qui était le plus cher à son cœur. Elle grimpa dans le grenier de l'auberge ou, soigneusement rangés dans un coffre de cèdre, elle gardait les langes que, dix ans auparavant, elle avait préparés avec amour pour son propre enfant. Partagée entre la peine et l'attendrissement, Seraia demeura un moment à les regarder, respirant le parfum du bois de cèdre, pensant avec regret à tout ce qui aurait pu être si elle n'avait pas perdu son enfant. Qui lui aurait dit que, un jour, elle serait heureuse de donner ces humbles trésors si longtemps conservés ?

Comme elle les emportait, se réjouissant de la joie qu'elle allait causer, Seraia s'immobilisa brusquement. Au bas des marches, Elah l'attendait, le regard plein de colère et de ressentiment. Derrière lui, parmi les ombres du couloir, se tenait Malthace.

« Qu'es-tu en train de faire, femme ? lui lança-t-il. N'avais-je pas dit à ces mendiants de passer leur chemin ? Or j'apprends que tu leur as donné un gîte, de quoi manger... et maintenant, *ça!* » conclut-il d'un ton outragé en tirant sur les langes qu'elle tenait dans ses bras.

Seraia avait pâli, comprenant que la femme l'avait épiée, puis était allée tout raconter à Elah. Elle répondit courageusement, sur un ton implorant Mais que l'on sentait néanmoins résolu :

« Comment aurais-je pu ne pas les aider, Elah, alors qu'ils sont dans un si grand besoin ? Je te supplie de ne pas intervenir. Il y a dans cela quelque chose... quelque chose que nous ne pouvons pas comprendre, qui nous dépasse...

— Qui nous dépasse ? s'exclama-t-il.

— N'as-tu pas vu la grande étoile qui s'est levée à l'orient ? C'est un signe, Elah.

— Quelles sottises racontes-tu là ? Je t'interdis de poursuivre ce... ce gaspillage insensé ! »

Il y eut un long silence, un silence total, durant lequel, les yeux baissés, Seraia sentit peser sur elle le regard d'Elah et de Malthace. Relevant la tête, elle fit posément face à son mari :

« Non, Elah, je dois continuer. »

Stupéfait, il demeura un instant bouche bée, puis s'exclama :

« Quoi ? Tu me désobéirais ouvertement ? »

Un brusque accès de violence lui fit lever la main et il la frappa au visage.

Sous la soudaineté et la force du coup, Seraia chancela. Mais elle ne tomba pas et, se ressaisissant aussitôt, elle s'en fut rapidement vers la cour sans prononcer une seule parole.

« Tu vois comme elle te respecte peu ? » murmura Malthace en se rapprochant. « N'es-tu donc pas le maître ici ? Pourquoi te laisserais-tu traiter ainsi par cette femme, alors qu'il en est d'autres pour se plier à tes moindres désirs ? »

En disant cela, elle se pressait contre lui. Mais, pour une fois, Elah ne céda pas à la tentation. Si monté qu'il fût contre Seraia, voilà qu'il s'en voulait soudain. Comment avait-il pu se laisser aller jusqu'à frapper sa femme ? Jamais auparavant il n'avait usé de violence envers elle. Même si Seraia l'avait incontestablement provoqué, Elah n'arrivait pas à s'expliquer son geste.

S'approchant de la porte de la cour, l'aubergiste suivit des yeux cette épouse qui, pour la première fois de sa vie, lui avait tenu tête. Et que signifiaient les paroles étranges qu'elle avait prononcées ? Ce fut alors que, levant machinalement les yeux vers le ciel, il vit l'étoile qui, si lointaine qu'elle fût, semblait se rapprocher de l'auberge. Brillant d'un éclat sans pareil dans les voiles du crépuscule, elle fascina Elah jusqu'à ce qu'il parvienne à en détacher son regard. Troublé, indécis, il s'en revint vers Malthace.

« Viens boire une coupe de vin, dit-il. Seraia me rend malade avec ses histoires de signes et de présages ! »

Ils entrèrent dans la pièce qui servait de bureau à l'aubergiste et où il gardait une amphore d'un vin doux de Pétra que Malthace aimait tout particulièrement. Il en emplit deux coupes. C'était une habitude qu'il avait prise et qui lui avait tout d'abord procuré beaucoup de plaisir. Il aimait se retrouver là, à l'écart du trantran de l'auberge, s'amusant du bavardage de Malthace et se prêtant avec joie à ses tendres agaceries. Mais, cette fois, le charme ne joua pas. Le vin n'apaisa pas davantage sa soif que les flatteries de la femme ne dissipèrent sa bouderie. Il demeura morne et silencieux puis, au bout d'un court moment, il s'en fut dans l'atrium. Après être allés se faire recenser, la plupart de ses clients attendaient là le repas du soir. Au milieu d'eux, Elah se sentit redevenir lui-même, jouant son rôle d'hôte, participant à la conversation générale pour discuter du recensement et de l'impôt, levé par les Romains, qui en découlerait. Dans cette discussion des plus sérieuses, il ne fut fait aucune allusion à quelque chose d'aussi trivial et peu rémunérateur que l'étoile apparue soudainement dans le ciel. Mais lorsque, une heure plus tard, Elah sortit de l'atrium l'esprit réconforté, il vit Seraia en attente dans le couloir et qui, soudain, lui rappela cette déconcertante affaire en s'exclamant d'un air extasié :

« L'enfant est né! »

Le visage rayonnant, elle semblait avoir complètement oublié le coup qu'il lui avait donné, car elle ajouta en une confidence ravie :

« Et je l'ai tenu dans mes bras.

— Oui, et alors? » la rabroua-t-il en se dégageant de la main qu'elle avait posée sur son bras. « Tout cela a été fait contre ma volonté.

— Écoute-moi, Elah », insista-t-elle sans se laisser démonter par la rebuffade. « Bien entendu, il n'y avait rien de prévu pour le mettre. Alors, devine ce que j'ai fait? J'ai pris de la paille fraîche et je lui ai confectionné un petit lit... dans la crèche! Le bœuf a commencé par être surpris de le voir là, puis il s'est approché et a léché un de ses pieds. Viens, Elah, viens voir ça de tes yeux! Je t'en supplie, viens! C'est une chose à ne pas manquer!

— Laisse-moi », fit-il en se dégageant de nouveau. « Je ne veux pas m'en mêler. Tout ce que tu me racontes est insensé!

— C'est que je suis incapable de raisonner... ou de te dire ce que peut être cet enfant... Je ne sais qu'une chose : lorsque je l'ai tenu dans mes bras, j'ai senti mon cœur, transporté de joie, qui se mettait comme à chanter! »

Une moitié d'Elah reconnaissait que sa femme avait bien agi, mais l'autre moitié ne voulait pas en convenir. A cause de cette lutte intérieure et parce que sa femme en était la cause, il chercha des mots qui pussent lui faire mal.

« Folle que tu es de te mettre dans un tel état pour un marmot inconnu! Et tu ne manques pas d'aplomb de vouloir m'imposer ainsi ta volonté. Allez, va t'occuper du service! »

Quand Seraia fut partie, Elah s'apaisa ; devant la docilité de sa femme, il se sentait de nouveau maître chez lui. Mais ce changement d'humeur ne dura pas, car il était en proie à un inexplicable malaise le poussant à aller dans la cour. Il finit par s'y rendre contre sa volonté, en faisant un détour. Regardant le ciel malgré lui, il vit alors que l'étoile était toujours là, plus proche, plus grande et plus lumineuse que précédemment. Se pourrait-il vraiment que ce fût un présage ? Comme il débattait de la chose dans son esprit, Elah constata avec surprise que quelques bergers du voisinage se dirigeaient vers l'auberge. A cette heure, ils n'avaient rien à faire par là ; pourtant ils continuaient d'approcher, avec leurs pauvres vêtements de laine et leurs jambières. Ils étaient sept ou huit, sous la conduite du vieux Joab, lequel jouait sur son pipeau le même petit air que lorsqu'il rentrait son troupeau. Le vieux Joab était un drôle de corps, tenu pour un sage par les uns et pour un simple par les autres ; il connaissait les herbes et leurs propriétés, savait prédire le temps et même expliquer les songes. C'était un solitaire, vivant toujours à l'écart, ne cherchant d'autre compagnie que celle de ses moutons. Mais bien des gens allaient le trouver, car il guérissait des malades et, chuchotait-on, faisait des prédictions qui se vérifiaient. Quand on lui parlait de ses pouvoirs, il déclarait n'en avoir aucun mais que, parfois lorsqu'il était seul dans le désert, il lui arrivait d'entendre des voix. Les esprits supérieurs le tenaient donc pour un demeuré.

Lorsque Elah l'appela pour lui demander la raison de sa venue, le berger finit d'abord de jouer son petit air, puis fit gaiement cette déclaration absurde :

« Maître, nous venons honorer l'enfant nouveau-né.

— L'honorer ? s'exclama l'aubergiste. Ah ! ça, aurais-tu perdu complètement l'esprit ?

— Si je l'ai perdu, maître, alors c'est de joie ! Car le jour que nous vivons était attendu depuis longtemps et l'on s'en souviendra bien plus longtemps encore. »

Ayant dit, Joab rassembla sa petite troupe devant l'étable et, sur un geste de lui, ils entonnèrent ce qui, en dépit du manque de souplesse des voix et du faible accompagnement du pipeau, était indubitablement un cantique de louange et de jubilation.

Mordillant sa lèvre, en proie à une intense vexation, Elah demeura immobile à les observer et les écouter. Cette représentation inattendue passait son entendement, de même que toute cette suite d'événements dont les abords de son auberge venaient d'être le théâtre.

Qu'une femme comme cette Marie accouchât obscurément au cours d'un voyage n'avait sûrement rien d'extraordinaire. Alors pourquoi Seraia en perdait-elle ainsi la tête? Pourquoi ces idiots de bergers avaient-ils quitté leurs pâtures pour venir entonner un tel chant en l'honneur du nouveau-né? Et surtout, surtout, pourquoi cette étoile incroyable, absolument unique? De toute son âme Elah aspirait à traverser la cour, *sa* cour, pour ouvrir en grand la porte de l'étable, *son* étable, et pénétrer ainsi au cœur de ce mystère. Mais l'entêtement, la fierté le retenaient de le faire, et autre chose aussi : la crainte de l'inconnu, de ce qu'il pourrait ainsi découvrir. Aussi finit-il par s'en retourner dans l'auberge. Il faillit ainsi trébucher sur Zadoc qui, effondré dans un coin du couloir et complètement ivre, ronflait bruyamment. Bien que le tableau n'eût rien de nouveau pour lui, Elah en fut écœuré. Il poussa l'ivrogne du pied, mais l'autre ne réagit même pas et, après être resté un moment à le considérer d'un œil morne, Elah entra dans son bureau, afin de préparer ses comptes pour le lendemain.

Quand l'aubergiste eut terminé ce travail, on avait achevé de servir le repas du soir, lequel était même presque fini. Tout en regardant vaguement emporter les derniers plats, Elah prit conscience qu'il était temps pour lui d'aller se faire recenser. Étant un des hommes les plus importants de l'endroit et un intime d'Ammon le publicain, qui cumulait pour la circonstance sa fonction ordinaire de collecteur d'impôts avec celle de chef local du recensement, Elah n'avait pas besoin de piétiner avec la plèbe et pouvait procéder à cette formalité après l'heure de clôture. Ammon lui était redevable de bien des faveurs : un sac de farine par ci, un baril de vin par là, portés chez lui après la tombée de la nuit, avaient créé une grande entente entre les deux hommes. Aussi Elah savait-il par expérience qu'Ammon lui assurerait un traitement de faveur en ce qui concernait le nouvel impôt.

La perspective de cette visite et, plus encore, l'idée de quitter l'auberge lui procurèrent un vif soulagement. En partant vers Bethléem, Elah espéra que, la marche s'ajoutant au changement de décor, son abattement ne tarderait pas à se dissiper. Mais il n'en fut rien. Plus il avançait, plus il marchait vite, et plus il se sentait oppressé. Arrivé en ville, il vit que Joab l'y avait précédé avec ses bergers. Toujours en proie à la même exaltation, ils allaient par les rues, chantant leur cantique, annoncant une grande joie pour tous les peuples, criant que la lumière était venue rayonner sur le monde, que la gloire du Seigneur les environnait. Ayant évité ces déments, Elah passa une heure en entretien confidentiel avec Ammon, puis s'en fut voir une autre de ses relations, passa des commandes pour qu'elles lui fussent livrées le lendemain. En dépit de quoi, il continua à ne pas se sentir lui-même. Il eut beau faire des achats avantageux, il n'en tira aucun plaisir, pas plus que du fructueux entretien qu'il avait eu avec le publicain.

Quand Elah regagna l'auberge, tout y était obscur et silencieux. Il allait donc peut-être enfin se reposer et se détendre. Mais quand il s'endormit sur sa couche, son sommeil fut agité et troublé. Au matin, il se réveilla nullement reposé et, durant toute la journée aussi bien que les jours suivants, il demeura en proie à une terrible indécision. Tout en continuant à ne pas vouloir s'en mêler, il observait à la dérobée les allées et venues de sa femme s'occupant de la mère et de l'enfant. Pendant ce temps, la grande étoile ne cessait de se rapprocher, et Elah sentit qu'il ne pourrait endurer longtemps cette tension. Puis un soir, très tard, comme il prenait ses clefs et se préparait à fermer toutes les portes, il entendit des chevaux pénétrer dans la cour. S'y rendant, il vit trois cavaliers au teint basané, richement vêtus, dont l'attitude trahissait la joie d'être enfin arrivés à destination. Sa longue expérience de la clientèle permettait à Elah d'apprécier immédiatement la condition sociale des gens. Il comprit donc aussitôt que c'étaient là des voyageurs de très haut rang... peut-être même, à en juger par les joyaux qu'ils portaient, leurs cimeterres et leurs riches turbans, des potentats venus de l'Est. Aussi, d'instinct, se précipita-t-il au devant d'eux, avec force courbettes :

« Soyez les bienvenus, Excellences. Je me rends compte que vous arrivez de très loin. Je vais m'occuper de vos chevaux et tout ce que ma maison peut vous offrir de mieux est à votre disposition », dit-il avec une hospitalité servile.

Avaient-ils compris ce qu'il leur disait ? L'avaient-ils même entendu ? A sa vive contrariété, ils parurent l'ignorer totalement, lui jetant juste un rapide regard au passage. Puis l'un d'eux lui lança d'un ton d'autorité, avec un accent étranger et en se servant gauchement des mots :

« Nous ne restons pas. Veille seulement à ce que nul ne nous dérange tant que nous serons ici. »

Mettant pied à terre, ils détachèrent leurs bagages de selle et secouèrent la poussière de leurs vêtements. Tandis qu'Elah, confondu et mortifié, demeurait figé sur place, ils levèrent les yeux vers l'étoile qui maintenant brillait juste au-dessus d'eux et semblait s'être immobilisée. Les trois hommes s'entretinrent un instant à mi-voix, puis pénétrèrent dans l'étable.

Cette fois, l'aubergiste n'y put tenir. La curiosité l'emporta sur sa résistance, sa peur de découvrir quelque chose qui, par sa nature même, pourrait le blesser et l'humilier. Lentement, avançant un pied après l'autre comme tiré par une irrésistible force, il imita les trois étrangers et, s'approchant de la porte entrouverte, regarda à l'intérieur de l'étable.

La pénombre y régnait, la seule clarté étant celle d'une lampe à huile, qui projetait des ombres mouvantes parmi les poutres supportant les roseaux du toit. Mais la scène n'en était pas moins parfaitement visible, ses moindres détails semblant soulignés par le pinceau de quelque grand peintre. Marie, la mère, à demi étendue sur une litière de paille, tenait dans ses bras l'enfant tandis que Joseph, qui s'était levé pour accueillir les visiteurs, restait maintenant comme en retrait, enveloppé dans son grand manteau gris. Derrière, l'âne et le bœuf reposaient dans leur stalle. Tout cela, Elah s'attendait à le voir, mais ce qu'il n'imaginait pas c'était tant de simple beauté. Ce qui le frappa et le stupéfia fut l'attitude des trois hommes de haut rang, ces riches et puissants potentats venus de l'Est. De ses propres yeux, il les voyait s'avancer l'un après l'autre, s'agenouiller avec révérence sur le sol de terre battue pour rendre hommage au nouveau-né, puis lui offrir humblement un présent. Allongeant le cou afin de mieux voir, Elah eut le souffle coupé par la rareté de ces présents : de l'or, de l'encens et de la myrrhe. Marie recevait tout cela en silence, simplement, avec une sorte de timidité craintive, paraissant se plier à un rituel dont elle n'avait pas encore complètement pénétré le sens, mais auquel, dans son cœur, elle se savait prédestinée. Blotti contre son sein, l'enfant semblait lui aussi conscient de ce cérémonial, car son regard s'attachait aux trois visiteurs, suivant leurs mouvements avec une étrange et touchante gravité.

Pour l'aubergiste, tout cela passait l'entendement, au point qu'il finit par douter de ses yeux et se frappa le front avec sa main fermée comme pour dissiper un mirage enfanté par son cerveau. Rêvait-il ou était-il ivre ? Un enfant de mendiants, né par hasard dans cette étable, et que trois rois venaient vénérer, adorer ! En tant qu'homme sensé et raisonnable, il n'arrivait pas à s'expliquer la chose. Il se cramponna à l'expression comme un nageur exténué en quête d'un support... Homme sensé et raisonnable. Oui, n'était-il pas intelligent, astucieux, plein de logique et de sens pratique ? Plus d'une fois, son regard sceptique avait su percer à jour menteurs et hypocrites, ne pas se laisser abuser par les faux-semblants. C'était folie que d'annoncer une grande joie et des jours glorieux, une lumière venue rayonner sur le monde! Il devait certainement exister une explication rationnelle à cette mômerie ; il suffisait de la trouver.

Soudain, alors qu'Elah chassait résolument tout mystère de cette affaire, que ce fût le chant des bergers, la visite des rois ou le présage de l'étoile, l'enfant bougea un peu entre les bras de sa mère et son regard se posa directement sur l'aubergiste. Or le regard de ces yeux innocents était si plein d'amour et de grâce, qu'Elah fut incapable d'en supporter le choc. Il baissa vivement le sien vers le sol et, se détournant aussitôt, il retraversa la cour comme s'il fuyait ou était poursuivi.

L'auberge était maintenant paisible, les serviteurs aussi bien que les clients s'étant retirés pour la nuit. Mais dans la cuisine, où Elah entra, une lumière brûlait encore et Malthace était assise à la table, près d'un bol de vin aux épices. Elle portait une robe lâche, sans ceinture, et la chaude boisson odorante avait coloré son visage, encadré par ses cheveux noirs, dénoués, qui tombaient librement sur ses épaules. Elle accueillit Elah avec un sourire ayant la chaleur d'une invite.

« Où étais-tu allé? Je commençais à craindre que tu ne viennes pas. Et après une telle journée, où j'ai pu à peine échanger deux mots avec toi... »

Elle étendit un bras vers lui :

« Viens t'asseoir et boire avec moi. Dis-moi que je suis gentille de t'avoir attendu, puis parle-moi d'amour! »

Ébloui par la lumière, surpris de trouver là Malthace, et surtout étourdi par le tourbillon de ses pensées, Elah passa une main sur ses yeux tandis que, de l'autre. il s'appuyait au chambranle de la porte.

« Qu'y a-t-il? Tu ne te sens pas bien? » questionna la fille. Puis elle eut un rire chargé de sous-entendus : « Est-ce ton envie de moi qui te fait défaillir? »

Il ne répondit pas. Elle était bien la dernière personne qu'il souhaitait voir. En cet instant, dans l'état d'esprit où il se trouvait, elle lui répugnait. Mais il eut honte de laisser paraître sa faiblesse devant Malthace.

« C'est sans doute que je suis fatigué, murmura-t-il. Comme tu dis, la journée a été longue...

— Alors, viens t'asseoir près de moi que je te réconforte », fit-elle en répétant son geste d'invite.

« Non... »

Détournant la tête, il chercha une excuse :

« Je suis vraiment las, Malthace... J'ai eu trop à faire aujourd'hui. Ce soir, il faut que je me repose. »

Elle changea de visage, son expression se durcit, moins à cause des paroles elles-mêmes que de la façon dont il repoussait ses avances.

« Elah, tu ne peux quand même pas me traiter ainsi ! s'exclama-t-elle. Je ne le tolérerai pas ! »

Mais avant qu'elle ait eu le loisir de poursuivre ses protestations il tourna les talons et quitta la cuisine.

Et c'était vrai qu'une extrême lassitude l'accablait ; tandis qu'il montait l'escalier pour gagner sa chambre, chaque marche lui coûtait un effort, comme s'il avait eu des boulets aux pieds.

Il s'attendait à trouver sa femme endormie mais, en dépit de l'heure tardive, Seraia n'était pas encore couchée. Assise sur un tabouret bas, près de la fenêtre, elle regardait au-dehors ; sa silhouette pensive se découpait sur le ciel lumineux et elle ne parut pas avoir conscience de l'entrée d'Elah. Quelque chose dans l'attitude de sa femme, ou peut-être son propre état d'esprit, retint Elah de parler alors qu'il s'apprêtait à le faire. Et, soudain, il se sentit attiré vers Seraia comme il ne l'avait pas été depuis bien des années, depuis peut-être l'époque où, jeune et gauche, il l'avait demandée en mariage. Il brûlait de parler avec elle, de lui ouvrir son cœur et lui confier son trouble. Mais cela faisait des mois qu'une telle intimité n'existait plus entre eux et, parce qu'il avait amèrement conscience d'en être seul responsable, Elah demeurait muet, contraint. Pourtant il lui fallait parler ; avec effort, il rompit le silence :

« N'est-il pas l'heure de te coucher ? Tu as travaillé dur ces jours-ci.

— Ça ne m'a pas semblé dur », répondit-elle sans bouger. « Pour moi, ç'a été une période de joie.

— Alors, ne va pas gâcher ça en tombant malade. Tu sais que l'air de la nuit n'est pas bon pour toi. Ferme le volet et je vais allumer la lampe.

— Est-ce nécessaire ? » questionna-t-elle à mi-voix. « N'y voit-on pas suffisamment clair avec l'étoile ?

— Ah ! oui, l'étoile... » commença-t-il, mais il s'interrompit et, pour ne pas se trahir, essaya d'aborder le sujet sur un ton léger. « Il s'est produit de vraiment curieuses choses ces jours-ci... et ce soir encore ! Comme je m'apprêtais à fermer, trois riches voyageurs sont arrivés... hautains comme tu n'as pas idée... Ils n'ont pas voulu entendre parler de s'installer chez nous. Je ne saurais dire ce qui les amène ici...

— Ils sont repartis, dit-elle posément. Je les ai vus s'en aller il y a un instant. Sans doute ont-ils terminé ce qu'ils étaient venus faire. »

Elah vit qu'elle regardait du côté des dépendances qui baignaient maintenant dans un calme total. Plus que jamais il éprouvait le besoin de lui faire part de son état d'esprit, afin que la sage expérience de Seraia élucide cette incroyable énigme qui ne cessait de l'obséder. Mais, avant qu'il ait pu parler, sa femme se leva en soupirant et tira le volet :

« Il vaut mieux que je fasse l'obscurité. Sans quoi, avec cette lumière, tu n'arriverais pas à fermer l'œil. »

Ils se dévêtirent en silence et furent bientôt prêts à dormir. Mais, en dépit de sa lassitude extrême et bien qu'il s'y employât de toutes ses forces, Elah n'arrivait pas à trouver le sommeil qui lui eût apporté l'oubli avec le repos. Jamais il ne s'était senti aussi triste, désemparé, pénétré de son inutilité. C'était comme si, pour la première fois, il se voyait à l'éclatante lumière de la vérité. Les fondements sur lesquels il avait bâti sa vie, la confortable structure de son existence, tout cela avait été comme miné par les événements ayant marqué ces quelques jours. En cet instant d'illumination où Elah se trouvait révélé à lui-même, ce pour quoi il avait lutté et travaillé avec tant d'acharnement — le profit, la réussite, les plaisirs des sens, les avantages de toute sorte — lui paraissait maintenant sordide et vain. Il se rendait plus particulièrement compte de la folie et du danger que constituaient ses rapports avec Malthace. Il ne l'avait jamais aimée. Ça n'avait été que la toquade d'un homme plus tout jeune, flatté par les attentions amoureuses d'une jolie fille.

Et, par contrecoup, ses pensées se trouvèrent ramenées vers Seraia, sa femme, qui l'accompagnait depuis tant d'années sur le chemin de l'existence, travaillait à ses côtés, endurait sans se plaindre aussi bien son égoïsme et ses accès d'humeur que la chaleur et le poids du jour. Comment avait-il pu trouver cela tout naturel? Ne jamais avoir pour elle un mot de gratitude? Patience, bonté, le souci du prochain, la volonté de faire le bien, et par-dessus tout un total oubli de soi-même, telles étaient les qualités de Seraia, dont il ne s'était jusqu'à maintenant jamais avisé et qui semblaient soudain se dresser devant lui comme un vibrant reproche. Il sentit son front se mouiller de sueur. L'irréelle clarté du dehors, pénétrant par les fentes du volet, projetait sur les murs des barres d'ombre qui lui donnaient le sentiment d'être emprisonné dans son iniquité. Comme soulevé par une vague de remords et de repentance, il se tourna vers sa femme.

« Seraia... Tu dors? »

Elle lui répondit aussitôt, ayant été tout comme lui incapable de trouver le sommeil. Un silence tendu, vibrant, régna entre eux l'espace d'un instant, puis Elah sentit enfin sa langue se délier. D'une voix entrecoupée, avec une précipitation qui trahissait son état d'esprit, il convint de son infidélité, dit combien il la regrettait, et en demanda pardon. Dès le lendemain, il romprait avec Malthace et la chasserait, ainsi que son frère. Lui tenant la main Seraia l'écoutait sans l'interrompre. Lorsqu'il se tut, elle lui prodigua de tendres paroles de réconfort.

Alors, libéré de tout ce qui l'oppressait, Elah éprouva un soulagement intense. C'était comme s'il se trouvait délivré d'un fardeau écrasant et, dans l'intimité conjugale retrouvée, il se mit à parler librement, en confiance, avec même une certaine extravagance, car il était dans sa nature que, en une telle circonstance, il passât d'un extrême à l'autre.

« Dis-moi, Seraia... ma femme bien-aimée... que penses-tu de tout ce qui est arrivé ces jours derniers ?

— Je ne sais qu'en penser... Mais ce dont je suis certaine, c'est qu'il y a quelque divin secret dans ce dont nous avons été témoins.

— Pour ma part », dit-il d'un ton méditatif, « je me suis efforcé de rassembler tous ces faits pour tâcher d'en tirer une conclusion. J'ai toujours été, tu le sais, un esprit rationnel... Eh bien, d'après moi, ce tout petit pourrait bien être le fils de quelqu'un de très important, d'un auguste personnage... Le Seigneur seul pourrait dire qui... Mais ce doit être quelqu'un ayant de bonnes raisons de ne pas vouloir qu'on sache pour l'instant la haute origine de l'enfant. Toutes les circonstances, particulièrement l'obscurité entourant la naissance — encore que sa signification ne m'apparaisse pas très clairement — s'accordent dans une large mesure avec cette hypothèse. »

Il continua sur ce thème pendant quelques minutes encore, puis conclut, toute honte bue :

« Quoi qu'il en soit, j'avoue regretter profondément mon manque de cœur en la circonstance... J'en ai même un tel regret que je souhaite réparer. »

L'aubergiste fit une pause. Depuis que le regard de l'enfant lui avait touché le cœur, un ardent désir y avait germé, issu tout à la fois d'un amour paternel insoupçonné et de l'instinct de la possession. Ce fut en retrouvant un peu le sentiment de son importance qu'il poursuivit :

« Aussi j'ai pensé, chère femme... Si nous offrions de prendre l'enfant et de l'élever comme le nôtre ? »

Seraia ne répondit pas tout de suite. Mais lorsqu'elle le fit, ce fut avec certitude et en secouant doucement la tête :

« Non, Elah, ce n'est pas possible. Quelle mère consentirait à se laisser déposséder d'un tel enfant ?

— Mais considère les avantages que nous pouvons lui procurer. Nous sommes riches... enfin, assez riches, rectifia-t-il prudemment. « Je pourrais donc me permettre d'être généreux. »

De nouveau, il se fit un bref silence, puis Seraia dit gravement :

« Cet après-midi, j'ai causé avec Joseph. Il m'a annoncé qu'ils partiraient demain.

— Demain ? s'exclama Elah. Mais ce n'est pas possible !

— Si, c'est possible. La mère est jeune et forte. D'ailleurs, elle ne voudra pas s'attarder si un danger menace son fils.

— Un danger ?

— Hérode, le procurateur, veut du mal à l'enfant.

— Allons, voyons, ma pauvre femme ! Là, tu vas vraiment un peu trop loin. Quelle preuve as-tu d'une pareille chose ? Qui aurait averti Joseph ? Te l'a-t-il dit ?

— Il est des gens, Elah... quelques élus... qui ne sont pas guidés par les voix de ce monde. C'était le cas des prophètes... et c'est aussi le cas de cet homme de bien, même s'il ne prophétise pas. Je t'assure qu'ils doivent nous quitter sans délai et, jusqu'à nouvel ordre, demeurer loin d'ici. »

Elah faillit parler de nouveau, mais se retint de le faire. Tout en gardant son idée, il ne voulait pas la faire prévaloir contre l'avis de Seraia ni chercher à convaincre sa femme à force d'arguments. Elle lui inspirait trop de tendresse, maintenant qu'il connaissait un apaisement total. Il se borna donc à dire, avec ce qui était pour lui une douceur inaccoutumée :

« Demain, je me lèverai tôt et j'irai parler à ton digne Joseph.

En le raisonnant gentiment, j'arriverai à le persuader, tu verras ! »

Seraia comprit que son mari avait seulement été effleuré par ce qui, pour elle, était si visiblement une lumière céleste ; tout en s'émerveillant du mystère, il continuait à le considérer sur un plan purement terrestre. Mais, dans la joie de leur réconciliation, elle ne voulut pas le contredire plus longtemps et tous deux s'endormirent en paix.

Le matin venu, Elah fut le premier à ouvrir les yeux et resta ferme dans son propos. Il éveilla sa femme, lui dit de vite s'habiller pour descendre avec lui. Son ton pressant la fit sourire, mais elle eut plaisir à lui obéir. Évitant la cuisine où les servantes étaient déjà au travail, ils gagnèrent l'arrière de l'auberge. Le soleil se levait par-delà le mur de Jeroboam et, embrasés par l'aurore, les toits de Bethléem se découpaient sur un ciel pommelé. L'air était vif et des colombes tournoyaient déjà au-dessus des oliviers, au flanc de la colline. En traversant la cour, Elah avait pris sa femme par le bras. Bien qu'elle sût d'avance ce qu'ils allaient trouver, Seraia, espérant contre tout espoir, sentit son cœur battre douloureusement lorsque Elah toqua à la porte, puis l'ouvrit.

Oui, ils étaient partis. Dans la petite étable, il ne restait plus que l'âne et le bœuf. Suivi par sa femme, l'aubergiste pénétra lentement à l'intérieur, regardant autour de lui pour masquer l'intensité de sa déception. Tout était bien plus en ordre qu'auparavant, le sol débarrassé de la paille et soigneusement balayé. Dans l'air subsistaient faiblement, mélangées l'une à l'autre, les senteurs aromatiques de l'encens et de la myrrhe. Au bord de la crèche, là où l'enfant avait reposé, luisait un morceau d'or.

« Tu vois », ne put s'empêcher de souligner doucement Seraia, « Marie a payé leur hébergement. »

Elah sentit son visage s'empourprer, car il y a avait là de quoi payer dix fois la location de sa plus belle chambre. Il prit au creux de sa main le précieux métal ; ce n'était pas une pièce, mais plutôt une pépite curieusement formée, telle sans doute qu'elle était sortie de la mine ou du lit de quelque lointaine rivière. Il demeura un long moment à la détailler en silence puis, lui ordinairement si âpre au gain, la tendit à sa femme.

« Prends... Ça te revient de droit. »

Seraia prit le morceau d'or et elle aussi remarqua avec surprise sa forme étrange, qui évoquait celle d'une croix.

« Maintenant », dit Elah en se ressaisissant, « j'ai beaucoup à faire. Je te prie de me laisser jusqu'à ce que j'en ai terminé. »

La quittant, il regagna l'auberge à grands pas.

De retour dans sa chambre, Seraia demeura un long moment perdue dans ses pensées. Elah allait-il maintenir sa décision de renvoyer Malthace et son frère ? Souvent déjà, dans le passé, il avait exprimé de bonnes intentions, sans ensuite les mettre à exécution. Elle le savait inconstant de nature et ce défaut ne pouvait se corriger du jour au lendemain. Néanmoins, cette fois, elle se sentait pleine d'espoir... Oui, elle croyait vraiment que l'effort d'Elah pour se racheter allait porter fruit. Une vague de joie la submergea. Se souvenant d'une jolie chaîne en filigrane que, bien des années auparavant, Elah lui avait donnée pour leurs fiançailles, elle la chercha, et finit par la retrouver dans un coffret oublié au fond d'un tiroir. Elle réussit à y enfiler la petite croix et attacha le tout à son cou.

Une journée comme une autre commençait pour l'auberge : les marmites bouillonnaient sur le feu, les clients marchaient dans les couloirs, s'interpellaient dans la cour. Ces jours miraculeux avaient-ils vraiment existé ? Ils auraient pu appartenir au domaine des songes, s'il n'y avait eu cette croix sur la gorge de Seraia. Oui, elle était bien sûre de n'avoir pas rêvé. Par la pensée, elle voyait la petite famille s'en aller bravement... Marie, Joseph et l'enfant, avançant toujours plus loin sur le chemin qui leur avait été tracé, endurant souffrance et persécution, accomplissant leur céleste destinée. Ses yeux se mouillèrent au souvenir de l'indicible joie qu'elle avait éprouvée à tenir l'enfant dans ses bras. « Il deviendra quelqu'un de très important, » pensa-t-elle,

« et c'est moi qui l'aurai reçu dans mes bras en ce monde. » Y en aurait-il d'autres, maintenant ou dans les temps à venir, pour ressentir aussi l'ineffable douceur de ce jour béni ? Elle était incapable de le dire mais, touchant la croix à son cou, elle se promit une chose : « Tous les ans, aussi longtemps que je vivrai, même si je dois être seule au monde à le faire, je célèbrerai l'anniversaire de cet enfant. Et chaque fois que je le célèbrerai, je connaîtrai de nouveau la joie du premier jour. »

Alors, très doucement, pour elle seule, Seraia murmura le nom que Marie avait dit qu'ils Lui donneraient.

Table

La composition
et l'impression de ce livre ont été effectuées
par l'imprimerie Bussière
à Saint-Amand-Montrond
pour les Éditions Albin Michel

AM

Achevé d'imprimer le 7 mars 1975
N° d'édition 5403. N° d'impression 1673
Dépôt légal 1er trimestre 1975

Imprimé en France